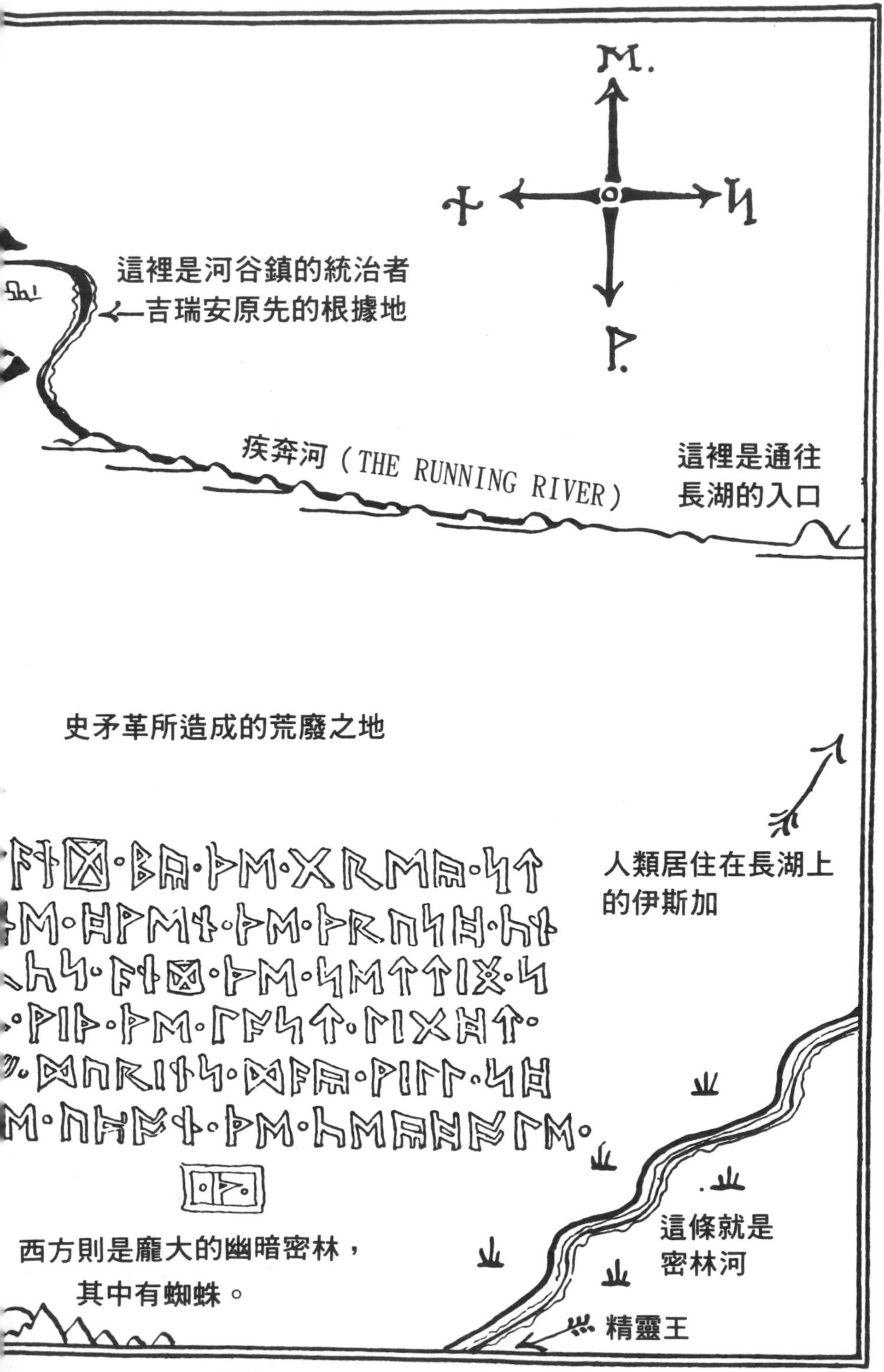
M.
P.
這裡是河谷鎮的統治者
吉瑞安原先的根據地
疾奔河（THE RUNNING RIVER）
這裡是通往
長湖的入口
史矛革所造成的荒廢之地
人類居住在長湖上
的伊斯加
西方則是龐大的幽暗密林，
其中有蜘蛛。
這條就是
密林河
精靈王

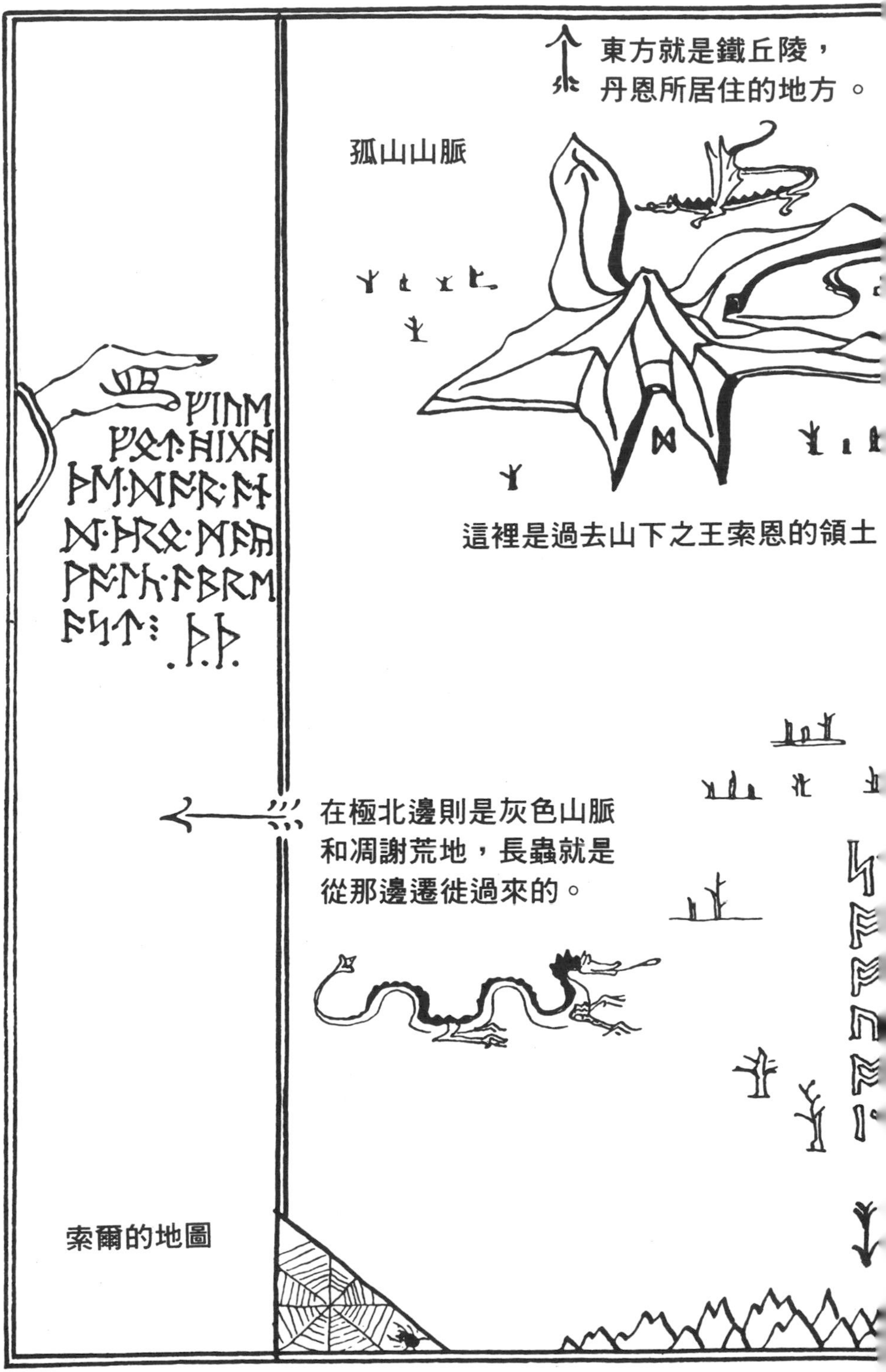
東方就是鐵丘陵，
丹恩所居住的地方。
孤山山脈
這裡是過去山下之王索恩的領土
在極北邊則是灰色山脈
和凋謝荒地，長蟲就是
從那邊遷徙過來的。
索爾的地圖

比爾博・巴金斯剛吃完早餐，在門口抽著一根極長的煙斗。

……更多的矮人，又來了四個！甘道夫就站在後面，倚著手杖哈哈大笑。

在一盞大油燈的亮光下，甘道夫攤開一張像是地圖的紙張。

一行人來到了人們心目中詭異神秘的區域，矮人們唱起之前從未聽過的歌謠。

食人族決定這些矮人烤來吃。

精靈帶來了明亮的油燈照著岸邊，在隊伍通過時歡欣莫名地唱著歌曲。

「這些可憐的傢伙是什麼人？」身形高大的半獸人說。

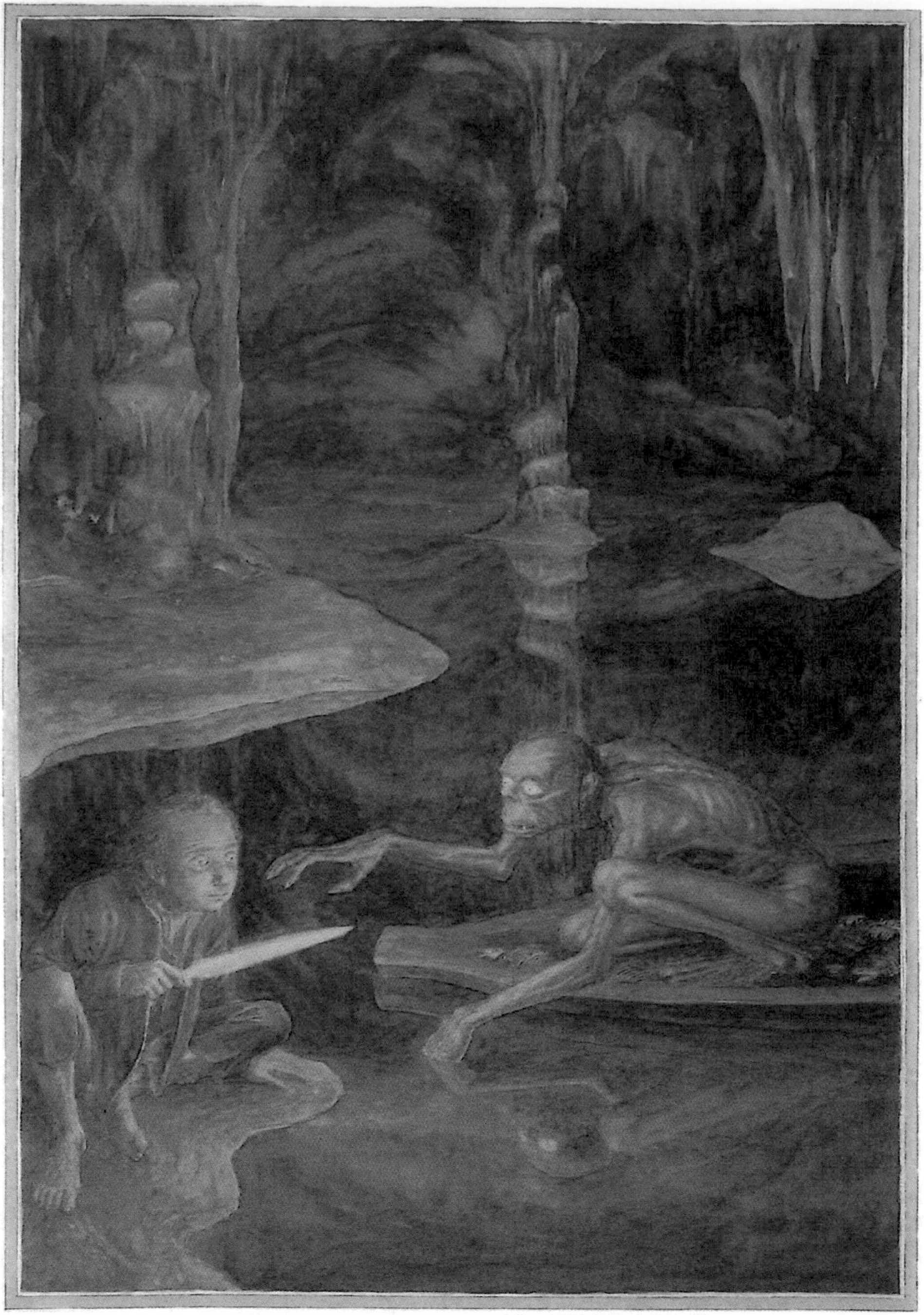

比爾博將匕首往前平舉問道：「你是誰？」

半獸人發現了比爾博，不知道這是意外，還是戒指換新主人的另一個惡作劇。

到處都是野狼在狂嚎著撲向樹木的身影，牠們雙眼發光，
舌頭也飢餓地掛在外面。

小山頂上有一塊平地，並有許多階梯通往河邊。

輪到甘道夫道別了。比爾博坐在地上，覺得悶悶不樂。

比爾博不管往哪個方向看，都看不到樹海的盡頭。

有些圓球裡面伸出了矮人的腳，或是鼻尖，或是一部分的鬍子和帽子。

精靈們推著俘虜走過橋，殿後的比爾博卻遲疑了……

密林河的急流將所有桶子沖到北岸。

市集的一棟大屋內傳來喧鬧的聲音和溫暖的火光。

腰上綁著安全繩索，比爾博他們安全地下到了山坳。

惡龍的四肢和尾巴之下，以及整個洞穴中，全都裝滿了各種各樣的金銀珠寶。

一道紅光照射在岩石上——惡龍來了。

「這就是奔流河的源頭，」索林說：「它從這裡流向大門，我們跟著它走吧！」

轟然一聲，惡龍的身體砸中長湖鎮，牠最後的反撲都化為碎片和火燄。

索林大喊：「你們全副武裝的來到索恩之子索林，山下之王的宮殿前，
一副要開戰的樣子，你們想幹什麼？」

這是場慘烈無比的戰爭，也是比爾博有生以來經歷過最恐怖的一場戰爭。

THE HOBBIT
哈比人

托爾金 J. R. R. Tolkien 著
朱學恆 譯

目次

第一節　不速之客

在地底洞穴中住著一名哈比人。這可不是那種又髒又臭又濕，長滿了小蟲，滿是腐敗氣味的洞穴；它也不是那種空曠多沙、了無生氣、沒有家具的無聊洞穴。這是個哈比人居住的洞穴，意思是，舒服極了。

這座洞穴有個像是舷窗般渾圓、漆成綠色的大門，在正中央有個黃色的閃亮門把。大門打開之後，是一個圓管狀像是隧道的客廳：這是個沒有煙霧的舒適客廳，有著精心裝飾的牆壁，地板上鋪著地毯和磁磚，四處還擺著許多打磨光亮的椅子。由於哈比人超愛客人來訪，因此這裡還有很多很多的衣帽架。隧道繼續延伸，蜿蜒地深入山丘中，附近許多哩的人都叫這座山丘為「小丘」，小丘各個方向還蓋了許多圓形的小門。哈比人可

是不爬樓梯的：臥室、浴室、酒窖、餐點室（超多的呢！）、更衣室（他有一整間房間都是用來放衣服的）、廚房、飯廳，全部都在同一層樓，也都在同一條走廊上。最好的房間都是在左手邊（繼續往裡面走也一樣），因為只有這方向的房間才有窗戶，這些渾圓的窗戶可以俯瞰他美麗的花園，和一路延伸向河邊的翠綠草地。

這名哈比人生活相當富裕，他姓巴金斯。巴金斯一家人自古以來就居住在小丘這一帶，附近的鄰居都很尊敬他們；不單只是因為他們大部分都很有錢，也是因為他們從來不冒險，不會做任何出人意料之外的事情：你在問巴金斯一家人任何問題之前，就可以先預料到他們的答案，所以根本不必浪費這個力氣。這個故事就是關於一名巴金斯家人如何意外地捲入冒險之中，並且做出和說出許多出人意料之外的事情來。他或許失去了鄰居們的尊敬，但是至少獲得了——算啦！到最後你就會知道他獲得了什麼東西。

有關於我們這位哈比人的母親——對啦，到底什麼是哈比人？我想，時至今日，的確需要更進一步描述一下哈比人；因為他們已經變得比較罕見，也比較畏懼我們這些大傢伙（這是他們稱呼我們的方式）。他們是相當矮小的種族，大概只有我們身體的一半高度，也比長了大鬍子的矮人要矮。哈比人沒有鬍子。他們沒有法力（或者僅有一點點），只有當我們這些笨重的大傢伙，莽莽撞撞地像大象一般走近他們的時候，他們才會使出憑空消失的把戲來。通常他們的肚子上都會有不少肥肉，喜歡穿著鮮豔的衣服（多半是綠色和黃色），不穿鞋子，因為他們的小腳長出天然的肉墊來，也會冒出和他們頭髮一樣濃密的捲毛。哈比人擁有靈巧的褐色長手指，開朗的面孔，笑起來更是十分爽朗（特別是在他們吃完晚飯之後，大笑更是必備的節目之一；而只要他們有機會，一天通常都會有兩頓晚餐）。現在，你對他們大概已經有了粗淺的了解了。我之前剛說到，這位比爾博．巴金斯的母親，就是鼎鼎大名的貝拉多娜．圖克，是老圖克大人三名出類拔萃的女兒之一。老圖克大人是住在「小河」邊的哈比人的領袖，這條河就是繞過小丘腳邊的一條小河。大家常常說（其他家族的人常常說啦……）圖克家族的遠祖一定有人娶了個妖精當老婆；當然，這可信度並不高，只不過，他們一家人的確有點與眾不同，偶爾會有成員離家出外冒險。他們會神祕地消失，家裡的人則是三緘其口，不露任何口風。也就是因為這樣，雖然圖克家人比較有錢，但大夥還是比較尊敬巴金斯一家人。

當然，在貝拉多娜成了邦哥．巴金斯的妻子之後，她就沒有什麼驚人之舉了。邦哥是比爾博的老爸，對他妻子可說是呵護備至，他為她建造了（一部分是用她的財產）在小丘鄰近和小河流域一帶最豪華的地洞。夫妻二人住在其中，直到離世。不過，她唯一的兒子比爾博，雖然看起來和他老爸一樣老實可靠，但可能繼承了圖克家族的詭異血統，只是在等待適當的時機爆發而已。直到比爾博成年，甚至到了五十歲左右，這時機還是沒有到來。在這段時間中，他就這麼安安穩穩地居住在老爹留下來的華美地洞中，可說是與世無爭。

不過，奇妙的機緣就這麼突如其來地降臨了。那時世界比現在還要翠綠，也不那麼吵雜，而哈比人數量眾多，依舊繁衍興盛。比爾博．巴金斯剛用完早餐，正站在門口抽著一根極長的菸斗，長得幾乎都快碰到他剛梳理過的毛毛腳上了，甘道夫就在這時出現了。說到甘道夫啊！如果你對他的了解有我的一半——而我所聽說的故事不過是九牛一毛，那麼你就可以預料到將會有難以想像的奇妙故事發生。他所到之處，冒險和傳奇都會如同雨後春筍一般冒出來，而且還是以最出人意料的形式發生。他已經有很多很多年沒有經過小丘這一帶了，自從他的好友老圖克過世之後他也跟著銷聲匿跡，大夥幾乎已忘記他的長相了。在他們還是小孩的時候，甘道夫還常常在小丘和小河一帶忙碌地奔波。

不過，無辜的比爾博當天早上所見的，只是一名拿著枴杖的老人。他戴著藍色的尖頂帽，披著灰色的斗篷，圍著銀色的圍巾，白色的鬍鬚直達他的腰際，腳上還穿著笨重的黑靴子。

「早上好啊！」比爾博真誠地說。太陽暖呼呼，草地又無比的翠綠。不過，甘道夫挑起又長又濃密、都長到帽沿外的眉毛打量著他。

「你是什麼意思？」甘道夫問：「你是要問候我早上可好，還是說不管我怎麼做，早上天氣都很好？還是說你覺得今天早上很好，或者今天是個應該擁有很好心情的早晨？」

「你說的都對！」比爾博說：「而且，還非常適合在門外抽菸斗。如果你身上有帶菸斗，不妨坐在我身邊，儘管用我的菸葉！沒什麼好急的嘛！今天還有一整天可以過呢！」話一說完，比爾博就在門口的凳子上坐了下來，蹺起二郎腿，吐出一個美麗的灰色煙圈；煙圈就這麼完好如初飄啊飄，一直越過小丘頂。

「真漂亮！」甘道夫說：「可惜我今早沒時間在這邊吐煙圈，我正想要找人和我一起參加未來的一場冒險，但在這裡都找不到什麼夥伴！」

「在這一帶？那當然囉！我們可是老老實實過活的普通人，不需要什麼冒險。那是很讓人頭痛、又不舒服的事情，會讓你來不及吃晚飯！我實在搞不懂，冒險到底有什麼好玩的？」比爾博將拇指插進腰帶，又吐出另一個更大的煙圈。然後他拿出了早上收到的信，開始展讀，假裝沒時間理會這個老人。他已經暗自決定了，這傢伙和他合不來，希望他趕快離開。但那老傢伙還是不打算離開，他拄著枴杖，一言不發地打量著眼前的哈比人，直到比爾博覺得渾身不對勁，甚至有些不高興了。

「早上好啦！」他最後終於忍不住說：「多謝你好心，我們這邊可不需要任何的冒險！你可以去小丘另一邊或是小河附近打聽看看。」他這句話的意思，就是請對方趕快滾蛋，不要再煩人。

「你的早上好還真是有很多用處哪！」甘道夫說：「這次你的意思，是想叫我趕快滾蛋，如果我不走，早上就不會好，對吧？」

「親愛的先生，我沒有這個意思！讓我想想，我好像不認識你，對吧？」

「不，你有這個意思，你有這個意思！親愛的先生，我卻知道你的名字，比爾博．巴金斯先生，你也應該知道我的名字，只是你沒辦法把我和它聯想在一起。我是甘道夫，甘道夫就是在下！真沒想到有朝一日，貝拉多娜的兒子竟然會用這種口氣對我說話，好像我是來你家門口賣鈕扣的推銷員！」

「甘道夫！甘道夫——天哪！你該不會就是那個給了老圖克一對魔法鑽石耳環的人吧？那對鑽石耳環除非接到主人的命令，否則永遠不會掉下來！我還記得這個傢伙，他會在宴會上說出許許多多精采萬分的故事，有惡龍、有半獸人、巨人，以及幸運的寡婦之子拯救公主的故事！更別提這個傢伙還會製造棒得不得了的煙火！我還記得那華麗的煙火大會！老圖克會在夏至那天晚上施放它們！太棒了！我一輩子都忘不掉！它們會像是火樹銀花一般地飛竄上天空，更會像空中樓閣一樣整晚掛在天上！我還記得天上掛著蓮花、龍嘴花和金鏈花的樣子……」各位看官應該已經注意到，其實巴金斯先生並不像他自己認為的那麼無趣，而且他還很喜歡花朵。「媽呀！天哪！」他繼續興奮地說：「這個甘道夫還影響了好多沉默寡言的少年、少女發夢去冒險哪！他們有的去爬樹找精靈，有的駕船想要渡到海的對岸去！媽呀，這裡以前本來是很安祥——喔喔，我是說你以前讓這一帶起過不小的騷動。實在很抱歉，但我沒想到閣下目前還在營業哇！」

「不然我還能去哪裡？」巫師說：「不過，我還是很高興你記得我那麼多事蹟，至少，你似乎對我的煙火印象很好，看來你還有救。是啊，看在你外祖父的份上，還有那可憐的貝拉多娜，我將讓你如願以償。」

「拜託，幫幫忙，我又沒有許什麼願望！」

「錯，你有！而且還說了兩次。我會原諒你的，事實上，我甚至還會親自送你參加這次的冒險。對我來說會很有趣，對你來說會很有利——甚至，只要你能夠完成這次冒險，還會有不錯的收入。」

「失禮了失禮了！多謝你的好意，但我真的不想要任何冒險。至少今天不想。我們說過早安了吧！記得有空來喝茶！對啦，明天怎麼樣？明天再來，再見！」話一說完，這名哈比人就匆匆忙忙地鑽進屋內，在不失禮的限制下盡快關上大門。畢竟，巫師還是巫師，最好不要得罪他們。

「搞什麼鬼，我還請他喝什麼茶呀！」他一頭衝進餐點室，責備著自己。他才剛吃過早餐，但在經過這一場驚嚇後，或許一兩塊蛋糕和一些飲料，有助於平復他的情緒。

在此同時，甘道夫依舊站在門外，露出慈祥的笑容。安靜無聲地笑了一陣子之後，他退了幾步，用手杖的尖端在比爾博可愛的綠色大門上，刻了個奇怪的記號，然後就大剌剌地轉身離開，此時比爾博正吞下第二塊蛋糕，慶幸自己用高明的手段躲開了一次可怕的冒險。

到了第二天，這傢伙酒足飯飽，幾乎完全忘記了甘道夫。除非他把事情寫在約會記事簿上，否則他的記性實在不怎麼好。一般來說，他會這樣寫：甘道夫週三用茶；昨天他在手忙腳亂之下，根本忘記了這件事情。

就在時間快到用下午茶時，前門傳來了震耳的門鈴聲，他這才想了起來！他慌亂地煮起開水，準備了另一個茶杯和碟子和幾塊蛋糕，然後飛快地跑向門口。

「抱歉讓你久等了！」他本來準備這樣說，卻發現眼前的人並不是甘道夫。對方是一名將藍鬍子塞進金腰帶中的矮人，他戴著深綠色的帽子，擁有一雙非常明亮的眼睛。門一打開，他就闖了進來，彷彿主人和他是換帖的好兄弟一般。

他將連著兜帽的斗篷，找了個最近的衣帽架掛了起來，接著深深一鞠躬說：「德瓦林聽候差遣！」

「比爾博．巴金斯聽您差遣！」哈比人驚訝地忘記該問什麼問題。當隨之而來的沉默變得讓人尷尬的時候，他補充道：「我正準備要喝茶，請來和我一起用。」這話或許轉得有些生硬，但他的確是真心誠意的；而且，如果有個矮人不請自來的殺進你家，一句解釋的話也沒有，你又能怎麼辦呢？

他們在桌邊坐了沒多久，事實上，也才剛吃到第三塊蛋糕，比前次更大聲的門鈴又響了起來。

「容我失陪一下！」哈比人又再度衝到門口。

「你可終於來了！」他本來準備對甘道夫這樣說，但出現在眼前的又不是甘道夫。對方是名看起來非常蒼老的矮人，一臉白色鬍鬚，戴著紅色帽子；同樣的，他也是門一開就跨了進來，彷彿早八百年就接到邀請函一樣。

當他看見德瓦林的衣帽掛在架上時，說：「大家都開始報到了！」他也把自己的紅帽子掛在旁邊，然後以手觸胸說：「巴林聽候你的差遣！」

「多謝！」比爾博吃了一驚，照禮數來說不該這麼說的，但「大家都開始報到了」這句話讓他亂了方寸。他喜歡訪客，但他偏愛安排好的客人，而且更偏好由自己親自邀請他們。他突然間有種不祥的預感——蛋糕可能會不夠。而身為主人，他有個不管如何痛苦都必須遵守的禮數：必須先請客人吃，而他自己可能吃不到。

「快進來，先喝茶吧！」在深吸了一口氣之後，他終於勉強說道。

「好心的先生，如果你不麻煩的話，來些啤酒會更好！」滿臉白鬍子的巴林說：「如果先生您有些香籽蛋糕的話，我更不介意也來一些。」

「當然當然，我有很多！」比爾博意外地發現自己竟然這樣回答，而且自己的手腳就這麼自顧自地忙了起來。他先到酒窖裝了一人壺的啤酒，然後又去餐點間拿了兩個香噴噴的圓形香籽蛋糕——這還是他下午剛烤的，準備拿來當作晚餐之後的宵點。

當他回來之後，巴林和德瓦林已經像是老友般地交談起來（事實上，他們根本是兄弟）。比爾博才把啤酒和蛋糕放在桌上，門鈴又大聲響了起來，而且還連響兩次！

「這次一定是甘道夫了！」他氣喘吁吁地跑過走廊時心中猜測，但這次依舊不是。又來了兩名矮人，兩個都戴藍色兜帽、銀色腰帶、蓄著黃色鬍子，而且都背著一袋工具和一柄鏟子。門一開，他們就老實不客氣地衝了進來，不過這次可嚇不倒比爾博了。

「親愛的矮人們，有什麼我可以幫忙的地方嗎？」他說。

「奇力聽候您的差遣！」其中一個說。「還有菲力也是！」另一個人補充道。兩人都很快地脫下帽子，深深一鞠躬。

「在下聽候您和您家人的差遣！」比爾博這次終於照著禮數回答了他們。

「原來德瓦林和巴林都已經先到了，」奇力說：「我們一起樂一樂吧！」

「樂一樂！」巴金斯先生心中想：「這聽起來可不妙，我得先坐下來喝口茶，好好想一想應對之策才行。」他躲在角落喝了一口，其他四名矮人則是豪邁地坐在桌邊，大聲談笑著礦坑、黃金和半獸人所惹的麻煩，惡龍的劫掠，還有很多其他他不了解、也不想多聽的事物，因為這些事情聽起來都太具冒險性了。這時，叮咚叮咚，他的門鈴又響了，好像是某個頑皮的哈比小孩正使盡全力想把門鈴扯掉一樣。

「又有人來了！」他眨著眼睛說。

「從那聲音聽起來，我猜應該是四個人，」菲力說：「而且，我們來之前就看到他們跟在我後面。」

可憐的哈比人就這麼坐在客廳，雙手捧著腦袋，不知道到底是怎麼一回事，也不知道這些惡客究竟會不會留下來吃晚餐。然後，門鈴又肆無忌憚地大吵大鬧起來，他只得拚了老命跑去開門。開門之後他才發現，這根本不是四個人，而是五個人！當他還傻在客廳中的時候，第五名矮人湊了進來。之前他才剛轉了門把，所有的人就一擁而入，都鞠躬說著：「聽候您差遣！」他們是朵力、諾力、歐力、歐音和葛羅音。很快的，兩頂紫帽子、一頂灰帽子，一頂褐帽子，還有一頂白帽子都被掛在衣帽架上，這些矮人都把大手插在黃金或是白銀的腰帶中，大搖大擺地加入同伴的行列。這些人的確看來已經有了樂一樂的實力。有些人要喝麥酒，有些人想喝黑啤酒，有一個則是想喝咖啡，但每個人都要吃蛋糕。因此，這個勞碌命的哈比人，就這樣忙進忙出了好一會兒。

爐上正在煮著一大壺咖啡，香籽蛋糕全部陣亡，矮人們正開始進攻塗了奶油的麥餅，這時，門上又傳來了大聲的敲門聲。這次不是門鈴，而是在哈比人漂亮的綠門上敲打的聲音——有人用木棍在槌門！

比爾博非常生氣地衝過走廊，腦袋中一團混亂，什麼也搞不清楚，這是他這輩子最混亂的一個星期三。他猛地一拉門，門外的人全都跌了進來，一個疊一個地摔在地板上。更多的矮人，又來了四個！甘道夫就站在後面，拄著手杖哈哈大笑。他在門上敲出了不少痕跡，而且，他也順便把昨天做的那個祕密記號給磨掉了。

「小心點！小心點！」他說。「我說比爾博啊，讓朋友在門口苦等，又冷不防地猛然打開門，這可不像你的作風啊！請容我介紹畢佛、波佛和龐伯，還有這位索林！」

「聽候您的差遣！」畢佛、波佛和龐伯排成一列說。然後，他們又掛起了兩頂黃色的帽子和一頂淡綠色的帽子，另外還有一頂是天藍色的帽子，上面還有長長的銀穗。最後一頂帽子是索林的，他是名非常重要的矮人，事實上，他是索林·橡木盾。此刻他對於自己摔在地板上，身上還壓著畢佛、波佛和龐伯並不很高興。因為，渾身肥肉的龐伯重得驚人。索林相當高傲，他沒說什麼聽候差遣的話；不過，可憐的比爾博已經道了很多次歉，最後，索林哼了一句「別再說了」，緊鎖的雙眉好不容易舒展開來。

「大家都到齊了！」甘道夫看著那十三頂適合宴會的鮮豔帽子和他自己的尖頂帽掛在帽架上，說：「這可真是難得啊！希望遲到的人還有東西可以吃喝啊！那是啥？茶！不，謝了！我想喝點紅酒。」

「我也是。」索林說。

「還有藍莓果醬和蘋果塔。」畢佛說。

「還有碎肉派和乳酪。」波佛說。

「還有豬肉派和沙拉。」龐伯說。

「如果您不介意的話，請再來點蛋糕、麥酒和咖啡！」其他矮人隔著門大喊。

「還有幾顆水煮蛋啊，您真是個好人！」比爾博連滾帶爬地衝向餐點室的時候，他們又補了一句：「也別忘了燻雞肉和醃黃瓜！」

「這些傢伙怎麼對我的食物櫃這麼清楚！」巴金斯先生覺得腦中一團混亂，開始懷疑這次是不是一場最讓人擔心的冒險殺進了他的家門？等到他把所有的杯碗瓢盆刀叉瓶碟都用大托盤裝好之後，已經汗如雨下、滿臉通紅，還覺得相當地不高興。

「這些矮人真是太沒禮貌了！」他大聲說：「為什麼他們不來幫幫忙呢？」天哪，巴林和德瓦林不就正站在門口嗎？身後還站著菲力和奇力，在他來得及說第二個字之前，他們就把托盤和幾張小桌子都搬了出去，把外面重新給布置了一次。

甘道夫坐在桌首，兩旁圍繞著十三名矮人，比爾博坐在壁爐邊的小凳子上，啃著一塊小餅乾（他的食慾已經暫時消失了），試著強自鎮定，表現出一切都很正常、對他來說這絕不是什麼冒險的態勢。矮人們吃了又吃，聊了又聊，時間不停的流逝，最後，他們把椅子一推，比爾博起身準備去收拾所有的餐具。

「諸位應該都會留下來用晚餐吧？」他用最鎮定、最有禮貌的口氣問道。

「當然囉！」索林說：「我們還會再待久一點，這麼晚了不方便辦事，而且我們也應該享受一些音樂才對。快把東西收乾淨！」

十二名矮人（不包括索林，他地位太高了，必須繼續和甘道夫談天）立刻從椅子上彈了起來，把所有東西都堆得高高的。他們不等托盤，就立刻把如山的餐具用單手扛了起來，頂上還都放著一個瓶子。比爾博驚慌莫名地跟在後面緊張兮兮大叫：「請小心點！」「求求你們，不要麻煩了！我自己來就好！」但矮人照舊扯開喉嚨唱了起來：

弄碎杯子打碎盤子！
磨鈍刀子折彎叉子！
這就是比爾博．巴金斯最恨的樣子——
打爛瓶子燒掉塞子！

割碎桌布亂丟奶油！

還把牛奶倒在地板！
臥室的地毯上留下骨頭！
更把酒潑上每個門板！

這些全都丟進煮湯大鍋裡；
用根棍子猛力地敲打出氣，
弄完如果還有完整的容器，
就把它們滾到客廳裡！

比爾博．巴金斯最恨這樣子！
我們一定得小心！小心拿這些盤子！

當然，他們並沒有做出像歌詞內容那麼可怕的事情，所有的東西都被快如閃電地清理好、收到櫃子裡去。哈比人則是在廚房中間急得團團轉，想要看清楚他們在做些什麼。然後，一夥人又走了回來，他們這才看到索林正把腳蹺在桌上，好整以暇地抽著菸斗。他吐出來的菸圈更是史無前例的巨大，不管他叫這些煙圈往哪兒飄，它們都乖乖地聽話。這些煙圈會鑽進煙囪、躲進壁爐上的時鐘、潛到桌子底下，或繞著天花板舞動；不過，不管這些煙圈飄到哪裡，都躲不過甘道夫的瞄準。

噗！他會從短柄陶菸斗中噴出更小的煙圈，穿過索林的每一個煙圈，然後，甘道夫的煙圈會變成綠色的，飄回巫師的頭上。他的腦袋上這時已經飄了很多煙圈，在微弱的光線中看來有種神祕的氣質。比爾博張大了嘴看著眼前的景象，因為他最喜歡煙圈了；然後，他想起自己昨天在門口的班門弄斧，不禁漲紅了臉。

「來點音樂吧！」索林說：「拿出樂器來！」

奇力和菲力立刻跑到他們的背包旁邊，拿回來兩把小提琴，朵力、諾力和歐力則是從衣服裡面掏出橫笛，龐伯從客廳裡面變出一個鼓，畢佛和波佛也走了出去，從放置手杖的地方拿回來幾把豎笛。德瓦林和巴林則是說：「抱歉，我們把樂器放在門口了！」「把我的也一起拿進來，」索林說。他們拿回來和自己一樣高的六弦琴，索林的豎琴則是用綠色的布包著。那是把美麗的黃金豎琴，索林一撥琴弦，甜美的音樂立刻流洩而出，讓比爾博忘卻了身邊的一切煩惱，飄向遙遠的黑暗大地，看著天上的陌生月光，遠離了附近的小河和山丘。

夜色從小丘的邊窗流瀉進來，壁爐的火跟著閃動（現在還是四月），他們依舊繼續演奏著，甘道夫的鬍子則是在牆壁上投下奇怪的陰影。

黑暗籠罩了整座屋子，爐火也慢慢熄滅了，影子跟著消失，但他們依舊繼續演奏著，一個接一個的，邊演奏樂器，邊歌唱，低沉的聲音吟頌著古代的地底故鄉。底下就是他們歌謠的一部分，只是，沒有音樂的伴奏，不知道這首歌聽起來是否還像矮人的歌。

越過冰冷山脈和霧氣，
到達低深地窖古洞裡，
我們需在天亮前出發，
尋找美麗黃金所在地。

過往矮人立下偉大功業，
鐵鎚落下如同鈴聲美樂，
在幽深之處，黑暗的生物沉睡
於基地之下的巢穴。

遠古國王和精靈般的貴族，
擁有無盡黃金和寶珠，
他們鎚打鍛造，捕捉四散光輝，
藏於寶劍柄上的鑽箍。

在銀項鍊上掛著
奔流星光，在皇冠上鑲著

金絲織龍炎，
他們捕捉陽光和月亮的光熱。

越過冰冷山脈和霧氣，
到達低深地窖古洞裡，
我們需在天亮前出發，
尋回繼承的遠古黃金地。

他們替自己打造了美麗酒杯，
黃金豎琴，無人得窺
它們靜靜隱匿，許多歌曲
人類和精靈都未嘗其味。

松樹在高地哭嚎，
強風在夜間喧鬧。
火焰赤紅，無情蔓延，
樹木像是火把般狂嘯。

谷中鐘聲響亮，
人類神情倉皇；
龍之眼比火焰更強，
毀了高塔和廳房。

月光下山脈煙霧籠罩；
矮人聽見末日號角聲到。
逃離廳堂卻又陷入危難，
在他腳下，月光下依舊在劫難逃。

在遠方迷霧山脈中悲嘆，
低深地窖古洞幽暗，
我們需在天亮前離開，
為繼承豎琴和黃金，不惜與他一戰！

隨著他們的歌曲，哈比人開始對那些結合了靈巧的雙手、智慧與魔法所打造出來的物品感受到深刻又羨慕的愛戀；一種和矮人一樣強烈的情緒。此時，他身體內圖克家族的血統甦醒了，他想要去看看那偉大的山脈，聆聽松樹的歌謠和瀑布的雄壯，探索洞穴，身上配著寶劍而不是平凡的手杖。他看向窗外，黑暗的天空中星斗閃耀，讓他想起了黑暗洞穴中矮人的寶藏。突然間，小河邊一陣火光閃過，可能是某個人點燃了營火；這卻讓他想起了貪得無饜的惡龍坐在他寧靜的小山上，把所有一切都以火焰吞沒的景象。他打了個寒顫，立刻恢復了清醒，再度成為與世無爭袋底洞的巴金斯先生。

他渾身發抖地站了起來，不太想要去點亮油燈，只是想要作個樣子，躲在酒窖中的酒桶後面，等到矮人全走光之後才出來。突然間，他意識到音樂和歌曲全都停了下來，所有人的眼睛穿透黑暗，閃閃發光地看著他。

「你要去哪裡？」索林的口氣十分嚴厲，似乎已經猜到哈比人心中想些什麼。

「我只想要來點光而已，可以嗎？」比爾博滿懷歉意地說。

「我們喜歡黑暗，」矮人說：「黑暗適合祕密的討論！在天亮之前還有很長的時間呢。」

「當然，當然！」比爾博急忙地坐了下來。他一不小心沒坐上板凳，卻撞上了壁爐旁邊的火鉗和鏟子。

「小聲點！」甘道夫說：「聽索林要說什麼！」於是索林就滔滔不絕地開始了。

「甘道夫、矮人們和巴金斯先生！我們聚集在這位朋友和同謀者的家中，這位最棒、大無畏的哈比人，願他腳上的毛永不脫落！敬他的葡萄酒和麥酒！」他停下來換口氣，順便希望獲得哈比人禮貌的回應。不過，比爾博·巴金斯聽到「同謀者」已經嚇得不知所措，而「大無畏」這個形容詞，更是讓他張口結舌，本來準備抗議的嘴巴也只冒出了幾個泡泡，糾結的小腦袋已經可憐地快要燒掉了。因此，索林繼續道：

「我們在此聚會是為了討論我們的計畫、方法、企圖、政策和工具。我們在天亮之前就必須踏上漫長的旅途，這次的旅程，我們其中部分的人，甚至是全部都可能無法歸來（當然，我們的朋友和顧問，聰明的巫師甘道夫是個例外）。這是嚴肅的一刻，我們已經都很清楚目標。針對可敬的巴金斯先生，和幾位比較年輕的矮人（指的是奇力和菲力），我們可能必須簡短地解釋一下目前的確實狀況——」

這就是索林的行事風格。他是個地位很高的矮人，如果時間允許，他可以這樣一直長篇大論的說下去，直到他喘不過氣來為止，而這些話語中沒有一個字是在場的聽眾所不知道的。不過，這次他被粗魯地打斷了，可憐的比爾博再也忍不住了，一聽見「可能無法歸來」這幾個字，他就覺得一陣噁心反胃和想要尖叫。很快的，那聲音就像是隧道中的蒸氣爐一般爆發了。所有的矮人立刻跳了起來，還把桌椅給撞翻了！甘道夫立刻在魔杖尖端點亮了一股藍光，在這炫麗的光芒中，所有的矮人都可以看見可憐的小哈比人跪在地上，像是快融化的果凍，不停地發抖。然後他趴在地上，不停大喊著「被閃電打到了！被閃電打到了！」有很長的一段時間，他們只能從他嘴裡聽到這句話。於是，他們把這傢伙抱到客廳的沙發上，手邊放著飲料，一夥人又繼續回去討論祕密的計畫。

「這傢伙太容易興奮了！」甘道夫在眾人坐下來的時候說：「有時會像這樣發癲，但他是最好的，真的是箇中翹楚，像是被逼到絕境的惡龍一樣地凶猛。」

如果你真的看過陷入絕境的惡龍，那麼你就會知道用這種說法來形容任何哈比人，都是善意的誇大詞，即使是用來形容老圖克的曾曾舅公「吼牛」也是太過分了些。吼牛的身形高壯到可以騎乘人類的馬匹；在綠原之戰中，他一馬當先地衝向格蘭山半獸人的陣中，用根木棒就乾淨俐落地敲掉了對方首領高耳夫袞的腦袋。他的腦袋飛了一百碼，掉進一個兔子洞中，於是贏得了這場戰爭，同時也發明了高爾夫球的比賽。

但在此時，吼牛這位溫和的後代子孫則是奄奄一息地躺在客廳中。過了一陣子，喝了一點飲料之後，他才緊張兮兮地爬回門邊偷聽。他正好聽到葛羅音說「哼！（反正就是某種類似的哼聲啦！）你們認為他可以嗎？甘道夫說這個哈比人很凶猛是不錯啦，但是如果他一興奮就會這樣尖叫，那就足以叫醒惡龍一家大小，害我們送了性命。我覺得這聽起來更像是令人害怕，而不是興奮！事實上，如果不是因為門上的記號，我還以為我們來錯地方了。當我一看到這胖傢伙氣喘吁吁地跑來跑去的時候，心裡就覺得不對勁；他看起來不像什麼飛賊，反而像是雜貨店老闆！」

然後，巴金斯先生轉開門把，走了進去。圖克家族的血統擊倒一切，他突然間覺得自己寧可少吃一頓早餐、不睡床上，也要被人認為是個凶猛的傢伙。聽見「胖傢伙氣喘吁吁」的時候，他真的差點氣得凶猛起來。但過了今晚之後，他身上巴金斯這部分的血統卻常為他這時的行為懊悔不已，他會對自己說：「比爾博，你真是蠢，這都是你自作自受，自己送上門去的！」

「抱歉打攪諸位，」他說：「希望我沒有打攪到你們的討論。我並不想假裝了解你們在討論什麼，或是你們為什麼提到什麼飛賊，但我想至少有一點沒聽錯——（這就是他自尊發作的時候）你認為我不夠好。我會向你證明的。我的門上根本沒什麼記號，事實上，上個禮拜我才剛漆過油漆，我確定你們一定找錯屋子了。當我看見你們那些好笑的臉孔時，我也覺得不對勁，但我可是一點禮數都沒有少。告訴我你們想要幹什麼，我會試著去完成，即使我必須前往極東之地的沙漠盡頭，去和野生的地蛇奮戰也在所不惜。嘿嘿，我有個曾曾曾舅公，吼牛，圖克，他——」

「是啊，是啊，但那已經是很久以前的事了。」葛羅音說：「我指的是你。而且，我可以對你保證，門上有個記號，就是你這一行通常用的記號：『飛賊想要好工作，尋求刺激和合理的報酬』；那個記號的意思就是這樣。當然，如果你喜歡的話，也可以用『職業寶藏獵人』來代替『飛賊』一詞，有些人就是這麼稱呼自己的。事實上，對我們來說都一樣。甘道夫告訴我們，這一帶有人想要立刻找個工作，他已經安排好這個星期三下午茶的時間會面。」

「門上當然有記號，」甘道夫說：「就是在下親手弄的，我當然有好理由。你們要求我替你們找到第十四個夥伴，我選擇了巴金斯先生。哪個傢伙敢說我挑錯了人、找錯了房子，你們就可以繼續組成十三人的隊伍，好好享受那種厄運，或者是回去挖煤炭。」

他惱怒地瞪著葛羅音，對方縮回椅子上；而當比爾博張嘴想要問問題的時候，甘道夫又朝他挑起濃密的眉毛，直到比爾博識相地啪噠一聲閉上嘴。「這才對！」甘道夫說：「不要再爭吵了，我已經選中了巴金斯先生，你們知道這點就夠了。如果我說他是飛賊，他就是飛賊，時候到了自然會是。你們可別小看他，他可是深藏不露，連他自己都不太清楚。你們將來如果可以活下來，也別忘記感謝我。對了，比爾博，乖孩子，去拿油燈吧，讓我們看清楚這東西！」

在一盞大油燈的光亮之下，他攤開一張像是地圖的紙張。

「這是索爾所做的地圖，索林，他是你祖父，」他順便回答了矮人們興奮的疑問，「這是一張那座山的地圖。」

「我看不出來這對我們有多大幫助，」索林看了一眼之後失望地說：「我對那座山和四周的景物都記得很清楚，我也知道幽暗密林在哪裡，也記得巨龍們生養後代的凋謝荒地在哪裡。」

「山裡面有個地方，標記著紅色的惡龍標誌，」巴林說：「可是如果我們能夠到那邊，不需要地圖也找得到牠在哪裡。」

「有個地方你們都沒有注意到，」巫師說：「就是這裡有個密門。你們看到了西邊的符文嗎？還有另一個符文上有一隻手指向那邊嗎？」這標示的是一個通往低層大廳的密道。」

「以前或許是密道，」索林說：「但我們怎麼曉得，這條路是否還不為外人所知？老史矛革已經在那邊住了很久，對洞穴應該是瞭若指掌。」

「或許吧，但牠可能有許多許多年沒有用過這密道了。」

「為什麼？」

「因為門太小了。符文上面寫的是『門有五呎高，三個人可以並肩走』，史矛革可爬不進這種尺寸的洞穴，牠還是幼龍的時候就爬不進去，更何況是在吃掉了那麼多矮人和谷地中的人類之後。」

「我覺得那是個很大的洞，」比爾博低聲地說（他對於惡龍完全沒有任何經驗，只知道哈比人的洞穴）。他又變得十分興奮，對大家討論的話題很感興趣，因此忘記要閉上尊口。他喜歡地圖，客廳裡面就掛著一張大大的鄰近地區詳圖，他喜歡散步的路徑都用紅色的墨水標記起來。「就算不管那隻龍，這麼大的門要怎麼避過外面所有人的眼睛？」他問道。讀者們必須記住，他只是個沒什麼見識的小哈比人。

「有很多種方法。」甘道夫說：「但這扇門用的是什麼方法，如果不去看就不會知道。從地圖上的記載看來，我猜這扇門只要關起來就一定和山壁一模一樣。矮人通常都是這麼做的，對吧？」

「的確沒錯。」索林說。

「除此之外，」甘道夫繼續說道：「我也忘了提到，這張地圖還附有一把鑰匙，一把很小卻有趣的鑰匙。就在這裡！」他遞給索林一支有著長柄和許多特殊浮雕的銀色鑰匙，「好好保管！」

「我一定會的。」索林說，邊從脖子上拉出一條精細的項鍊將鑰匙掛上，然後再把鍊子收到外套內；「這個新消息讓我們的贏面大為增加，到目前為止，我們還不太確定該怎麼做。我們想過先往東走，盡可能小心地來到長湖邊。在那之後就會麻煩多了——」

「如果我對往東的路夠了解，中間我們會花掉很長的一段時間。」甘道夫打岔道。

「我們可以從那邊沿著疾奔河往上走，」索林自顧自地說：「這樣就可以來到河谷鎮的廢墟，也就是原先在山脈陰影下的舊城鎮遺跡。不過，我們都不想要從正門進去。河流從正門流出，在山脈的南邊懸崖落下，除非惡龍改變了習慣，否則牠通常都會從那邊出入。」

「這樣可不好。」巫師說：「除非我們有個天下無敵的戰士，甚至是個英雄才行。我試著找過這些戰士，但他們都在遠方忙著彼此作戰，而這附近的英雄史少，根本就找不到。這一帶的刀劍都已經鈍了，斧頭都是用來砍樹的，盾牌也成了搖籃或是蓋飯用的東西；惡龍又遠在天邊（因此成了傳說），所以我才會想要找飛賊——特別是當我想到這個密門之後。為了這樣，我才找到這位雀屏中選的飛賊比爾博．巴金斯先生。我們繼續討論下去吧，看看能

---

1 翻到本書前面的地圖，就可以看到甘道夫所描述的景象。

夠擬定出什麼計畫。」

「好的，」索林說：「或許這位專業飛賊可以給我們一些建議，」他假意客氣地轉向比爾博。

「首先，我得要對狀況多些了解。」他的內心覺得有些疑惑和動搖，但圖克家的血統決定繼續堅持下去：「我是說那些黃金和惡龍，還有，怎麼到那邊去？這些東西又是誰的？等等等等。」

「天哪！」索林說：「難道你沒看到這張地圖嗎？沒聽見我們的歌曲嗎？你以為我們討論了半天是在說什麼？」

「隨便啦，我希望你們能夠解釋得清楚一點。」他耐心地換上辦正事的態度說（通常是保留給那些想要向他借錢的人），盡全力試著露出鎮定、專業和冷靜的態度，想要符合甘道夫對他的溢美之詞。「我想要知道風險、額外成本、需要時間、報酬等等的說明。」他的意思其實是：「我有什麼好處？可以活著回來嗎？」

「好吧，」索林說：「很久以前，在我祖父索爾那一代，我們的家族從北方被趕了出來，帶著他們所有的財富和工具來到地圖上的這座山脈。這是我的一位先祖長壽索恩所發現的，他們在裡面建設了許多的隧道和工作區域，以及巨大的廳堂，而且，我相信他們也在其中找到了許多的黃金和大量的珠寶。反正，他們就變得十分的出名和富有，我的祖父再度成了山下國王，附近居住在南方的人類都非常尊敬他。那些人類四處搬遷繁衍，最後住到山脈旁邊的谷地中，他們在那邊興建了一座被稱為河谷鎮的快樂小鎮。國王們曾經聘請我們的鐵匠，即使是手腳最笨拙的也會獲得豐厚的獎賞。父親們會哀求我們收留他們的兒子作為學徒，也會給我們相當多的學費，尤其是在食物供給方面，根本不愁匱乏，我們完全不需要自己動手來耕作。總之，那是我們的好日子，即使最貧窮的同胞也都有閒錢可以花費和借給別人，有時間可以製作美麗好玩的東西，更別提那些棒極了的魔法玩具，那些東西近年來則幾乎已經絕跡了。因此，我祖父的宮殿中裝滿了盔甲和珠寶、雕刻和藝術品，河谷鎮的玩具市場成了大陸北方的一大奇觀。」

「很不幸的，這卻也吸引來了惡龍。相信你也知道，惡龍會從精靈、人類和矮人手中搶奪任何牠們可以獲得的黃金和珠寶；只要還活著，牠們就會死命地看守著這些財寶（除非牠們被殺，否則牠們幾乎永遠不會死），根本連一毛都捨不得花。牠們甚至無法分辨藝術品的好壞，只能夠大略知道市值多少；牠們什麼也不會作，連自己鬆動的鱗甲都不會整修。這些日子，大陸北方有許多的惡龍，由於矮人大多被殺或是往南逃，該處的黃金藏量可能大幅減少，惡龍四處燒殺擄掠也讓狀況變得越來越糟糕。這其中有一隻特別貪婪、強壯和邪惡的大蟲，叫做史矛革。有一天，牠飛上天往南而來，我們所聽到的第一聲巨響像是北方來了個龍捲風，山上的松樹在強風中紛紛發出哀嚎聲。有些矮人正巧在外面（幸運的是，我也正好是其中一名。當年我很愛冒險，經常到處亂跑，卻湊巧也救了我一命）。好吧，從很遠的地方，我們就看見惡龍噴著火焰盤據了我們的山頭；然後牠衝下斜坡，讓森林全部陷入火海中。那個時候，河谷鎮所有警鐘全都響了起來，戰士們紛紛準備迎戰，矮人們衝出大門，但惡龍就在門口等著他們，一個矮人也沒有逃過。河流化成蒸氣，谷地被籠罩在濃霧中，惡龍乘機直撲而下，殺死了大多數的戰士。這是個悲慘的故事，近年來越來越多……。唉，然後牠飛了回去，從前門鑽進山內，清除了所有隧道、巷弄、地窖、廳堂和走廊中的敵人；之後，裡面連一個活的矮人也不剩，牠將所有的財富據為己有。以惡龍的行事風格來說，牠多半把這些寶藏收成一堆，藏在洞穴深處，當作牠的床鋪。之後，牠會趁著黑夜衝進谷地，擄掠人類，特別是處女，來當作食物；直到河谷鎮化為廢墟，居民逃的逃、死的死。在那之後又發生了什麼事情就不清楚了，但我想山脈那一帶應該都沒有活人居住，最靠近的應該是長湖邊緣的居民。」

「當時正巧身在洞外的我們哭泣著躲了起來，詛咒著史矛革；出乎意料的，我父親和祖父鬚髮焦黑的加入了我們。他們看起來臉色非常沉重，不太願意說話。當我問他們如何逃離的時候，他們告訴我不要多話，時機到了自然會讓我知道。在那之後，我們就離開了那裡，在大陸四處遊歷，賺取勉強餬口的微薄金錢，甚至有時必須去做打鐵或是挖煤礦的工作。但是，我們從未有一天忘記那被強奪走的寶藏，即使是現在，在我們已經勉強脫離了窮困處境時。」一說到這裡，索林下意識地摸著脖子上的金鍊子：「我們無時無刻想奪回屬於我們的東西，讓詛咒降臨在史矛革身上。」

「我經常思索著父親和祖父是如何逃離該處的。現在，我才明白他們一定有個皇家專用的密道，只有他們才知道。不過，很明顯的，他們也畫了張地圖，我很想知道甘道夫是怎麼弄到手的，為什麼不是由我來繼承這屬於我的東西。」

「我可不是『弄到』的，這是別人給我的。」巫師說：「你還記得你祖父索爾是在摩瑞亞礦坑中被半獸人阿索格所殺——」

「詛咒那個名字！是的，我記得。」索林說。

「你父親索恩則是在一百年前的上週四，也就是四月二十一號離開了你，之後你就不曾再——」

「是的，是的。」索林說。

「因此，你父親把這東西交給我，請我轉交給你。如果我挑選的時機和地點不合你的意，你也不能怪我，你大概很難想像我花了多少工夫才找到你。當你父親給我這張紙的時候，他連自己的名字都不太記得了，當然更沒告訴我你的名字。我覺得，我能夠找到你實在是個奇蹟，應該受到讚美和感謝才對。收下吧！」他把地圖交給索林。

「我還是不明白。」索林說，比爾博也想要說同樣的話；甘道夫的解釋並不夠清楚。

「你祖父，」巫師慢慢地，神情凝重地說：「在他前往摩瑞亞礦坑之前，將這張地圖交給他兒子保管。在你祖父被殺之後，你父親準備用這張地圖來試試他的運氣，他經歷了各式各樣恐怖的冒險，但是從來無法接近這座山。雖然我不知道他是怎麼淪落到該處的，但他被我發現的時候，是身陷死靈法師的地牢中。」

「你又在那邊幹什麼？」索林打了個寒顫道，所有的矮人也都覺得背脊一陣寒意。

「你就別管了。像平常一樣，我是去那邊追求真相的；那次真是千鈞一髮，即使是我甘道夫，也只能勉強保住性命。我試著要救你父親，但已經太遲了，他變得痴呆，只知道漫無目的地奔跑，除了這張地圖和鑰匙之外，幾乎失去了所有的記憶。」

「很久以前，我們已經報復了摩瑞亞的半獸人。」索林說：「或許我們該仔細想想有關這個死靈法師的事情了。」

「不要太自大了！他是個力量超越所有矮人的恐怖敵人，就算你能夠從世界的四個角落再度召集所有的矮人也打不過他。你父親死前的遺志，是希望他的獨子能夠收下這張地圖，好好利用這鑰匙。對付惡龍和到達地圖上的山脈，對你就已經夠危險了！」

「聽著，聽著！」比爾博說，一不小心，他說得太大聲了。

「聽什麼？」突然間所有人都轉向他，而他一個不留神，竟然回答：「聽我要說的話！」

「你要說什麼？」他們問。

「好吧，我認為你們應該往東走，去好好看看。畢竟我們已經知道有個密道，而且我想，就算是惡龍，偶爾也會睡覺的。如果你們在門口坐得夠久，一定可以想到什麼解決之道。而且，不知道你們覺得怎樣，我認為今晚已經說得夠多了。睡個覺，明天早上一早趕路怎麼樣？在你們出門之前，我會讓你們飽餐一頓的。」

「我想你指的應該是『我們』出門之前吧，」索林說：「飛賊是你耶！坐在門口想辦法，甚至混進去都是你的工作吧！不過，我也同意該先睡覺，明天早上好好吃一頓。在遠行之前，我早餐要來六個雞蛋配上火腿，請用煎的，不要用煮的，也別把蛋黃戳破。」

在所有人連聲「請」也不說的點完早餐之後（這讓比爾博覺得相當不爽），一行人就開始準備就寢。哈比人得要替所有的人找到睡覺的地方，他用沙發和桌椅在各個空房中排出床來，並且還得要把床鋪好。最後，筋疲力竭的小哈比人才全身痠痛地躺回床上，心情還是不好。他暗自作出決定，明天早上絕對不要起個大早，為每個人作他們的怪早餐。圖克家僨張的熱血已經漸漸冷卻了，他實在不確定明早是否會和大家一起去冒險。

當他躺在床上時，依舊可以聽見索林在隔壁最好的客房中哼著：

越過冰冷山脈和霧氣，
到達低深地窖古洞裡，
我們需在天亮前出發，
尋找美麗黃金所在地。

比爾博就在這歌聲中沉沉睡去，這讓他作了幾個奇怪的噩夢。在天亮之後許久，他才醒了過來。

第二節　烤羊腿

比爾博翻身跳下床，披著睡袍跑到飯廳，這裡空無一人，只有一頓匆忙的豐盛早餐留下的痕跡。到處都髒亂不堪，廚房裡也堆滿了各種各樣的油膩餐具，幾乎他所有的鍋碗瓢盆都被用過了。接下來令人厭惡的清洗工作，更是累到讓他認為昨天是場噩夢。不過，當他想到所有的人都已經拋下他先行離開，甚至沒有叫醒他的時候，他著實鬆了一口氣。（這些傢伙連聲謝也不說！他想。）但在他心中的某個角落，卻有一股嚴重的失落感，這種感覺讓他大吃一驚。

「別傻了，比爾博．巴金斯！」他自言自語道：「你都已經這把年紀了，還幻想什麼惡龍和遠方的冒險！」因此，他披上圍裙，點著爐火煮開水，把所有的東西都好好

清理了一遍。然後，在他走回飯廳之前，也在廚房裡好好用了頓精緻的早餐。等到他吃完之後，太陽早已高掛，敞開的前門也吹進一股溫暖的春風。比爾博開始大聲地吹著口哨，把昨晚的事情忘得一乾二淨。事實上，當甘道夫走進來的時候，他正坐在飯廳，對著敞開的窗戶，準備再吃第二頓精緻的早餐。

「這位親愛的朋友，」甘道夫說：「你到底什麼時候要出發？『明天一早起來趕路怎麼樣？』你昨天還這樣說哩，看看你，都已經十點半了，你還在吃早餐，這是第幾頓啊！因為他們已經等不及了，所以留了紙條給你。」

「什麼紙條？」可憐的巴金斯先生頭昏腦脹地問。

「天哪！」甘道夫說：「你今天可真是行事怪異啊——你竟然沒有打掃壁爐！」

「這和紙條又有什麼關係？光是清洗十四個人的餐具就讓我累死了！」

「如果你清理了壁爐，就會在架子上的時鐘下發現這個東西……」甘道夫遞給比爾博一張紙條（當然，是用他專用的便條紙寫的），裡面的內容是這樣的：

索林和大夥向飛賊比爾博問安！對您誠摯的招待獻上我們最真心的感謝，我們也非常榮幸地接受您提供的專業協助。條件如下：現金，最高不超過淨利（如果有的話）的十四分之一，包含旅途上的一切花費。如果事態發展不如預期，喪葬費用則會由我們或我們的代表提供。

由於我們認為不應該打攪你重要的睡眠，因此，我們先去準備冒險途中所需的一切，並會在臨水路的綠龍旅店靜候閣下大駕光臨。請準時於十一點抵達，我們相信您會守時的。

您最忠誠的朋友，
索林和夥伴們　敬上

「你只剩十分鐘，得用跑的了。」甘道夫說。

「可是——」比爾博說。

「沒時間可是了。」巫師說。

「可是——」比爾博又說。

「也沒時間給這個可是了！你該上路啦！」

比爾博這輩子，始終都不太確定自己到底是怎麼完成這項驚人的壯舉：他兩手空空，沒有帶錢、沒有戴帽子、沒有枴杖、沒有帶任何平常出門會帶的東西，第二頓早餐也還沒吃，更別說把碗盤洗乾淨了；等他回過神時，竟然發現自己把鑰匙塞進甘道夫手裡，一雙毛毛腳使盡力氣狂奔，沿著街道跑過磨坊，越過小河，又快跑了整整一哩。

他好不容易才在鐘敲十一響時，上氣不接下氣地趕到臨水路，卻意外地發現自己竟然忘了帶手帕！

「及時趕到！」站在旅店門口等他的巴林大聲喊道。

在此同時，其他人全都從村莊那邊冒了出來。他們都騎著小馬，每個小馬背上還扛著各式各樣的行李、背包、包裹和裝備。他們還牽著一匹非常矮的小馬，很明顯是給比爾博用的。

「你們兩個趕快上馬，我們馬上出發！」索林說。

「我實在很抱歉。」比爾博說：「可是我忘了戴帽子，手帕也放在家裡，身上更是連一毛錢也沒有。事實上，精確一點說，我到十點四十五分才收到你們的留言。」

「不要那麼精確啦，」德瓦林說：「也不用擔心，在這趟旅程結束之前，你一定可以習慣不用手帕和許多其他的東西。至於帽子嘛！我的行李裡面還有多餘的一套斗篷和兜帽。」

就這樣，在四月底的一個涼爽早晨，他們出發了。比爾博騎在背著沉重行李的小馬身上，戴著從德瓦林那邊借來的一頂深綠色的兜帽（有些破舊）和深綠色斗篷。這兩件衣服都太大了些，他看起來實在有些逗趣；我可不敢想像，萬一他老爸邦哥看見他這副德性會怎麼說。他唯一感到安慰的地方，是別人至少不會把他誤認成矮人，因為他沒有留鬍子。

他們騎了不久，就遇上了騎著白馬，意氣風發的甘道夫；他帶了很多的手帕，還有比爾博的菸斗和菸草。因此在那之後，大家都心滿意足地出發了，他們一整天都快樂地說著故事，唱著歌，只有偶爾停下來用餐的時候，會暫時中斷他們興奮的交談。雖然，停下來用餐的次數沒有像是比爾博習慣的那麼頻繁，但也勉強夠他填飽肚子，這讓他覺得冒險其實也沒那麼壞。

一開始他們還在哈比人的土地上旅行，這是塊翠綠美麗的大地，居住著許多老實人，道路也非常平整，途中還有幾間旅店，偶爾會遇到趕路的矮人或是農夫。然後，一行人來到了人們心目中詭異神祕的區域，矮人們唱起之前從未聽過的歌謠。他們已經深入野地，這裡沒有任何的居民和旅店，路況也越來越糟，不遠處可以看見陰森森的山丘直直的伸向天際，上面覆滿了樹林。有些山丘上還有看來十分邪異的古堡遺跡，彷彿是由邪惡的人們所建造的。一切看來都十分陰鬱，連天氣都變得讓人感覺很不舒服。大多時候，這像是童話故事中五月的好天氣，但現在慢慢變得又濕又冷；在之前的野地那一帶，他們雖然必須要露營，但至少天氣沒有這麼潮濕。

「一想到快六月了，就讓人不高興。」比爾博喃喃自語著，他正和其他人一起踏著滿是泥漿的道路前進。這已經過了下午茶的時間，一整天都下著滂沱大雨，他的帽子濕答答地貼在眼睛上，斗篷也吸滿了雨水。小馬非常疲倦，腳步相當蹣跚，其他人則是悶悶不樂，懶得說話。「我很確定，這雨水一定已經滲進乾衣服裡面，和我們裝食物的袋子裡了，」比爾博想著：「我幹嘛跟人家來蹚什麼飛賊的渾水！我真希望現在還窩在自己的小洞裡面，坐在壁爐旁邊，聽著水壺煮開的水噗噗叫！」這可不是他最後一次浮起這種願望！

矮人們依舊頭也不回地往前走，根本沒注意到哈比人的喃喃自語。躲在灰雲之後的太陽似乎已經下山了，因為當他們走下一處底部有條河流的深谷時，天色開始變得很昏暗。風勢逐漸變強，河邊的柳樹彎腰擺動，發出輕輕的嘆息聲。幸好道路通往一座古石橋，這條河由於過去幾天豐沛的水量，它已經變成紅褐色的急流，從北方的山中一路奔流過他們面前。

他們在天色全暗下來之前都過了橋。強風吹散了灰雲，露出在雲間掩映著的一彎新月。然後一行人停了下來，索林呢喃著有關晚餐的事情，「我們要怎麼找到乾地睡覺？」

這時，他們才發現甘道夫失蹤了。他已經和他們走了這麼遠的一段距離，卻完全沒說過他是和他們一起冒險，或者只是暫時和他們作伴。他吃得最多，說得最多，笑得也最多，但他現在卻連個影子也沒有！

「就在最需要巫師上場的時候，竟然……」朵力和諾力哀嚎道。（他們也和哈比人對用餐有著相同的看法：多量多餐。）

一行人最後決定只能在附近紮營了。到目前為止他們還沒有在野外紮過營，但他們也早預料到，當來到迷霧山脈之前那段毫無人煙的地區時，必須經常要紮營；只是要在這種又濕又冷的晚上紮營，實在不是什麼好的開始。他們來到比較濃密的樹叢中，雖然地面上比較乾，但風勢卻會把葉子上的水滴吹落，滴答、滴答的聲音是最惱人的部分，連火似乎也和他們作對。不管有沒有風，矮人們似乎可以在任何地方利用任何東西生火；但是，當天晚上，不管他們怎麼努力，就是生不起來，連擅長生火的歐音和葛羅音也束手無策。

接著，有匹小馬突然莫名其妙地受驚，衝了出去；在眾人來得及攔住牠之前，牠就衝進了河中。正當大夥奮力把牠拉出水面的時候，菲力和奇力又差點淹死，而小馬身上所帶著的行李都被水沖走了，要命的是，那大多數都是食物。這下子，連晚餐都吃不到什麼東西了，更別提什麼早餐了！

他們全都濕漉漉地坐在地上一肚子氣，歐音和葛羅音則是又試著想要把火生起來，卻又開始鬥嘴。比爾博正開始傷心懊悔，這次的冒險並不全都是在五月陽光下騎小馬的快樂旅程時，總是擔任斥候的巴林突然大喊起來：「那邊有光！」在不遠處有座長滿了樹木的小山丘，看起來樹木相當的濃密。在這一片黑暗之中，他們可以清楚地看見有光芒閃耀，是個紅色、溫暖的光芒，似乎是火把或是營火正在旺盛地燃燒著。

他們呆望了片刻，又開始爭吵起來。有些人說「不行」，有些人說「可以」，有些人說可以只是去看看，反正不管怎麼樣，都比吃那少得可憐的晚餐、一整夜穿著濕衣服，又得面對幾乎一無所有的早餐，要來得好。

其他人則是說：「我們對這附近所知太少，也太靠近山區了，這年頭旅人都很少走這條路。古代的地圖已經都沒用了，世道衰敗，道路也跟著舊損，沒人維護這一帶的安全。他們在這邊根本沒聽過什麼國王之類的事情，越少好奇心，就越不會惹來太多麻煩。」有些人又說：「反正我們有十四個人。」另一人問：「甘道夫到底躲到哪裡去了？」每個人心中都有同樣的疑問。然後，雨變得越來越大，歐音和葛羅音開始互毆。

這暫停了眾人的爭論。「反正，我們還有一個飛賊在身邊！」他們放心地說。因此他們牽著小馬，小心翼翼地往火光的方向走，他們來到山腳下，走進森林中。他們往山丘上爬，但卻找不到任何道路的痕跡，附近也不像是有任何住屋或是農莊的樣子。在這片黑暗中摸索前進的時候，他們弄出不少噪音，同時還不停地抱怨著。

突然間，不遠處的森林中冒出了比之前更為耀眼的紅光。

「現在該輪到我們的飛賊了。」他們指的是比爾博。「你得要先去弄清楚這光芒是怎麼一回事，看看是否一切都很安全？」索林對哈比人說：「快點去！如果一切都沒問題，請快點回來；如果有問題，也請盡量想辦法回來。如果回不來的話，就請學穀倉貓頭鷹叫兩聲、長耳貓頭鷹叫一聲，我們就會想辦法救你的。」

比爾博在他來得及解釋自己根本分不清楚什麼穀倉貓頭鷹和長耳貓頭鷹之前，就被推了出去。不過，哈比人天生就能夠在森林中悄無聲息地移動，因此暫時還難不倒他，而且，他們還對此相當自豪。所以，比爾博就邊咕噥著「這些心急的矮人」邊開始上路；不過，就算是有一整隊哈比人這樣嘀嘀咕咕地從我們身邊走過去，你和我恐怕都會渾然不覺。至於以當天比爾博走向火光邊的腳步聲，恐怕連松鼠都不會為此多抖一下鬍鬚。因此，他什麼人也沒有打攪到就走到了營火邊——這就是他所看到的景象。

三個非常高大的人形生物，坐在一個大火堆旁，牠們正用一根很長的木棍烤著羊腿，邊舔著手上的肉汁，這味道真是讓人口水直流。而且，牠們身邊還堆放著許多好酒，這些傢伙都豪邁地直接用酒壺對嘴喝。但要命的是，這些傢伙是食人妖，光從外表看來就知道了。即使是與世無爭的比爾博也能夠判斷得出來：從牠們那顆大頭、身材、腿的形狀，更別提牠們的語言一點也不文雅，真的，甚至根本連文明也算不上！

「昨天羊腿、今天羊腿，媽呀，希望明天看起來不像羊腿！」一名食人妖說。

「好久沒人肉吃了，」第二名食人妖說：「那個威廉到底在想什麼屁，把我們帶來這邊受罪，讓我想不通。而且，酒也不夠了，」他用手肘撞撞正大口喝酒的威廉。

威廉嗆了一口酒，「閉上你媽的嘴！」當他回過氣來之後，他立刻說道：「**李們**這些傢伙，難道以為會有人留在這邊就為了給**李**和伯特吃？自從我們下山之後，**李們**兩個豬頭已經吃掉了一個半村子。**李們**還想要怎麼樣？我們狗運已經不錯，**李們**應該說『**屑屑李比爾！**』幫我們弄來肥嫩的山羊。」他狠狠地咬了剛烤好的山羊腿一口，用袖子擦著嘴巴。

是的，一般來說食人妖都是這副德性，即使那些只有一顆頭的傢伙也是如此。比爾博在聽完這一切之後，本來應該立刻做些事情的，他可以馬上安靜地回去警告朋友，這裡有三隻巨大的食人妖，心情相當不好，可能不介意烤矮人或是小馬來換換口味；或者他至少可以幹些飛賊會作的事情。一個真正的、首屈一指的飛賊，會在這個時候試著摸走食人妖的東西，只要你辦得到，這些東西總會給予相當豐厚的報酬。你可以從他們眼前幹走火堆上的羊腿、推走啤酒桶，這些遲鈍的傻蛋可能根本不會注意到你。至於那些更講究實際、不在乎職業尊嚴的飛賊，則會在對方警覺之前，給三個食人妖一人一刀，然後大家就可以快樂地度過這一晚。

比爾博都知道。他曾經讀過很多故事，裡面的情節和行為，都是他這輩子從來沒有做過、沒有看過的。他覺得非常擔心，心中感到一陣作嘔，他真希望自己遠在幾百哩之外，但是，但是由於某種原因，他覺得自己不能就這樣空手回去見夥伴們。因此，他在陰影中遲疑了片刻，在他所聽過的故事中，從食人妖的口袋摸走東西似乎是最簡單的飛賊工作；因此，他靜悄悄地溜到威廉身後的樹旁。

伯特和湯姆走到酒桶旁邊，威廉正在暢飲另一瓶美酒。比爾博鼓起勇氣，將小手伸進威廉的超大口袋中。裡面的確有個錢包，對比爾博來說和背包一樣大。「哈！」他認為自己對這工作已經駕輕就熟的時候，正小心翼翼地掏出錢包，心中想著：「這只是開始而已！」

這的確只是開始而已！食人妖的錢包藏著某些詭計，這個也不例外。「呃，你是誰？」錢包一離開口袋，就嘰嘰咕咕地自動開口問道。威廉立刻轉過身，在比爾博來得及躲入樹後之前，一把抓住他的脖子。

「媽呀，伯特，看看我抓到啥了！」威廉說。

「這是什麼？」那兩人趕過來問道。

「笨蛋，我怎麼會知道！李是啥？」

「比爾博．巴金斯，我是飛——呃——哈比人，」可憐的比爾博渾身發抖地說，他的小腦袋正拚命轉動著，希望能夠在被勒死之前想出怎麼學貓頭鷹叫。

「**非餓**哈比人？」他們有些驚訝地說。食人妖的反應相當遲鈍，任何新的事物對他們來說都會引起極大的懷疑。

「管他的，**非餓**哈比人跟我的口袋有什麼關係？」威廉問道。

「李可以煮他們嗎？」湯姆說。

「李可以試試看！」伯特迫不及待的拿起鍋子說。

「他連塞牙縫都不夠，」威廉已經酒足飯飽：「到時把皮剝了、骨頭剔掉，肉可能只夠塞牙縫。」

「搞不好附近還有他同伴，我們可以拿來作個派！」伯特說。「嘿，李、李還有同伴在森林裡面到處亂跑嗎？李這個可惡的阿比人……」他正打量著哈比人的毛毛腳，邊把他頭下腳上地拎著抖了抖。

「對，還有很多，」比爾博在想起自己不該出賣朋友之前，不小心說溜了嘴。「不，沒有，一個也沒有！」他隨即立刻補充道。

「李這是什麼意思？」伯特這次把他反過來抓住他的頭髮問道。

「我剛剛說的是——」比爾博呼吸急促地說：「好心的先生，千萬不要把我煮來吃！我自己是個好廚師，煮的

菜比我自己要好吃多了。我可以替你們煮一大頓好菜，一頓超棒的早餐，只要你們不把我當晚餐就好了！」

「可憐的小傢伙。」威廉說。他肚子都已經快撐破了，又喝了很多啤酒。「可憐的小東西！讓他走吧！」

伯特說：「不行，得先搞清楚他剛剛說什麼很多，然後又一個也沒有到底是怎麼一回事。我可不想要在睡覺時喉嚨被割開！把他腳趾推到火裡面，看他說不說！」

「我可不准你這樣做！」威廉說：「他是我抓到的。」

「威廉，你是個胖笨蛋，」伯特說：「我今天之前就這樣說過了。」

「你是個蠢貨！」

「你沒資格這樣說我，比爾，哈金斯！」伯特一拳打中威廉的眼睛。

然後就成了一場精采的混戰。比爾博還勉強擁有最後一絲的急智，當伯特把他丟到地上時，趕快躲開這兩個傢伙的大腳；隨後他們就像是野狗一樣地嘶咬起來，並且開始用各種各樣生動活潑的髒話辱罵對方。很快的，他們彼此纏抱住，又踢又打的差點滾進火堆中；湯姆則是展開亂棒攻擊他們，希望這兩人能鎮定下來，這一招當然沒有用，他們變得更加暴跳如雷。

比爾博其實有足夠的時間離開，但他那雙可憐的小腳被伯特的大手給捏得血路不通，他的胸口更是緊張得喘不過氣來，腦袋裡面也是一團糊塗。因此，他躲在火光照不到的地方喘著氣。

就在這一團混亂中，巴林趕了過來。矮人從不遠的地方聽見了這裡的爭吵，在等待了一段時間，希望比爾博能夠回來，或是發出貓頭鷹的叫聲之後，他們開始一個接一個地悄悄靠過來。湯姆一看見巴林走進火光中，立刻發出一聲淒厲的大喊！食人妖看到矮人就討厭（特別是沒煮熟的），伯特和比爾立刻停止了互毆，大喊著「湯姆，快點，拿個袋子來！」在巴林踏進這一團混亂中，還沒搞清楚到底是怎麼一回事之前，他就被袋子套了起來，推倒在地上。

「看來還會有很多，」湯姆說：「否則就是我搞錯了，原來這就是很多又一個也沒有的意思。」他說：「不是什麼非餓哈比人，而是有很多的矮人。果然就是這樣！」

「我想你是對的，」伯特說：「我們最好躲到火光照不到的地方。」

於是他們就這樣做了。這三個食人妖手中，拿著原先是用來裝羊肉和其他寶物的袋子，在陰影中耐心等候著。當每個矮人走過來看著火光、地上翻倒的酒壺和啃過的羊腿時，轟咚一聲，就會被一個臭兮兮的袋子套住頭，摔倒在地上。很快的德瓦林就躺在巴林身邊，菲力和奇力一起裝在同一個袋子裡，朵力、諾力和歐力則是疊成一堆，歐音、葛羅音、畢佛、波佛和龐伯則是被丟在營火旁邊。

「這應該可以讓他們學到教訓！」湯姆說，因為波佛和龐伯給了他們不少的麻煩；他們就像是一般被困入絕境的矮人一樣奮力抵抗。

索林最後才到，而他並沒有像之前的受害者那麼粗心大意。他來的時候就預料到會有危險，不需要看見朋友的腳從袋子裡面伸出來，就知道有什麼不對勁。他站在不遠之外的陰影中，「這是怎麼一回事？是誰把我的子民裝在袋子裡面？」

「是食人妖！」比爾博躲在樹後面說。大家都已經忘了還有這個小傢伙的存在。「他們拿著袋子躲在樹後面！」他說。

「喔！是嗎？」索林一個箭步跳到營火邊，在食人妖來得及拿袋子套住他之前，他拿起一根著火的柴火，開始揮舞起來，伯特被戳中了一眼，讓他暫時不能站起來；比爾博也盡了自己的一份力，他抓住湯姆像是樹樁一樣粗大的腳，不料這時，湯姆正把營火的灰燼朝索林一腳踢去，因為失去平衡而跌倒，也把比爾博踢上了樹梢。

湯姆的牙齒也因為這樣吃了一記，大門牙更跌掉了一顆，這傢伙發出了驚天動地的慘叫聲。不過，就在那一刻，威廉從後面撲了過來，用袋子把索林從頭到腳都裝了進去，這場戰鬥就這麼結束了。這些矮人被裝成一袋袋堆在營火邊，三名憤怒的食人妖（兩個傢伙臉上，還留下燒傷或是掉落大門牙的傷口，讓他們謹記剛才的仇恨）坐在旁邊，爭論著應該要怎麼樣對付他們，到底是該把他們活活烤熟，還是把他們剁碎、慢火細燉，或者是把他們一個接一個壓成肉醬？比爾博則是渾身破破爛爛地躲在樹叢中，驚魂未定的他不敢隨意亂動，擔心會被他們聽見。

就這時候，甘道夫正好趕回來了，但沒有人注意到他。食人妖剛才達成結論，先將矮人烤熟，待會兒再來吃他們。這是伯特的點子，在經過好一番爭執之後，他們都同意了這個看法。

「現在烤他們也沒用，要花一整夜。」有個聲音說，伯特認為這是威廉的聲音。

「比爾，不要再吵架了。」他說：「不然這樣又會耗上一整夜。」

「誰——誰在吵架？」威廉以為剛剛說話的是伯特。

「是你。」伯特說。

「你說謊。」威廉說，因此之前的爭論又從頭再開始一遍。到了最後，他們決定把這些矮人剁碎，溫火慢煮。因此，他們拿了個黑鍋子來，再拔出小刀準備幹活。

「幹嘛要煮他們！我們又沒水，要走好遠才能找到井打水。」一個聲音說。伯特和威廉認為這是湯姆的聲音。

「閉嘴！」他們說，「不然我們一輩子都沒辦法吃東西。李如果再廢話，就自己去拿水。」

「李們才閉嘴哩！」湯姆認為那是威廉的聲音。「除了你之外還有誰在吵架？」

「你傻瓜，」威廉說。

「李才傻瓜！」湯姆說。

因此他們又從頭開始爭論，這次比之前還要激烈很多。好不容易，他們才都同意，先輪流坐在袋子上，把他們一個接一個壓扁，下次再來煮熟他們。

「我們應該先坐在誰身上？」那聲音說。

「最好先坐在最後一個傢伙身上，」伯特說，他的眼睛剛剛才被索林弄傷。他以為說話的是湯姆。

「不要自言自語好不好！」湯姆說：「如果你想要壓爛最後一個人，就去啊，他在哪裡？」

「那個穿著黃襪子的傢伙。」伯特說。

「胡說八道，是那個穿著灰襪子的傢伙。」一個像是威廉的聲音說。

「我確定是黃色的。」伯特說。

「是啊，是黃色的。」威廉說。

「那李說什麼狗屁灰色的？」伯特說。

「我才沒說，是湯姆說的。」

「我才沒有！」湯姆說：「是你。」

「兩票對一票，閉上你的臭嘴！」伯特說。

「你在跟誰說話？」威廉問。

「住嘴！」湯姆和伯特一起說：「快白天了，今天會很快天亮的，我們快點啦！」

「曙光會吞沒所有人，化成岩石吧！」一個像是威廉的聲音說，但那不是威廉的聲音。因為就在那一刻，日光越過山丘，樹梢上傳來大聲的吱喳聲。威廉再也沒有機會開口說話，因為他就保持那個彎腰的姿勢化成岩石，而湯姆和伯特則是動也不動看著他，再也無法動彈。直到今日，這三個食人妖還是孤單地站在那邊，只有鳥兒偶爾在牠們頭上築巢。因為，你們知道，如果在天亮的時候，食人妖不趕快躲進洞穴中或是地底，牠們就會被轉化成原先被製造出來的原料——岩石，這就是伯特、湯姆和威廉的下場。

「好極了！」甘道夫從樹後面走了出來，扶著比爾博從荊棘叢內爬出來。這時，比爾博才明白，是這名巫師的聲音讓食人妖們彼此吵鬧不休，最後才會被陽光照到。

第二件該做的事情就是解開袋子，釋放所有的矮人。他們都差點窒息，脾氣也相當火爆。他們一點也不喜歡躺在那邊，聽著食人妖討論要怎麼樣烤熟他們，或是把他們壓爛和剁碎；他們逼著比爾博解釋了兩次遇到的狀況，才稍稍覺得滿意。

「真不該在這個時候練習摸人家的東西；」龐伯說：「我們想要的只是營火和食物！」

「不管怎麼樣，他們就是不會隨便給你這兩樣東西。」甘道夫說，「你們現在是在浪費時間，難道你們沒想到，這些食人妖一定在附近有洞穴或是挖出來的地洞，讓牠們可以躲避陽光嗎？我們一定得找看看！」

他們在四周搜索著，很快地發現了這些食人妖通往樹叢的腳印。他們沿著腳印往山上爬，最後發現在樹木之間，有座巨大的石門通往一座洞穴，即使他們全體都用盡吃奶的力氣推，甘道夫也在旁邊念誦各種各樣的咒語，卻一點用都沒有。

「這可不可以派上用場？」在他們又累又氣的時候，比爾博問：「我在食人妖打架的地方找到這個東西。」他拿出一把大鑰匙，不過，威廉一定覺得這鑰匙很小、很不容易發現，因為他連這鑰匙從口袋中掉出來都不知道。幸好這是在他變成石頭之前掉出來的。

「你為什麼不早說？」他們異口同聲大喊。甘道夫抓過鑰匙，插進鑰匙孔中，石門在大夥一推之下就打開了，眾人蜂擁而入。地板上有很多的白骨，空氣中有種腐敗的氣味，地板上和架子上則是隨意丟置了許多食物，還夾雜著很多掠奪來的財物，從黃銅扣子到裝滿金幣的罈子都有。牆壁上還掛著很多衣服，很明顯的對食人妖來說太小，多半都是那些被害人的。在這些衣物之間，還有各種形狀和尺寸的刀劍，當中有兩柄特別吸引了他們的目光，因為它們擁有美麗的劍鞘和鑲嵌著寶石的劍柄。

甘道夫和索林各自拿了一把，比爾博則是找了一個附皮鞘的小刀。這對食人妖來說大概只算是剔指甲的小刀，但對哈比人來說卻足以當作短劍來使用。

「這看起來是相當不錯的兵器，」巫師拔出寶劍，好奇地打量著：「這不是食人妖做的東西，也不是這一帶的人類在今天能夠打造出的刀劍。等一下我們可以在陽光下詳讀上面的符文，應該可以知道更多它們的來歷。」

「我們趕快離開這種臭味吧！」菲力說。因此，他們將裝著金幣的罈子搬了出去，同時也搜刮了還沒被糟蹋的食物，啤酒則只剩一桶。等到他們覺得該吃早餐的時候，每個人都已經飢腸轆轆，顧不得什麼臭味了。他們的乾糧原先已經少到不夠大家分，現在卻意外獲得麵包和乳酪、一大桶的麥酒，還可以在營火的餘燼裡烤火腿。

在大吃大喝之後，他們舒服地睡了一覺，補充前一晚的紛擾所消耗的體力。在過午之前，都沒有人醒過來。然後，他們拉著小馬，把裝著金幣的罈子運到河邊，將它們非常隱密地埋在那附近，並且施展了許多法術保護它們，希望有朝一日能夠回來取得這些財寶。在一切都忙完之後，他們又全都上馬，繼續朝著東方前進。

「請教閣下，你之前去了哪裡？」索林在策馬前進時問甘道夫。

「去前面打探一下，」他說。

「你怎麼剛好在我們差點送命的時候趕回來？」

「回來打探一下。」他說。

「說得真是太清楚了！」索林道：「但你可以說得更清楚一點嗎？」

「我去前面探路，因為前方的道路很快就會變得危險、難以行走，我也擔心我們所攜帶的補給品實在太少了，不夠我們一行人的吃喝。幸好，我走不了多遠，就遇上了瑞文戴爾來的幾名朋友。」

「那是哪裡？」比爾博問道。

「不要插嘴！」甘道夫說：「如果我們順利的話，我們大概幾天之內就會趕到，你就會知道了。我之前說的是，我遇上了兩名愛隆的子民，他們正匆忙的趕路，擔心食人妖會出來惹事。他們告訴我有三名食人妖從山上跑了下來，在離大路不遠的森林裡面定居，幾乎把這一區的人都給嚇走了，而且，他們還會攻擊陌生的旅人。我立刻就意識到必須馬上回來。回頭一打探，我發現不遠之處有火焰的光芒，就趕了過去，後來怎麼樣你們就知道啦。拜託你們，下次一定要小心一點，不然我們什麼地方也去不了！」

「謝謝你！」索林說。

第三節 短暫的休息

即使天氣轉好了，他們那一天也沒有唱歌或是說故事；第二天也沒有，第三天也是一樣。他們開始覺得自己被危險的氣息包圍。一行人餐風露宿，連小馬吃的東西都比他們豐盛。因為到處都是青草，但即使把從食人妖那邊拿來的算進去，他們的糧食還是沒有多少。一天早晨，他們越過了一道相當寬廣的河流，河流的淺灘上有許多突起的大石頭，激起許多飛濺的水沫。另一端的河岸又陡又滑，當他們好不容易領著小馬爬上岸之後，他們才注意到眼前不遠處就是巨大的山脈。看起來，他們距離最近的山腳大概只需要再走一天的路程。山脈看起來十分的幽暗詭祕，陽光稀疏灑落在上面，在陡坡之後則是積雪覆蓋的山頭。

「那就是我們所討論的那座山嗎？」比爾博張大眼睛，

用嚴肅的口吻問道。他以前從來沒看過這麼大的東西。

「當然不是了！」巴林說：「這只不過是迷霧山脈的外緣而已，我們必須要想辦法繞過去、爬過去或是從底下鑽過去，這樣才能夠到達之後的大荒原。即使是從另外一邊走，要到達史矛革和我們寶藏所在的孤山，還要花上很長一段時間。」

「喔！」比爾博說，同時，他這輩子第一次覺得全身竟然可以這麼疲倦。他又再度懷念起自己洞穴裡面舒服的搖椅，和最鍾愛的客廳，以及水煮開的聲音——當然，這也不是最後一次！

現在帶路的是甘道夫。「我們絕對不能夠離開大路，不然就完蛋了！」他說：「我們需要食物，而且必須可以安全休息一下，同時，你也必須從正確的道路越過迷霧山脈，不然很容易就會迷路。就算你們僥倖能活著回頭，也必須從頭開始走。」

他們詢問他準備往那邊走，他回答道：「你們之中有些人應該知道，現在已經來到了野地的邊緣。在這前面不遠有座隱藏的山谷就是瑞文戴爾，愛隆居住的地方，也是這個世上最後的庇護所。我已經請朋友捎了個口信過去，他們在等我們。」

這聽起來讓人相當安心，但他們根本還沒有到那個地方，要在山脈西邊找到這最後庇護所並不如想像中的那麼容易。眼前似乎沒有任何的樹木、山谷或是丘陵可以指引他們的方向，只有一道龐大的斜坡緩緩地上升，和最近的山脈結合。這片覆蓋著碎石與石南叢的土地十分荒涼，四周間或生長著一些弱小的綠色植物，苔蘚則是生長在有微薄水氣的地方。

這天上午過去了，已經是下午的時光，但在這一片沉寂的荒地中依舊沒有任何人煙。他們覺得有些不安，因為他們這才發現瑞文戴爾可能隱藏在這裡和山脈之間的任何地方。他們一路上發現了許多隱而不顯的山谷，不但狹窄，而且還十分的陡峭，會突然出現在眼前。他們低頭一看，又會驚訝地發現，腳底下竟然還有茂密的樹林和水流。有許多深溝竟然可以讓他們一躍而過，但其中卻又有十分深邃的水流；此外還有很多黑暗的山谷是跳不過去，也爬不上去的險峻地形。而且四周還有許多沼澤，看似平靜無波，花草樹木茂盛生長的平地，但如果有匹馱著行李的小馬闖了進去，就再也無法離開。

事實上，從之前的渡口到山腳下的這片土地，比大家所猜的都要廣大許多。比爾博感到相當震驚，唯一的道路鋪著白色的石頭，有些是十分細小的碎石，有些則半被苔蘚和石南所覆蓋。這些不同的險阻，光是要在這條路上前進，就讓人覺得十分困難，即使是在對附近十分熟悉的甘道夫帶領之下也不例外。

當他觀察著地面的石頭時，他的腦袋和鬍子會跟著左右搖動，眾人也跟著他的視線看來看去，只是，當天快黑的時候，他們似乎並沒有更接近旅程的終點。下午茶的時間早就過了，看來晚餐時間也很快就會過了。四處有許多飛蛾飄來飄去，由於月亮還沒升起，光線變得相當昏暗，比爾博的小馬開始被草根和石頭絆得跌跌撞撞的。他們來到了一個突如其來的斜坡邊，連甘道夫的馬都差點閃神滑了下去。

「終於到了！」他大喊著，其他人紛紛聚攏過來，看著底下。他們看見遠方有座山谷，可以聽見流水在多岩的河床上跳躍的聲音，空氣中充滿著樹木的香氣，在河對岸的山谷中有著溫暖的燈光。

比爾博永遠忘不了，他們是怎麼踏上蜿蜒曲折的道路，進入祕密的瑞文戴爾山谷。當他們逐漸往下走的時候，空氣越來越溫暖，松樹的氣味讓他們有些昏昏欲睡。比爾博不停地打瞌睡點頭，有好多次差點從馬背上摔下來，或是讓鼻子撞上馬脖子。隨著往下走的腳步，他們的精神逐漸轉為振奮，樹木換成了樺樹和橡樹，在黃昏的籠罩下有種讓人心安的感覺。當他們來到河流邊緣的開闊草地時，草地上的陽光幾乎完全消逝了。

「嗯嗯！聞起來有精靈的味道！」比爾博一邊想著，一邊抬頭看著發出耀眼藍光和白光的星辰。就在此時，如同笑語般的歌聲從樹林中傳了過來：

喔！你在做什麼呀，
你想要去哪裡呀？
你的小馬需要休息啦！
小河還在快樂流著啊！
喔！淅瀝瀝嘩啦啦，
山谷小河不停留！

喔！你在找尋什麼啊？
你去向是何方哪？
柴薪正在冒煙呀，
玉米麵包進爐烤啦！
喔！嘩啦啦淅瀝瀝，
山谷正逍遙，哈！哈！

喔！你鬍子搖來搖去哪，
到底想要去哪裡啊？
不知道呀不知道呀，
是什麼讓巴金斯先生，
還有巴林和德瓦林先生，
在六月的時光
踏進山谷中，哈！哈！
喔！你會留下來嗎？

還是到處跑哪？
你的小馬已經累了呀！
天色已經漸漸灰暗啦！

到處跑是很笨的啊，
留下來就會很高興的哇！
說說笑笑
直到天色大亮肚子飽，
聽著我們的曲調，哈！哈！

他們就這樣在樹林中唱著笑著，我想你應該會覺得這是相當美妙的曲調，雖然內容沒什麼深意，他們並不在乎，就算你魯莽地跟他們這麼說，他們只會更變本加厲越唱越得意，他們就是精靈。很快的，在天色漸漸昏暗的過程中，比爾博注意到了他們的身影，雖然他極少遇到他們，但他超喜歡精靈的；雖然他也有些怕他們。矮人們則是和他們處得不太好。任何規規矩矩過生活的矮人，像是索林和同伴們，都會覺得他們很愚蠢（這樣想其實才笨哪！）或是看到他們就會生氣。因為某些精靈會嘲笑他們，多半都是和矮人的鬍子有關。

「好啦，好啦！」一個聲音說：「你們看看！哈比人比爾博騎著小馬！看起來真是可愛啊！」

「真是棒極了！」

然後他們又唱起了另外一首和之前一樣可笑的歌曲。好不容易到了最後，一名高大的年輕人走上前來，對著甘道夫和索林分別鞠躬。

「歡迎來到谷中！」他說。

「多謝你！」索林有點含糊不清地說。但此時甘道夫已經下了馬，開始和精靈們興高采烈地聊天。

那名精靈說：「你們的方向走偏了，如果你們想要過河去我們的住所，這條路是不對的，我們會帶你們過去。但是，在過橋之前你們最好都下馬走路。你們要留下來和我們唱唱歌，還是準備直接進去？晚餐正在準備中，我可以聞到柴火的味道。」

比爾博雖然已經累得渾身無力，但他還是有點想要停下腳步。如果你喜歡這個調調，在六月的星空下聆聽精靈歌唱可是件大事。另外，他也想要和這些似乎對他瞭若指掌、之前卻從未見過面的人聊聊，他認為他們對他這次的冒險可能會有一些有趣的看法。精靈們知道許多消息，他們能夠像是流水一般快速收集任何訊息，知道各個民族在忙些什麼。

可是，矮人們一心只想要吃晚餐，根本不想留下來，他們只得領著小馬繼續前進，直到來到河邊。眼前的河流正在快速、湍急地流著，當太陽整天照耀著山頂的積雪時，這種從山中雪水融化的溪流就會變成這樣。渡河的只有一座沒有護欄的小橋，狹窄得只有一匹小馬可以走上去，每個人都還必須小心翼翼地牽著馬，一個接一個的過去才行。精靈帶來了明亮的油燈照著岸邊，在隊伍通過時歡欣莫名地唱著歌曲。

「老爹，別把鬍子泡到水了！」他們對差點趴在橋上的索林大喊著：「它不用泡水就夠長啦！」

「還有，別讓比爾博吃掉所有的蛋糕！」他們大喊著：「他太胖了，沒辦法從鑰匙孔鑽進門內！」

「噓，噓！各位好人哪！多謝好心，晚安！」甘道夫最後一個通過，「山谷中常有意外的客人聆聽著，有些精靈也實在太饒舌了些。各位晚安！」

他們好不容易來到了最後的庇護所，踏進那敞開的大門。

雖然聽起來有點奇怪，但我想各位讀者或許都可以理解，舒服的日子和好事情似乎一下子就過去了，說起來也不怎麼精采；然而那些噁心的、嚇人的，讓人不舒服的事情，卻可以成為一個好故事，往往會占去最大的篇幅。他們在那個地方待了很久，至少有兩個禮拜，最後甚至不太願意離開。比爾博還想這輩子都待在那裡，連想要馬上回去老家的願望都壓抑下來了。但是，有關他們在此居住的這段時間，實在沒什麼好說的。

這個居所的主人是所謂的精靈之友，他父親曾經在遠古歷史中扮演重要的角色，那是半獸人和精靈以及人類初民在北方所展開的一場大戰。在這個時候，世界上依舊有些人擁有北方精靈和英雄的血統，愛隆就是這些人的領袖。

他俊美得如同精靈貴族一般，和戰士一樣強壯，與巫師同樣睿智，和矮人的國王一樣德高望重，如同夏天的微風一樣和煦。他出現在許多故事中，但在比爾博這次偉大冒險中，他只有扮演相當不起眼的小角色，不過，如果各位一路看到最後，就會知道其實這也是個相當重要的角色。他居住的地方完美無缺，不管你想要吃東西、睡覺或是工作，甚至是說故事、唱歌、沉思，或是全部一起來，都非常適合，邪惡的事物無法靠近這座山谷。

我真希望我可以再多告訴你們一些故事或一兩首歌謠，那些比爾博和夥伴們在這裡所聽到的故事和歌謠。在那邊待了幾天之後，所有的人，包括小馬在內，都神清氣爽、渾身是勁。他們的衣服和身上的傷口、脾氣和心中的希望，都經過了縫補；他們的袋子裡面裝滿了輕而持久、足以讓他們越過高山的糧食，他們的計畫在這些人的建議之下，又做了更好的改動。時間慢慢流逝，終於來到了夏至那天，他們準備在夏至天亮時就離開這裡。

愛隆認得各種各樣的符文，當他第一次看見從食人妖洞窟中拿出的寶劍時，他就說：「這些絕對不是食人妖打造的武器。它們是古代的武器，是我的族人——西方的高等精靈在貢多林，為了對抗半獸人的戰爭而打造的。它一定是來自於惡龍或是半獸人的寶庫之中，因為在數千年前，那座城被他們所摧毀了。索林，你拿的這柄劍名為獸咬劍，在貢多林的古代語言中是斬殺半獸人的名劍。甘道夫，你的這把是敵擊劍格蘭瑞，是貢多林的國王持有，專門用來打擊敵人的武器。好好保管它們！」

「不知道這些食人妖怎麼弄到這些東西的？」索林饒富興味地看著手中武器。

「我也不知道。」愛隆說：「不過，或許你們所打倒的食人妖，也搶奪了其他的強盜，或者是從北方的山脈中找到了這些失落許久的寶物。我曾經聽說，在半獸人與矮人的戰爭之後，於摩瑞亞的礦坑中還藏著許多寶藏。」

索林思索著對方的話語。「我將會很光榮地保留這柄寶劍，」他說：「願它可以再度斬殺邪惡的半獸人！」

「恐怕你們一進山中，就有機會可以實現這個願望！」愛隆說：「不過，先讓我看看你們的地圖吧！」

他仔細地查看了許久，搖了搖頭，因為他並不能認同矮人此行和他們對於黃金的狂愛。他當然痛恨惡龍和牠們殘酷的行為，一想到河谷鎮殘破的廢墟、曾經歡愉的鐘聲，和疾奔河燒焦的河岸，就讓他心中十分難過。他高舉起地圖，新月閃亮的銀色月光竟然穿透了地圖。「這是什麼？」他說：「在『五呎高的大門，三人可並肩而行』的簡單符文之旁，還有月之文字。」

「什麼是月之文字？」哈比人興奮不已地問道。如同我之前告訴各位的一樣，他非常喜歡地圖，而且也很喜愛符文和各種文字，或是美麗的書法。不過，每次當他想要臨摹的時候，自己的字體總是顯得有些瘦削和單薄。

「月之文字也是符文，但是你沒辦法輕易看到它們，」愛隆說：「你直視它們反而什麼也看不到。只有當月光照耀這些地圖的時候，它們才會出現。更精巧的設計，則是必須要在和這些字寫下的同一個季節、同一種月形和同一天的時候，這些字才會顯示出來。矮人們發明了這種文字，用銀色的筆來書寫，問你的朋友就可以知道了。這些字一定是在許久以前的夏至前一天傍晚，在新月底下書寫的。」

「上面寫些什麼？」甘道夫和索林異口同聲地說。這件事情竟然是由愛隆先發現的，這讓他們面子有點掛不住；不過，天知道他們之前根本毫無機會得知，而以後也不知道還要等上多久，才能夠再遇到這種千載難逢的機會。

愛隆念道：「**當畫眉鳥敲打的時候，站在灰色的岩石旁邊，落下的太陽藉著都靈之日的餘暉，將會照耀在鑰匙孔上。**」

「都靈，都靈！」索林說：「他是矮人最古老的祖先，他是長鬚大人，也是我家最早的先祖，我算是他的繼承人。」

「那都靈之日又是什麼時候？」愛隆問道。

「是矮人新年的元旦。」索林說：「大家都知道，那是秋冬交際最後一個月的第一天。當秋天的最後一輪月亮和太陽，一起在天空中出現的時候，我們叫它做都靈之日。不過，這恐怕幫不上我們什麼忙，因為，這個紀元以來，我們精確預測這個日子來臨的技術已經失傳了。」

「到時候我們就知道了。」甘道夫說：「上面還有其他的字嗎？」

「在這種月色之下看不見了。」愛隆說，他同時把地圖還給索林。然後，他們一起走到水邊，看著精靈們在夏至前夕的月光下舞蹈和歌唱。

第二天一早就是夏至，如同眾人夢想中一般的美麗清新：藍色的天空中沒有一絲雲朵，太陽映照在純淨的水面。他們在眾人的祝福之下策馬遠颺，心中已經準備好面對更大的冒險，也知道自己必須要進入迷霧山脈，前往山後的大地。

第四節 越過山丘鑽進山內

有許多道路通往山中，也有許多通道越過這山脈，但大多數的道路都只是騙人的死路，更多些則棲息著可怕的生物，或是隱藏在陰影下的邪惡。矮人和哈比人在愛隆睿智的建議和甘道夫的知識與經驗帶領下，踏上了正確的道路，走過了安全的隘口。

在他們離開了山谷與那最後的庇護所很長一段時間後，依舊不停地往上爬。這條路十分艱險，也相當的崎嶇，彎彎曲曲得讓人覺得越走越孤單。此時，他們回頭看著之前所離開的大地，都已經被遠遠的拋在山腳下，在遙遠遙遠的西方，一切都化入藍色模糊的地平線中；比爾博知

道那裡有他的故鄉和一切舒適和安全的地方，還有他的小小哈比人洞穴。他打了個寒顫，山上越來越冷了，吹過岩石縫隙的寒風也越來越淒厲。有時候，夏日的烈陽會曬融山上的積雪，讓大石以驚天動地的氣勢滾動下來，有時會從他們旁邊滾過（這算是很幸運的），有時則會從他們頭上飛過（這就讓人很擔心）。夜晚則是寒風刺骨，眾人不敢大聲說話，甚至是歌唱，因為那回音讓人毛骨悚然。山中的寧靜似乎不喜歡被打擾，唯一擁有這種特權的只有雪水奔流、強風呼嘯和岩石破裂的聲音。

「底下一定已經越來越熱了，」比爾博想。「大家一定已經開始曬稻草，出去野餐了。以這個速度看來，在我們越過這座山之前，他們可能都會開始收割、栽種和採莓子了。」其他人的想法也同樣的陰鬱，雖然他們的確在夏至當天，滿懷期望地和愛隆道別，當時他們甚至輕蔑地嘲笑著山中的通道，幻想自己可以輕騎飛越，滿心想著自己已經來到孤山密道的景象，或許剛好可以趕得及在秋天的最後一個月亮時抵達，他們說：「或許那剛好會是都靈之日！」只有甘道夫會在這個時候搖搖頭，一言不發。矮人們已經有很多年沒有經過這條道路，但甘道夫有過經驗，他知道在這片荒野之中滋生了多少邪惡和危險。自從惡龍將人類趕離這塊大地之後，半獸人在摩瑞亞礦坑之戰後開始祕密擴張。即使在愛隆這樣的好朋友忠告，和甘道夫這樣睿智的巫師計畫之下，在這麼危險的大荒原邊緣上旅行，照樣可能會出問題。甘道夫的睿智足以明白這種可能性。

他知道有什麼突如其來的事情會發生，不敢期望一行人會毫髮無傷、輕輕鬆鬆地越過這座有著好些高聳尖峰的積雪山脈，以及沒有王法統治的許多山谷。的確被他料中了，一切都很順利，直到有一天，他們遇到了一場暴風雨，事實上，這不只是暴風雨，根本就是場巨大的雷暴。你也知道在河谷之中或是平原上，真正大規模的暴風雨可以恐怖到什麼程度，如果是兩個龐大的暴風雨彼此撞擊，則是更讓人害怕。不過，那天晚上，山中雷電交加，比我們所曾經歷過的任何暴風雨都要恐怖，從東方和西方來的雷暴彼此爭鬥，閃電擊打在孤高的山峰上，山脈也為之動搖，震耳欲聾的雷聲，毫不留情地鑽進所有的洞穴和細縫中，黑暗中充滿了許多的噪音和突如其來的刺眼光芒。

比爾博這輩子從來沒看過，甚至沒想像過有這樣的景象：他們被困在高聳的山壁旁，一邊是無底的黑暗深淵。他們勉強在黑夜中，找到了一塊凸出的大石當作遮蔽之處，他就只能渾身發抖地瑟縮在毯子裡面。當比爾博探頭出去窺探閃電的模樣時，竟然發現山谷中的石巨人也跑出來湊熱鬧，彼此亂丟巨岩當作遊戲，並且還會把岩石往底下的黑暗丟去，砸碎山谷中的樹木，或是以雷霆萬鈞之姿爆成碎片。接著風雨從四面八方撲來，懸在頂上的那塊岩石根本無法提供任何的防護。很快的，他們都變得渾身濕透，小馬也垂頭喪氣地挾著尾巴哀嚎，他們可以聽見巨人在山谷間得意洋洋的恐怖笑聲。

「這樣子下去不行！」索林說：「就算我們不被吹走、淹死，或是被雷打死，我們也可能被巨人當作足球踢到半空中。」

「好啊，如果你知道該怎麼辦，就帶我們躲過去！」甘道夫覺得十分的喪氣，也對於那些巨人的行為感到不高興。

最後，他們的爭論以派遣菲力和奇力出去尋找更好的掩蔽處作結。他二人擁有非常銳利的眼睛，身為比其他矮人年輕五十歲左右的後輩，他們通常都只能混到這種工作。（其他人都看得出來，派比爾博去找是一點用也沒有的。）找東西實在是件相當麻煩的事情，特別是在你想要找到某樣東西的時候更是如此。（索林是這樣對這些年輕的矮人說的。）如果你找得夠仔細，一定能夠找到要的東西，但卻可能和你所想的天差地別，這次狀況也是一樣。

很快的，菲力和奇力就彎腰駝背、在強風中扶著山壁趕了回來。「我們找到了一個乾的洞穴，」他們說：「就在下個轉彎不遠的地方，小馬和所有的人都可以擠進去。」

「你們徹底的察看過那個洞窟了嗎？」巫師很清楚這些山脈中的洞穴，往往都會有些先到的住民霸占著。

「是的，真的！」他們說，不過，大夥知道他們回來得太快，根本不可能在裡面花多少時間。「其實洞穴沒那麼大啦，我們也沒走很遠。」

當然，這就是洞穴最危險的地方：你根本不知道它們有多深，或是之後的通道會通往哪裡，裡面有些什麼東西在等著你。但相較於目前進退兩難的情況來說，菲力和奇力的消息已經夠好了；因此，他們立刻開始收拾東西，準備動身。狂風依舊呼嘯，閃電依然猛烈，他們花了很大的功夫才把小馬牽走。果然沒有走多遠，就來到了有一大塊岩石突出在山道上的地方。如果你繞過這座大石，就可以看到山壁上有個開口，通道則是剛好夠小馬卸下馬鞍和行李擠進去。在眾人好不容易都進入山洞，聽到暴風雨是在外面而不是置身在其中，同時也脫離巨人的狂吼和他們的巨石，這感覺實在好多了。不過，巫師還是不肯輕易冒任何的風險。他點亮了法杖（如果你們還記得，許多天前，他在比爾博的飯廳中也是這樣做），藉著法杖的光芒徹底探索這個洞穴。

這個洞穴看起來相當巨大，但也沒有大到讓人覺得深不可測。腳下的地面十分乾燥，也有一些看來很舒服的凹槽。在洞穴的一端有可以容納小馬的空間，牠們就乖乖地站在這裡（心裡其實很高興有這樣的變化），嚼著嘴巴前掛著的牧草。歐音和葛羅音想在門口生火來烤乾衣物，但甘道夫禁止他們這樣做，因此，他們只能把濕掉的衣物攤在地上，從行李裡面拿出乾衣服來換穿。然後，他們弄好被捲，拿出菸斗，開始吹起煙圈來。甘道夫把煙圈變成各種各樣的顏色，在洞內四處舞動，提供眾人一些娛樂。他們聊著聊著，完全忘記了外界的風雨，興奮地討論著自己會分到多少寶藏（在這個時候看起來，可能性似乎不是那麼的低），就這樣，他們一個接一個的睡著了。這也是他們最後一次用到他們千里迢迢帶來的小馬、行李、背包和工具。

那天晚上，他們才知道把小比爾博帶來是件好事。因為，不知道為什麼，他一直睡不著，當他睡著的時候，他又一直作噩夢。他夢到洞穴後方的一個裂縫越變越大、越來越寬，他害怕得不知如何是好，卻只能束手無策地躺在地上看著它。然後他又夢到地板就這樣陷落下去，睡著的他就這樣不停地往下掉、往下掉，天知道會掉到哪裡去。

一夢到這裡，他就立刻醒了過來，發現夢境有部分成真了。洞穴後方已經開了個裂縫，成了一條通道，他正好看見最後一隻小馬的尾巴消失在其中。他當然立刻使盡吃奶的力氣放聲大吼，以他們的身材來說，這可是讓人十分吃驚的聲音。

許多半獸人從裡面跳了出來，高大的半獸人、醜惡的半獸人，總之是很多很多的半獸人，都在你來得及換氣之前衝了出來。至少每個矮人得要應付六個半獸人，甚至連比爾博都分到兩個；在你來得及換第二口氣之前，所有人都已經被扛著鑽回洞內，但甘道夫是個例外。比爾博的大喊還是爭取了一些時間。甘道夫馬上醒了過來，當半獸人衝過去抓他的時候，洞穴中一陣強烈的閃光，還有火藥味，立刻有幾名半獸人死在地上。

裂縫啪噠一聲關上了，比爾博和矮人卻身在另外一邊！甘道夫在哪裡？他們和半獸人都對此一無所知，而半獸人也不準備留在那邊搞清楚。這個洞穴十分的幽深黑暗，只有習慣居住於地底的半獸人才習慣於這樣的環境。他們所越過的通道和巷子幾乎都彼此互相糾結，但半獸人還是知道該怎麼走，就像你知道怎麼到家附近的郵局去一樣。隧道不停地往下延伸，也變得越來越擁擠，讓人喘不過氣來。半獸人們非常粗魯，毫不留情地折磨他們，用他們如同石頭撞擊一般的沙啞聲音彼此叫罵、笑鬧著。比爾博覺得自己比當時被食人妖抓住小腳的時候更難過，他一遍又一遍的希望自己現在身在舒服的哈比洞裡面。當然，這也依舊不是最後一次。

他們眼前開始出現了一種紅色的光芒，半獸人開始歌唱，或者更應該說是嘶吼，讓腳步整齊劃一的踏在地上，同時搖晃著可憐的倒楣俘虜。

喀啦！啪啦！黑色的裂縫！
抓、拉！拖、打！
深入深入半獸人的城鎮，
快去，小子！

匡啷，咚隴！轟隆，啪噠！
錘子和鉗子！鑿子和銅鑼！轟轟轟，地底的音樂！
呵，呵！小子！

呼咻，嘩啦！鞭子抽打！
敲打和擊打！呱呱叫咩咩叫！
工作，工作！不准偷懶，
半獸人笑、半獸人叫，

在地下繞來繞去，
快下去，小子！

這聽起來真的很讓人害怕，牆壁也回應著他們吟唱的劈啪聲，啪噠聲！還有什麼轟隆、咚嚨聲的，以及他們呵呵的可怕笑聲。因為他們還同時掏出鞭子，不停地揮舞著，讓他們歌聲中的含意變得十分明顯。而且他們還會逼迫倒楣的俘虜，在他們之前飛快地奔跑；當他們好不容易跑進一個大洞窟的時候，已經有幾個矮人快喘不過氣了。

洞穴正中央有一個營火，藉著牆壁上眾多的火把照耀，可以看見裡面站滿了半獸人。當他們看到矮人被半獸人揮舞著鞭子驅趕進來的時候（可憐的比爾博排在最後，距離鞭子最近），他們都哈哈大笑，用力頓腳和拍手。小馬們瑟縮在洞穴一角，所有的行李都已經被丟在附近，被翻得一團亂，半獸人還忙著在你爭我奪。

很遺憾的，恐怕這是各位最後一次看到這些小馬了，連愛隆借給甘道夫的一匹可愛小白馬也是一樣（因為他自己原來那匹高大的馬不適合在山區跋涉）。半獸人會吃馬匹、小馬和驢子（還有其他更恐怖的東西），而且他們一年到頭都會肚子餓。這個時候，俘虜們腦中想到的只有自己。半獸人將他們的手綁在背後，讓他們排成一排，將他們拖到洞穴的另一個角落，可憐的比爾博照樣還是拖在最後面。

在一塊大石的陰影之下，坐著一個身材無比高大，有顆十分巨大腦袋的半獸人。在他身邊則是有許多拿著斧頭和曲折長劍的半獸人，全副武裝地站著。半獸人殘酷、兇狠，又壞心；他們不會創造美麗的東西，卻有一肚子的壞點子。如果他們願意花時間，他們可以開洞挖礦，技術只比最厲害的矮人差一點點；不過，大多數時候他們只願意懶懶散散的混日子。鎚子、斧頭、刀劍、匕首、鑿子、鉗子和其他可以用來傷害別人的工具，都是他們最擅長打造的東西；或者，他們也會逼迫其他的俘虜照著他們的設計來打造，這些俘虜最後都會因為缺乏光線和空氣而死在地底。或許，很多種破壞世界和平的機器，就是出自於他們的腦袋，特別是那些可以殺害大量人畜的武器。因為輪子、引擎和爆炸聲總是能讓他們歡欣鼓舞，而且他們只要有機會就不想用雙手工作。只是在那個時代，荒野中還沒有那麼的先進（他們是這樣描述的）。他們並不特別痛恨矮人，而是和其他一切事物一樣平等的仇視他們，特別是那些富饒、過著井然有序生活的種族，更是他們的眼中釘。在某些地區，邪惡的矮人甚至會和他們結盟，但他們特別痛恨索林的子民，這多半是因為之前的那場戰爭，很可惜在這個故事中，我們不會花費太多時間去描述。反正，只要能夠迅雷不及掩耳地抓住對方、讓他們毫無抵抗之力，半獸人也不會太在乎所抓到的到底是誰。

「這些可憐的傢伙是什麼人？」身形高大的半獸人說。

「是矮人，還有這個！」一名士兵拉起比爾博的鍊子，讓他跪倒在前面。「我們發現他們躲在前門的地方。」

「你們是什麼意思？」高大的半獸人轉向索林說：「我想一定是在打什麼鬼主意吧！一

定是在打探我同胞的祕密！小偷，我看你們就是一臉賊樣！恐怕還是殺人兇手和精靈之友！說吧，你有什麼好辯解的？」

「矮人索林聽候你差遣！」他回答——這只是毫無意義的客套話：「你所懷疑和推測的事情都和我們沒有關係。我們只是找到了一個看起來沒有人用的空曠洞穴躲雨，我們一點也不想要打攪半獸人或是他們的任何工作。」這可是千真萬確的。

「嗯！」那高大的半獸人說：「你是這樣說啦！請教你們為什麼會來到這座山中，又是從哪邊來，要往哪邊去？事實上，我想要徹底的了解你。當然，索林．橡木盾，這對你不會有任何的好處，我太了解你們這種人了。你最好還是說實話，否則我會替你特別準備超級不舒服的大餐！」

「我們準備去拜訪我們的親戚，那些姑姑叔叔舅舅阿姨表哥表妹堂哥堂弟和姨丈姨媽，他們居住在這座美麗山脈的東邊。」索林一時間不知道該說些什麼，只知道自己絕對不能夠說出實話。

「他是個騙子，經驗非常老到的騙子！」一名士兵說：「當我們去邀請這些人下來的時候，我的部下有好幾個人被洞穴裡面的閃電打中，他們渾身僵硬死得比死人還透。而且他也沒解釋這個！」他捧出了索林戴在身上的寶劍，也就是矮人從食人妖的洞穴中找出的寶物。

高大的半獸人一看見那長劍，立刻發出狂暴的怒吼，所有的士兵都咬緊牙關，開始敲打盾牌和跺腳。他們全都認出了那柄劍，當年它殺死了成千上百的半獸人。那時貢多林美麗的精靈在山中和城牆外獵殺這些半獸人，他們稱呼它為獸咬劍，斬殺半獸人的神兵，但半獸人們簡單的稱呼它為咬劍；他們痛恨這柄劍，更痛恨任何攜帶它的人。

「殺人犯，精靈之友！」高大的半獸人大喊著：「鞭打他們！毆打他們！咬齧他們！撕抓他們！把他們丟到全是毒蛇的洞穴中，讓他們再也看不到外面的太陽！」強大的怒氣讓他張著血盆大口，跳下寶座直朝著索林衝了過來。

就在那一瞬間，洞穴中所有照明都消失了，正中央旺盛的火焰也噗地一聲熄滅成一團藍煙直衝向洞頂，許多白熱的餘燼噴濺四射。

半獸人開始失控地大喊大叫、彼此互毆和咒罵著，之後的混亂難以用言語形容。就算是你把幾百隻野貓和野狼同時放在火上慢慢烤，也比不上這場騷動。那些噴濺四射的餘燼燒痛了半獸人，原先衝向洞頂的濃煙則落了下來，讓空氣變得難以呼吸，更讓他們無法視物。很快的，他們就被彼此絆倒，在地上摔得東倒西歪，開始發瘋一樣地彼此扭打。

突然間，一柄寶劍發出了光芒。比爾博看見它硬生生地刺穿了在那一團混亂中不知所措的半獸人首領。他倒了下來，其餘的半獸人士兵在寶劍的光芒下尖叫著四散奔逃。

寶劍又再度回鞘。「趕快跟我來！」一個聲音嚴厲小聲地說。在比爾博搞清楚發生了什麼事情之前，他發現小腳已經不由自主地開始往前走，他在一串人的最後盡可能地跟上眾人的步伐。他們沿著黑暗的隧道繼續往前走，身後半獸人的叫聲變得越來越微弱，眼前有道蒼白的光芒一直領著他們。

「快點，快點！」那聲音說：「火把很快就會重新點燃的！」

「等等！」朵力在那個時候正好在比爾博前面，他是個好心的矮人，因此在雙手被綁住的狀況下，還是盡量的把比爾博扛了起來。大夥開始沒命狂奔，一邊聽著鐵鍊撞擊的聲音，一邊忍受著隊伍中有人不停跌倒的慘狀。（因為他們手都被綁住了，無法保持平衡。）過了不久他們停了下來，那時大夥兒可能已經身在山脈的中心了。

這時，甘道夫點亮了法杖。這當然是甘道夫！不過，那時他們太匆忙，根本沒時間問他怎麼進來的。他又再度拔出寶劍，它在黑暗中又閃動著獨有的光芒，它體內的殺意讓它在四周出現半獸人的時候閃起光芒；現在，它閃動著藍焰，彷彿為了剛才殺死半獸人的首領而沾沾自喜。它很輕易地就斬斷了半獸人的鐵鍊，讓所有的俘虜都迅速地重獲自由。如果你還記得的話，這柄劍的名字叫做敵擊劍格蘭瑞；半獸人叫它打劍，對它的恨意比咬劍還要深。甘道夫在兵荒馬亂中也把獸咬劍一起帶了出來，因為他利用這一團混亂，將它從一名害怕的守衛手中奪了下來。甘道夫的心思相當縝密，雖然他不是什麼事情都能做，但是在緊急的時候，他可以替朋友創造許多奇蹟。

「我們都到齊了嗎？」他鞠躬為禮，將寶劍還給索林。「我來算算看，一，這是索林，二、三、四、五、六、七、八、九、十、十一，奇力和菲力呢？喔，在這邊，十二、十三——還有巴金斯先生，十四！太好了，太好了！狀況可能會更糟糕，但也可能會更好的。我們沒有小馬、沒有食物，也不知道自己身在何方，背後還有一大群憤怒的半獸人！我們快點離開這裡！」

甘道夫說的很對，他們開始聽見身後通道傳來半獸人恐怖的叫聲，這讓他們跑得比之前更快，可憐的比爾博根本都快要跑不動了。矮人們在急迫的時候，可以用驚人的速度飛奔，因此，他們大夥兒輪流扛著比爾博往前跑。

但是，半獸人的速度本來就比矮人快，而且他們也更了解這裡的道路（這裡的隧道都是他們自己挖的），更別提他們滿腔的怒火了。因此，不管矮人怎麼努力，始終擺脫不掉半獸人不停的怒吼，聲音越來越靠近；很快的，他們甚至可以聽見對方紛亂、眾多的腳步聲似乎就在轉腳處。火把猩紅的光芒也開始從後面追了上來，矮人們在這個時候卻都已經筋疲力盡。

「天哪，喔，為什麼我要離開老家！」可憐的巴金斯先生，在龐伯的肩膀上彈來彈去的時候抱怨道。

「媽呀，為什麼我要把這個要命的小哈比人帶來找寶藏！」可憐的龐伯氣喘吁吁，渾身的肥肉不停抖動，臉上因為恐懼和緊張已經濺滿汗水。

就在這個時候，甘道夫跑到隊伍後面，索林和他站在一起。他們站在轉角處。「是時候了！」他大喊著：「索林，拔劍！」

半獸人別無選擇，他們更不喜歡眼前的狀況，他們拚盡全力繞過轉角，卻發現敵擊劍和獸咬劍在他們驚訝的眼前發出冷冽的光芒。走在最前面的在驚慌之中丟下火把，死前只來得及發出一聲驚叫；在後面的半獸人發出更刺耳的尖叫聲，不停地後退，撞倒了那些緊跟在後奔跑的人。「咬劍和打劍！」他們尖叫著，很快的又陷入了一團混亂之中，全都朝著原先跑過來的方向衝回去。

過了很久之後，他們才敢繞過那個轉角，而那時，矮人們已經跑得很遠了，在黑暗的隧道中領先了很長很長的一段距離。當半獸人們意識到這件事情之後，他們熄滅了火把、換上軟鞋，從夥伴中挑出動作最快、眼睛和聽力最靈敏的戰士。這些半獸人飛奔向前，快得如同黑暗中的鼴鼠一般，發出的聲音也不比蝙蝠大上多少。

因此，比爾博、矮人，甚至連甘道夫都沒有聽見他們追來的聲音，也沒看見有人跟上了他們。但是，在無聲無息的半獸人眼中，甘道夫法杖的光芒成了最好的目標。

突然間，跑在最後面、扛著比爾博的朵力，從後面被一把抓住。他大喊一聲摔倒在地上，哈比人從他肩膀上滾了下來，一頭撞上堅硬的石頭，之後就什麼也記不得了。

第五節　黑暗中的猜謎

當比爾博睜開眼睛的時候，他還懷疑自己是否真的已經睜開了眼睛，因為眼前依舊漆黑，沒有任何的改變，他附近沒有任何人。大家可以想像一下他有多害怕！他什麼也聽不見、看不見，除了身子底下的硬石地之外，他什麼也感覺不到。

他非常非常慢地爬起來，四肢並用地摸索著，最後，他好不容易才摸到隧道的牆壁；但是，上上下下他都感覺不到任何東西：什麼也沒有！沒有半獸人的跡象、沒有矮人的跡象，他覺得天旋地轉，連摔倒之前的方向都已經無法確定。他只能勉強猜測一個可能的方向，然後再朝著那個方向爬了很長的一段距離，直到他的手突然在地上摸到像是冰冷

戒指的金屬物體為止。這是他生涯上的轉捩點，但他這時並不知道，他連想也沒想就把戒指放進口袋中，因為當時這戒指看來沒辦法派上什麼用場。接下來，他有很長的一段時間根本不想動彈，只是自暴自棄地靠著牆壁。他又想起了在家裡的廚房煎培根和炒蛋的幸福時光，因為他體內的生理時鐘，可以精確地告訴他已經到了用餐的時間了，可是，這念頭只讓他覺得自己更可憐而已。

他想不出來該怎麼辦，也不明白到底發生了什麼事情，或是自己為什麼被眾人拋下，如果真的被拋棄，半獸人又為什麼沒有抓他？為什麼他的腦袋覺得這麼痛？事實的真相是：他剛好一聲不出地躺在其他人難以發現的死角，躺了很長的一段時間。

經過很久的自怨自艾之後，他開始摸索著自己的菸斗，它沒有折斷，這可真是讓人驚訝；然後他又摸索著包包，因為裡面還有一些菸草；最後，他開始在身上找起了火柴——不過，畢竟這太過奢求了些。他根本找不到任何的火柴，美夢也因此破碎了。當他終於恢復理智之後，也很慶幸自己無法找到火柴，因為，他實在無法想像火柴的亮光和菸草的氣味，在這個伸手不見五指的地方會吸引來什麼怪物。即使如此，當時他還是覺得十分喪氣。他在經過全身摸索的努力之後，卻也正好摸到了身上短劍的劍柄，這柄匕首就是之前他從食人妖洞穴找來的武器，由於一直派不上用場，他到現在才想起來。而且，由於他一直把這柄武器藏在襯衫內，連半獸人都沒有發現。

此時，他將匕首抽了出來，它在黑暗中閃著蒼白微弱的光芒。「原來這也是精靈打造的武器，」他想著：「而半獸人的距離不會太近，卻也不太遠。」

至少他有了某種安全感。能夠配戴來自貢多林的武器，讓自己感覺到身在歌謠中的半獸人戰爭中，是個地位重要的人。除此之外，他也注意到當半獸人突然遭遇到這類的武器時，會相當驚慌失措。

「回去嗎？」他想：「最好不要！往旁邊走？不可能！往前走？這是唯一的希望！出發吧！」因此，他站了起來，藉著寶劍的照明，一隻手扶著牆壁往前走，一顆心則是撲通撲通地跳個不停。

現在，對於比爾博來說，這情況的確是身陷絕境。不過，大家也都應該知道，哈比人們面對這情況並不會像你我一樣的絕望。哈比人和我們這些普通人不同，雖然他們居住的洞穴通風良好、裝潢可愛，跟半獸人的隧道大不相同，但他們還是比我們適應這些地底的隧道，也更能夠保持在地底下的方向感。（當然，在他們被撞腫的腦袋恢復正常之後，就更不會搞錯方向了。）此外，他們也能夠悄無聲息地移動、輕易隱藏行蹤，而受傷之後復元的速度更是驚人；他們還擁有一籮筐的古老諺語，人類不是從未聽過，就是早已忘懷。

即使如此，我還是不願意身處和巴金斯先生一樣的處境中。隧道似乎永遠走不到盡頭，他只能夠確定這條隧道依舊一直往前穩定地延伸，中間偶爾會有一兩次的轉彎或是曲折。有些時候，透過他手中寶劍的光芒，或是觸摸洞壁的結果，可以確定旁邊有通往其他方向的岔路。他不太注意這些岔路，每次遇到的時候都快速走過，希望能夠避開半獸人或是他想像出來的恐怖生物。他走呀走呀，一直不停地往下走，除了有時會出現蝙蝠從耳邊飛過的啪噠聲之外，他什麼也聽不見。一開始他還會因為這些惱人的翅膀聲而大吃一驚，不過，等到次數一多，他也就見怪不怪了。我不知道他這樣堅持走了多久，他不想繼續往前，卻也不敢停下來，就這樣一直不停地往前走，到最後他已經疲倦得無法形容，他似乎已經馬不停蹄的走了好幾天。

突然間，他毫無預警的踏入了水中！哇！這水冰寒徹骨，讓他猛然之間精神一振。他不知道這究竟是道路上的一池積水，還是切過隧道的地底河流，或是某個地下湖泊的邊緣。到了這裡，寶劍幾乎不再發出任何的光芒。他停下腳步，集中注意力聆聽，他可以聽見從洞頂落到水中的水滴滴落聲，除此之外似乎就沒有任何聲音了。

「看來，這應該是個池子或是湖泊。」他想。但他還是不敢貿然衝入黑暗中。他不會游泳，而且，在他腦中還開始浮現水中的那些黏滑生物，以及牠們突出的盲眼在水中探索著的景象。的確，在山脈底下的池水或是湖泊中有著奇怪的生物：那是歷經無數年代演化的怪異魚類，牠們的祖先不慎游進這條死路，就再也無法離開。而牠們的眼睛則因應在微光中視物的需要，演化得越來越大。除此之外，這裡還有其他比這種地底魚還要黏滑、噁心的生物。即使是在半獸人們開鑿的洞穴中，也有不為他們所知的生物悄悄溜進來居住。有些洞穴是在半獸人遷進來之前就已存在，他們不過將它擴大利用，彼此開通而已。在這些洞穴中，原先的主人依舊悄無聲息地在角落潛行，伺機獵捕毫不提防的獵物。

在這一池黑水的旁邊居住著咕魯，他是個矮小、黏滑的生物。我不知道他來自何方，也不知道他究竟是誰，或是什麼生物。他就是咕魯，和黑暗一樣難以捉摸，瘦削的臉上擁有一雙大而蒼白的圓眼。他擁有一艘小船，讓他可以在湖上寂靜無聲地划行；這池水的確是座湖，又廣、又深，冰寒徹骨。他將一雙大腳伸出船舷外拍水前進，連一個水泡都不會冒出來，這就是他無聲無息的行事風格。他一向用他那雙像油燈一樣的蒼白大眼搜尋湖中的盲魚，再用迅捷如閃電的細長手指將牠們抓起來。他也喜歡吃肉，只要他能吃到半獸人，他就會把握機會好好享受，但他行事小心，不想讓半獸人們發現他的存在。只要有半獸人在他於湖邊梭尋時走到水邊，他就會從身後勒住倒楣的獵物。不過，半獸人也覺得在這地底深處的幽黑湖水中，似乎隱伏著邪惡的力量，因此，他們並不常出現在這個地方。許久以前，當他們挖掘隧道的時候，曾經來到這個湖邊，當時他們發現通道無法繼續下去，所以，這條路就此中斷。在平常時候，半獸人根本沒有理由來此，除非大王派他們前來。有些時候，大王會突然想要吃湖中的魚，而在不少次的經驗中，魚和使者都就此消失不見。

事實上，咕魯就居住在湖中的一塊潮濕岩石上。他現在正從遠方，用像是望遠鏡一般的大眼觀察著比爾博。比爾博看不見他，但他可以清楚地看見對方，而且心中感到十分的好奇，因為，他可以清楚地分辨出來，眼前的生物不是半獸人。

當比爾博絕望、不知所措地在岸邊摸索著的時候，咕魯跳進船中，用大腳將自己連人帶船推離岸邊。咕魯就這麼無聲無息地接近，開始低語著：

「我的寶貝，祝福我們，真是好運！我想這是頓大餐，至少可以當作美味的點心給我們吃，咕魯！」當他說咕魯的時候，他會從喉嚨中發出一種恐怖的吞嚥之聲。這也是他獲得這個名號的原因，不過，他總是稱呼自己「我的寶貝」。

哈比人聽見這聲音時，差點嚇得靈魂出竅，那雙蒼白的大眼也同時浮現在他眼前。

「你是誰？」他將匕首往前平舉。

「他嘶嘶誰，我的寶貝？」咕魯低語道。（由於沒有其他人可以對話，他總是喜歡自言自語。）這時，他才真正確定，其實肚子並不是很餓，只是感到很好奇；否則，照平常的慣例，他會先出手再說。

「我是比爾博．巴金斯先生，我和矮人以及巫師都走散了，我也不知道自己身在何處。只要我可以離開這裡，我根本不想知道這是哪裡。」

「他的手上是什麼？」咕魯看著那柄讓他覺得不太舒服的短劍。

「一柄劍，是貢多林的寶劍！」

「嘶嘶，」咕魯變得相當有禮貌：「或許你可以嘶嘶坐在這裡，和他聊聊天，我的寶貝。他喜歡猜謎吧，嘶不嘶？」他急著想要表達自己的善意，換取時間來知道更多有關這哈比人和寶劍的事情：他是不是真的只有孤身一人？吃起來好不好吃？咕魯自己肚子究竟餓不餓等。猜謎是他當時唯一想得出來的花樣，在他很久很久以前居住在自己洞穴裡的時候，和其他有趣的生物猜謎，是他唯一感興趣的娛樂；只是，後來他被人趕走，只能孤單地往下鑽，往下走，一直來到山脈的最深處。

「好吧，」比爾博急著同意對方的提議，好換取時間來了解這個生物：看看他是否孤單無援、是否凶猛或飢餓，以及究竟是不是半獸人的盟友。

「你先問，」他說，因為他一時之間想不出什麼謎題來。

咕魯就嘶嘶地說了：「什麼有腳卻無人知曉，高大勝過樹木，聳立直入雲霄，卻永遠不會長高？」

「簡單！」比爾博說。「我想是山脈。」

「它覺得這很簡單？我的寶貝，它一定要和我們比一比！如果寶貝問了問題，它不知道答案，我們就吃掉它，我的寶貝！如果它問我們問題，我們答不出來，那它就可以做它想做的事，好吧？我們可以帶它出去，對！」

「好吧！」比爾博不敢不同意，為了不讓自己被吃掉，他開始絞盡腦汁思考難倒對方的謎題。

三十四白馬站在紅色山丘上，
牠們先大嚼特嚼，
然後用力跺腳，

最後就佇立不搖。

這是他當時想出來的謎題，因為他腦海中還是老想著吃東西這檔子事。這其實是個相當古老的謎語，咕魯就和你一樣熟知答案。

「簡單，簡單，」他嘶嘶地說道：「牙齒！牙齒！我的寶貝，但我們只有六顆！」然後他又問了第二個謎語：

無嘴卻會哭，
無翼卻會飛，
無牙卻會刺，
無嗓卻會呢喃。

「給我一點時間！」比爾博腦中依舊還裝滿了食物。很幸運的，他以前曾經聽過類似的謎語，好不容易他才恢復冷靜，想出答案：「是風，當然囉，這一定是風！」同時也因為自己可以即時編出第二個謎語感到自豪。「這可會讓那個地底小傢伙想破頭！」他說：

藍色臉上有隻眼，

看見綠色臉上一隻眼。
「那隻眼就如同這隻眼，」
第一隻眼說：
「但卻是在地，
而不是在天。」

「嘶嘶，嘶嘶，嘶嘶，」咕魯說。他已在地底居住了很長很長的時間，都忘記這種事情了。不過，正當比爾博開始覺得這傢伙想不出答案的時候，咕魯卻喚醒了腦中很久很久以前的記憶，當時，他還和祖母一起住在河邊的地洞中，「嘶嘶，嘶嘶，我的寶貝，」他說：「這是太陽照在雛菊上的意思，是的。」

可是，這些在地面上日常生活的記憶，讓他覺得很疲倦，而且，也讓他想起當年他沒有這麼鬼祟、沒有這麼孤獨的生活，這讓他的脾氣開始變壞，更糟的是，費力回想讓他的肚子開始餓起來。因此這次他想出了另一個更難、更讓人不舒服的謎語：

看不見它，也摸不到它，
聽不見它，也聞不到它。
它躲在星辰後，山丘下，

可以裝滿空洞。
它先到後來，
會結束生命，扼殺笑語。

咕魯滿倒楣的，因為比爾博也聽過這類的謎語，對方話還沒說完，他就已經知道了答案。「是黑暗！」他連頭都不搔、腦袋也沒怎麼轉，就解開了謎題。

盒子沒有蓋子、鎖孔和絞鍊，
但裡面卻藏有金黃色的寶藏。

他問這個問題只是為了爭取時間，好想出一個真正困難的謎題。他認為這問題大概連三歲的小孩都會回答，他只是修改了一下文字的描述。不過，對咕魯來說這可是難如登天的謎題。他口中不停發出嘶嘶聲，一直想不出答案，最後，他開始喃喃自語，發出噗噗的聲音。

過了好一陣子，比爾博開始不耐煩了：「好啦，答案究竟是什麼？從你所發出的聲音看來，我得告訴你，答案並不是煮沸的水壺。」

「給我們一個機會、給我們一個機會，我的寶貝，嘶嘶——嘶嘶。」

「可以了吧，」比爾博在給了他很長的一個機會之後說：「你猜不猜得出來啊？」

咕魯這時腦中突然靈機一動，記起了很久以前他從鳥巢裡面偷東西的樣子，他坐在河邊，教祖母如何吸——「是蛋！」他嘶嘶地說：「是蛋！」然後他出了一道謎：

活著卻不呼吸，
冰冷帶著死氣；
永遠不渴，永不喝水；
披著鱗甲，卻不用背。

對他來說，他也覺得這個謎題簡單到不能再簡單；因為平常他滿腦子都是這個東西。只不過，他這時因為被蛋的謎題打亂了陣腳，因此完全想不到任何其他更好的挑戰。但是，對於旱鴨子比爾博來說，這個問題卻是讓他措手不及的難題。我猜你應該知道答案，至少也可以在一眨眼的過程中猜出來；這是當然囉，因為你這個時候正舒舒服服坐在家裡，又不需要擔心猜錯就會被吃掉。比爾博坐直身子，咳了幾聲，還是想不出答案。

過了一會兒之後，咕魯開始高興地發出嘶嘶的聲響。「它好吃嗎，我的寶貝？是否肥美多汁？還是皮脆心軟？」他開始在黑暗中打量著比爾博。

「半分鐘，」哈比人打了個寒顫說：「之前我可給了你很長的一個機會啊。」

「動作快，動作快！」咕魯開始爬出小船，準備撲向大餐。可惜，正當他把大腳踏進水中時，一條魚受驚跳了出來，落在比爾博的腳趾上。

「噁！」他說：「這好冰好濕啊！」這讓他隨即脫口而出：「魚！魚！」他大喊著：「是魚！」

咕魯非常失望，但比爾博不給他任何喘息的機會，立刻丟出下一個謎題，好讓咕魯爬回船上好好想一想。

沒腿的放在一條腿上，兩條腿的坐在三條腿上，四條腿的也分到一點。

這實在不是問這個問題的好時機，但比爾博別無選擇。如果他選擇在別的時候問這個問題，咕魯可能一時之間會猜不出來。不過，由於他們才剛說過魚，因此「沒腿的」就不是很難猜了，只要一確定這部分之後，其他就簡單了。「魚放在茶几上，人坐在几邊的凳子上，貓兒在啃魚骨頭，」當然，這就是答案，咕魯也很快地猜了出來。然後，他覺得該是來點恐怖、困難謎題的時候了。於是他說：

它會吞食一切，
蟲魚鳥獸花草樹木，
咬破生鐵，蝕穿金鋼；

將岩石化成飛灰，
殺死國王，屠滅城鎮，
滄海化桑田，高山成平原。

可憐的比爾博坐在黑暗中，思索著他所聽過的故事中所有巨人和食人魔的名字，但這些傢伙不管再怎麼恐怖，都沒有這種通天的本事。他有種預感，答案一定和他想的不太一樣，但他就是想不出來。他開始緊張害怕，這對於冷靜思考更是一點幫助也沒有。咕魯又準備爬出船，走到他身邊，他跳進水裡，啪噠啪噠地走到岸邊。比爾博可以看見他那雙眼睛一直朝這邊靠近。比爾博的舌頭似乎黏在嘴裡了，他想要開口大喊：「再給我一點時間，再給我一點時間！」不過，他笨拙的舌頭卻只能發出：

「時間！時間！」這純粹是比爾博的好狗運，因為，這剛好就是答案。

咕魯又再度失望了，現在，他的脾氣開始變壞，也厭倦了這個遊戲。事實上，猜謎的過程讓他肚子越來越餓。這次，他可沒有走回船上，而是在比爾博的身邊坐下來。這讓哈比人害怕得不得了，腦袋差點變成醬糊從耳朵流出來。

「它只能再問一個問題，我的寶貝，嘶的，嘶的，嘶嘶的。只能再猜一個問題，是的，嘶嘶的……」咕魯說。

可是，身邊坐著這樣一個又冷又濕的傢伙，對他又戳又摸的，比爾博實在想不出任何的問題。他抓著自己、捏著自己，還是擠不出問題來。

「問我們！問我們！」咕魯說。

比爾博捏著自己，給了自己好幾個巴掌；他抓住劍柄，甚至用另一隻手伸進口袋中亂摸。然後，他摸到了之前在隧道中撿到、卻完全忘記的戒指。

「我的口袋裡面有什麼？」他大聲說。他這只是自言自語，但咕魯以為這是個謎題，覺得相當不滿。

「不公平！不公平！」他嘶嘶地說道：「這不公平，我的寶貝，是吧，誰知道它的髒口袋裡面有什麼？」

比爾博這才明白究竟是怎麼一回事，由於他也實在想不出什麼更好的問題來，只能更大聲地說：「我的口袋裡面有什麼？」

「嘶——嘶——嘶，」咕魯嘶嘶地說道：「它得讓我們猜三次，我的寶貝，猜三次！」

「好啊！那你們就猜吧！」比爾博說。

「手！」咕魯說。

「錯，」幸好比爾博才剛把手拿出來。「再猜！」

「嘶嘶——嘶嘶——嘶，」咕魯這次比之前都還要沮喪。他思索著所有會放在自己口袋裡面的東西：魚骨、半獸人的牙齒、貝殼、蝙蝠翅膀、用來磨牙的石頭，以及其他噁心的東西。他試著思索其他人的口袋裡面會放些什麼東西。

「小刀！」他最後猜道。

「又錯了！」比爾博說，他不久之前才把自己的小刀弄丟。「最後一次機會！」

咕魯現在的狀況比之前被問到蛋的謎題時更糟糕了。他發出嘶嘶聲、噗噗聲，又不停地前後搖晃著腦袋，大力跺著地板，渾身又搖又扭的，但還是不敢輕易地浪費掉最後一次機會。

「快點啦！」比爾博說：「我在等你哪！」他試著聽起來十分樂觀和勇敢，但心中其實不太確定不管咕魯猜對或是猜錯，這場遊戲會怎麼樣收場。

「時間到！」他說。

「線頭，或是什麼都沒有！」咕魯這種做法其實也不太公平，因為他一口氣猜了兩樣東西。

「都錯了，」比爾博大喊著，覺得鬆了一口氣。他立刻跳了起來，背靠著最接近的洞壁，拔出短劍。他當然知道，猜謎是件很神聖的事情，即使是詭詐的壞心生物，也不敢在比賽的時候作弊；不過，他不相信眼前的傢伙會這麼輕易地守信，這傢伙只要有任何的理由，可能就會想辦法毀約。不只如此，他自己也有理虧的地方，根據古老的規定，其實最後一個問題也不太算是真正的謎語。

至少，咕魯沒有立刻攻擊他。他可以看見比爾博手中的寶劍，他只是坐在地上，渾身發抖地呢喃著。最後，比爾博終於不耐煩了。

「怎樣？」他說：「你不是答應我了嗎？我想要走了，你一定得帶我出去。」

「寶貝，我們這樣說過嗎？讓那個可惡的小人出去嗎，是的，是的。可是，它的口袋裡面到底有什麼東西？沒有線頭，寶貝，也不是什麼都沒有。喔，不！咕魯！」

「你別管那麼多，」比爾博說：「你說話要算話！」

「這傢伙還真是不耐煩，寶貝，」咕魯嘶嘶地說道。「不過，它一定要等等，是的，要等等，我們不能夠這麼急著走出去。我們得要先收收東西，是的，拿一些可以幫助我們的東西。」

「好吧，快點啦！」比爾博一想到咕魯會暫時離開身邊，就不禁鬆了一口氣。不過，他隨即轉念一想，又覺得他可能只是找個理由離開，不準備再回來。他在這黑漆漆的湖上能夠找到什麼可用的東西？但他錯了，咕魯的確想回來。他現在又氣又

餓，身為一名心腸惡毒的傢伙，他現在已經想出了一個計畫。

不遠之處就是他的小島，比爾博對此一無所知；在這個他的藏身之處，放著幾樣噁心的東西，以及一個非常美麗的寶物，非常漂亮、非常棒的東西。他有一枚戒指——一枚黃金戒指，一只寶貝的戒指。

「我的生日禮物！」他自言自語道，從不知道多少年以前開始，他就對自己這樣說。「我們現在就想要它，是的，我們想要它！」

他會這樣想的原因是因為那戒指擁有魔力，如果你把戒指戴上手指，就會變成隱形，只有在明亮的陽光下才會被發現，而且還只能透過你模糊不清的陰影，來知道你的行蹤。

「我的生日禮物！是我在生日的時候拿到的，寶貝，」他一直這樣對自己說。不過，誰又知道咕魯當年究竟是怎麼獲得這個戒指的呢？在那個古老的年代中，世界上還有許多這樣的戒指；或許連統御所有這些戒指的主人都不知道咕嚕是怎麼得到的。咕魯一開始無時無刻都將它戴在手上，後來他卻因此感到十分疲倦；然後他會將它放在貼身的小囊中，它卻擦傷了他。現在，他通常會把它藏在小島上的岩石小洞裡，時常回去欣賞這個寶物。有時，當他再也無法忍受和它分離的寂寞時，他會戴上它；或者，當他餓得受不了卻又不想吃魚的時候，他也會戴上它。然後，他會無聲無息地沿著隧道前進，搜尋孤身的半獸人。他甚至敢大膽地混入點著火把的隧道，因為他知道，即使火光讓他的眼睛眨個不停，流出淚水，他卻依然是安全的。喔是的，相當安全！沒有人能發現他、沒有人會注意到他，只能乖乖地等他的手指掐住他們的脖子。幾個小時之前，他才戴過這個戒指，抓到了一個倒楣的小半獸人，那傢伙叫得真淒厲啊！他還留了一兩根骨頭來啃，不過，現在他想要吃更軟一點的肉。

「相當安全，是的，」他自言自語道：「它看不見我們的，寶貝，對吧？是的。它看不見我們的，它的那把臭劍也不會有用的，是的。」

當他突然離開比爾博身邊，跳回船上時，他邪惡的小腦袋中只想著這件事情。比爾博以為自己不會再看見他了。不過，他還是等了一陣子，因為他也不知道自己要怎麼樣找路出去。

突然間，他聽見了一聲嘶吼，這讓他背脊發涼。咕魯在這一片黑暗中不停地咒罵吼叫，從聲音聽起來似乎不是太遠。他站在小島上，到處亂翻著，徒勞無功地搜索著。

「它在哪裡？它在哪裡？」比爾博聽見他大喊著。「弄丟了，我的寶貝，丟了，不見了！詛咒我們，我們該死，我的寶貝竟然不見了！」

「怎麼搞的？」比爾博大喊著：「你弄丟了什麼？」

「它不要問我們，」咕魯尖聲大叫：『不是它的事！不，咕魯！它不見了，咕魯，魯，咕魯。」

「好吧，我出去的路也不見了，」比爾博大喊著：「我想要離開這裡，我贏了比賽，你也答應過我。快來吧！快把我帶出去，然後你就可以繼續找！」雖然咕魯聽起來那麼可憐，但比爾博卻發現自己擠不出多少同情心。他有種感覺，既然咕魯這傢伙這麼想要它，那一定不會是什麼好東西。「快來啦！」他大喊著。

「不，不行，時候還沒到，寶貝！」咕魯回答道：「我們得要找找才行，它不見了，咕魯。」

「可是你根本沒猜到我最後一個問題，你答應要帶我出去的。」比爾博說。

「沒猜到！」咕魯說。然後，突然間，黑暗中傳來一聲尖銳的嘶嘶聲：「它的口袋裡面到底有什麼？告訴我們，它一定要先說！」

在比爾博看來，他沒什麼理由不跟對方講答案。不過，咕魯想的比他要快；這是很自然的，因為這麼多年以來，他腦中一直只有這樣東西，一直擔心它被人偷走。但此時，比爾博只是不喜歡對方一直找理由拖延，畢竟，他可是冒了極大的危險才贏了這場猜謎比賽。「答案要用猜的，不能用問的。」他說。

「可是這問題不公平，」咕魯說：「寶貝，這不是謎題，不是。」

「喔，好吧，如果你只是想要問問題，」比爾博回答道：「那麼先讓我問：你弄丟了什麼東西？快告訴我！」

「它的口袋裡面有什麼？」那聲音變得越來越大、越來越銳利。當他看著聲音的來源時，比爾博警覺地發現了有兩團光亮正瞪著他。咕魯起了疑心，眼中彷彿燃起一團蒼白的火焰。

「你弄丟了什麼？」比爾博堅持問道。

此時，咕魯眼中的光芒開始化成綠色的火焰，而且越來越靠近。咕魯又跳上了船，開始瘋狂地往岸邊划。他的心中充滿了憤怒和仇恨，再也沒有任何的刀劍可對他構成威脅。

比爾博實在猜不出來，到底是什麼讓這詭異的傢伙這麼生氣，但他知道一切都完蛋了，咕魯最後還是會殺了他了。他立刻轉過身，用左手摸著牆壁，盡可能快速地往回頭跑。

「**它的口袋裡面有什麼？**」他可以聽見嘶嘶聲依舊緊追不捨，還有咕魯跳下船的水花聲。「不知道我到底有什麼東西？」他氣喘吁吁地邊跑邊對自己說。他將左手放進口袋中，戒指摸起來非常冰冷，同時無聲無息地滑上了他的食指。

嘶嘶聲越來越近了。他轉過身，可以看見咕魯的兩眼像是小燈一樣地不停往斜坡上衝。他害怕得越跑越快，但卻一不小心踢到了地板上的裂縫，一個狗吃屎摔在地上，把寶劍壓在身體下。

就在那一瞬間，咕魯正好趕上了他。但在比爾博來得及爬起來，調整呼吸或是揮舞寶劍之前，咕魯就咒罵著繼續往前奔跑，完全無視於他的存在。

這是怎麼一回事？咕魯可以在黑暗中視物，比爾博從後面都可以看見他眼中發出的光芒。他痛苦萬分地爬起來，將再度發出微光的寶劍入鞘，小心翼翼地跟在後面。因為，他別無選擇，轉身躲回咕魯的湖邊沒有什麼意義。如果跟在咕魯後面，他或許會不經意地帶比爾博找到出口。

「詛咒它！詛咒它！詛咒它！」咕魯嘶嘶地說：「詛咒巴金斯！它不見了！它的口袋裡

面到底有什麼？喔，我們猜得到，我們猜得到，我的寶貝——他找到了它，是的，他一定找到了它，我的生日禮物！」

比爾博豎直耳朵聽著，最後，他終於也開始懷疑這一切，他小心地往前走了幾步，大膽地靠近咕魯；幸好對方依舊匆忙的趕路，無暇回頭觀望。從牆壁上的微光看來，比爾博判斷這傢伙在不停地打量著四周的環境。

「我的生日禮物！詛咒它！我們怎麼會弄丟呢，寶貝？是的，就是這樣。上次我們來這邊的時候，我們扭斷那小傢伙脖子的時候。就是了！詛咒它！在這麼久之後，它竟然從我們手上滑了下去！它不見了，咕魯。」

突然間，咕魯在地上坐了下來，開始啜泣，那是種結合了哨聲和吞嚥聲的詭異交響樂，讓人聽起來很不舒服。比爾博停下來，背緊靠著洞壁隱藏住身形。過了一陣子之後，咕魯停止啜泣，開始自言自語，他似乎和自己起了爭執。

「回去找也沒用的，沒用，我們根本不記得去過哪些地方，不會有用的。巴金斯把它放在口袋裡面，我們認為是那個臭傢伙找到了它。」

「我們猜測，寶貝，只是猜測而已。我們在抓到那個臭傢伙，好好逼問它之前是不能確定的。它不知道路，也走不遠，那個臭傢伙迷路了，它說它不知道出去的路。」

「它是這樣說，但這傢伙很狡詐，它沒有說這是什麼意思，它也不肯說口袋裡面有什麼東西。它知道。它知道進來的路，它一定知道出去的路。是的，它去後門了，對，去後門！」

「半獸人會抓住它的。它不能夠從那邊出去的，寶貝。」

「嘶嘶，嘶嘶，咕魯！半獸人！是的，但是如果它拿到了我們的禮物，我們寶貝的禮物，那半獸人也會拿到它的，咕魯！他們會找到它，會知道它的厲害，我們就再也不安全了，再也不安全，咕魯！會有半獸人把它戴上，其他人就看不見他，他會隱形，連我們聰明的眼睛都看不見他，他會靜悄悄地來抓我們，咕魯，咕魯！」

「那我們還是不要聊天了吧，寶貝，動作快一點。如果巴金斯往這個方向走了，我們必須要趕快過去看。去吧！不遠了，快一點！」

咕魯一躍而起，立刻開始飛奔離開。比爾博依舊小心翼翼地跟在後面，只不過，這回他比較擔心的是又踢到什麼東西，而發出不該有的聲響。他的小腦袋中充滿了新的希望和驚奇，看來他所撿到的戒指是個魔法戒指：它可以讓人隱身！當然，他曾經在古老的傳說故事裡聽過這種東西，但實在很難相信自己竟真的意外找到這種寶物。眼前的證據由不得他不相信，擁有銳利雙眼的咕魯對他視而不見，就這麼毫無防備地從他身前走過。

他們就這樣繼續下去，咕魯的雙腳啪噠啪噠地前進，邊咒罵和發出嘶嘶的聲音；比爾博則是發揮哈比人的天賦，悄無聲息地跟在後面。很快的，比爾博就來到了之前所注意到的許多岔路處，咕魯立刻開始數著這些岔路。

「左邊一個，是的；右邊一個，是的。右邊兩個，是的是的，左邊兩個，是的是的……」他一直這樣喃喃自語。

隨著他越數越多，他腳步開始慢下來，同時他也開始渾身發抖，發出啜泣聲；因為他已經離地底湖很遠的距離，開始覺得有些害怕。四周可能有半獸人出沒，而他又弄丟了戒指。最後，他在左方一個低矮的隧道口停了下來。

「右邊第七個，是的，左邊第六個，是的。」他低語道：「就是這個了，這就是去後門的路，就是這條路！」

他往內窺探著，又縮了回來。「可是寶貝，我們不想要進去，我們不想，裡面有半獸人，很多半獸人，我們可以聞到他們。嘶嘶！」

「我們該怎麼辦？詛咒這些該死的傢伙！我們得在這邊等，寶貝，要等等看才行。」

因此，他們就這麼停了下來。咕魯畢竟還是把比爾博帶到了出口，但比爾博卻無法進去！因為咕魯就這麼坐在那裡，雙眼發出冷冽的光芒，頭放在雙膝之間左右掃視著。

比爾博又用比老鼠更小的聲音離開洞壁，但咕魯立刻渾身一緊，開始嗅著四周的氣味，眼中再度發出綠光。他發出帶著怒氣的嘶嘶聲，他看不見哈比人，但卻已經提高了警覺；而且，他還有其他在黑暗中變得更敏銳的知覺：聽覺和嗅覺。他就這麼趴在地板上，頭伸了出來，鼻子幾乎貼在地板上。雖然對方在比爾博的眼角餘光只是一團模糊的黑影，但他卻可以明顯地感覺到：對方已經像弓弦一樣的緊繃，毫不鬆懈地四面八方監視任何蛛絲馬跡。

比爾博害怕得幾乎停止了呼吸，身體也立刻變得非常僵硬。他十分緊張，只要他還有力氣，就一定得脫離這片恐怖的黑暗，逃離這個地方。他必須要奮力一搏，他必須要刺死這個恐怖的傢伙，讓他眼睛的光芒熄滅。他想要殺死比爾博。不，這樣不公平，比爾博已經隱形了，咕魯手無寸鐵，咕魯並沒有威脅要殺他，至少還沒有付諸行動；他孤身一人，十分的可憐、不知如何是好。比爾博的心中突然對這可憐的生物產生了一種混雜著恐懼和諒解的同情心：他在這沒有希望、沒有光芒的地底度過無數的歲月，和堅硬的岩石、冰冷的盲魚為伴，偷偷摸摸地四處行動，鬼鬼祟祟地自言自語。這些念頭都在一瞬間掠過他的腦海，比爾博打了個寒顫，接著，藉由身體內突如其來產生的一股怪力和決心，他縱身一躍。

對人類來說這不算是多麼厲害的一跳，但別忘了，這可是在全然黑暗中的一躍。他飛過咕魯頭上，往前飛過了七呎，躍起了至少三呎。事實上，他差點就在洞口撞爛自己的腦袋。

咕魯立刻轉身奔去，試圖抓住越過頭頂的哈比人，但已經太遲了：他的手劃過空氣，比爾博則是穩穩地落在地上，開始往新的出口方向飛奔。他不敢轉頭打量咕魯在幹些什麼。一開始，他可以聽見背後傳來清楚的嘶嘶聲和咒罵聲，然後那聲音就停了下來；幾乎在同一瞬間，後方傳來了讓人血液為之凍結的尖叫聲，充滿了恨意和絕望。咕魯被打敗了，他不敢再往前走，他已經輸了：他不只追丟了獵物，更弄丟了他這輩子唯一在乎的寶貝。這尖叫聲讓比爾博的心臟差點跳出嘴邊，但他堅毅地繼續往前跑。雖然那聲音現在微弱得如同回音一般，但其中的恨意依然讓它持續不斷地往前飄送：

「小偷，小偷，小偷！巴金斯！我們恨它，我們恨它，我們永遠恨它！」

然後就變得一片死寂。但，對於比爾博來說，這依舊讓人提心弔膽。「如果咕魯近到可以聞到半獸人的氣息，那麼他們也可以聽見他的尖叫和咒罵聲。我得小心點，這條路可能會讓我走向更可怕的事情。」

這條隧道不只低矮，看來也十分粗製濫造。對於哈比人來說，還不算太難走，只是他在這段路程中又好幾次踢到了地上的碎石。「對比較高大的半獸人來說似乎太矮了些，」比爾博想，但他不知道，即使是山中最高大的半獸人，也可以彎著身子，在雙手幾乎垂到地面的狀況下飛快趕路。

很快的，一直蜿蜒向下的隧道開始往上延伸，過了一陣子之後，它變得十分陡峭，這讓比爾博的速度慢了下來。到了最後，斜坡終於平緩下來，隧道轉過一個彎，又開始繼續往下走。在那邊，底下一個彎道的盡頭，他看見了一絲光芒。那不是油燈所吐出的紅光，而是白色的天光，比爾博立刻拔足狂奔。

他用盡全身力氣邁步飛奔，繞過最後的轉彎，終於來到了一個開闊的空間。在他於黑暗中待了那麼久之後，這裡的光線相形之下變得十分刺眼。事實上，這只是從門口透入的一絲光線，來源則是不遠之前的一扇敞開的巨大石門。

比爾博眨眨眼，這才看見了半獸人：全副武裝，手拿刀劍的半獸人坐在門內，用警醒的目光打量著外面，監視通往大門的小徑。他們絲毫不敢鬆懈，準備面對任何的危險。

他們發現陌生人的速度快多了。是的，他們發現了他，不知道這是意外，還是戒指想換到另一個新主人手上的惡作劇，反正，戒指又不在他的手指上了。半獸人歡呼一聲，朝他衝了過來。

比爾博感到一陣恐懼和失落感，幾乎與咕魯的痛苦毫無二致。他甚至忘記拔出短劍，只記得將手伸到口袋中。戒指還在他左邊的口袋中，它立刻滑上他的手指。半獸人震驚地停下腳步——他就這麼憑空消失了。他們發出比之前更大聲的吼叫聲，但這次可不是歡呼了。

「他到哪裡去了？」他們喊著。

「快回門口！」有人大喊著。

「這個方向！」有些人喊著，「是那個方向！」其他的人則是喊著。

「注意大門。」隊長下令道。

哨聲響起，盔甲撞擊，刀劍揮舞，半獸人咒罵著四處奔跑，彼此互相妨礙，怒氣也越來越高漲。一瞬間，原先秩序井然的守備隊就陷入徹底的混亂中。

比爾博感到無比的害怕，但他還是勉強保持了一絲冷靜，及時在半獸人守衛喝水用的大桶後面躲了起來，因此閃開了半獸人盲目的摸索和被踐踏而死的命運。

「我一定得快到門口，我一定得快到門口！」他不停地對自己說，但過了很長的時間他才敢真的這麼做。那就像是一場恐怖的捉迷藏遊戲一樣，到處都是漫無目的四處奔跑的半獸人，可憐的小哈比人左閃右躲，最後還是被一名搞不清楚自己絆到什麼的士兵撞倒在地上。他把握機會，四肢著地爬過隊長的胯下，衝向門口。

大門依舊沒有完全關上，但已經有名半獸人將它推得只剩一條縫隙。比爾博使盡全身的力氣，發現自己還是推不動，最後只能想辦法擠過去。他擠了又擠，最後竟然卡住了。他的鈕扣被卡在門上；他可以看見外面藍天白雲的景象，再跑幾步就能進入高聳山脈間的一座狹窄山谷。太陽從雲後探出頭來，照耀在門外，但他就是擠不過去。

突然間，門內的一名半獸人扯開喉嚨大喊：「門口有個影子，外面有人！」

比爾博的心臟又再度跳到喉頭。他奮力一掙，鈕扣往四面八方爆開。他終於擠了出去，但外套和襯衫全都破了。他像隻山羊一般衝下階梯，吃驚的半獸人則是在門口撿著他漂亮的銅鈕扣。

當然，他們很快就狂喊著追了出來，在樹林間努力地搜索；但他們不喜歡陽光，它會讓他們兩腿發軟，頭昏腦脹。他們找不到戴著戒指的比爾博，因為他正在樹木的陰影中無聲無息地穿梭，在陽光照不到的地方飛奔著。因此，很快的，他們就咒罵著、嘟囔著走回門口繼續張望。比爾博終於逃了出來。

第六節　一波未平一波又起

比爾博好不容易躲開了半獸人，卻不知道自己身在何處。他弄丟了斗篷、兜帽、食物、小馬、鈕扣和所有的朋友。他只能漫無目的繼續往前走，直到太陽開始往西落到——山脈後面。山脈的陰影落在比爾博的身上，他好奇回頭看去，然後望著眼前的斜坡，從林木之間偶爾可瞥見斜坡往下伸展到一片平原。

「老天爺！」他說：「看樣子我似乎穿過了迷霧山脈，正好來到了山的另一邊！媽呀，矮人和甘道夫不知道在哪裡？我只希望他們不會還在半獸人的勢力範圍內！」

他繼續漫無目的往前走，穿越了狹窄的河谷，走到盡頭，往斜坡之下走，但他一直覺得有種不對勁的

感覺：既然他找到了這枚魔法戒指，他到底該不該再回到那個恐怖黑暗的隧道中尋找朋友呢？他剛下定決心，決定擔起責任，回去尋找朋友——雖然他覺得下場可能會很慘——的時候，就突然聽見了聲響。

他停下腳步，仔細傾聽著。那聽起來不像是半獸人的聲音，因此他小心地往前走。他這時踏在一條多岩的小徑上，左邊是一片岩壁，另一邊則是一道通往下方的斜坡；從上面看去，可以看見底下山谷中有許多的灌木和低矮的植物。在其中一座山谷中的灌木叢之下，有交談的聲音。

他又潛近了些，突然間透過大石間的縫隙看見一個戴著紅兜帽的腦袋：那是負責站崗的巴林。他差點高興地拍手大叫，但他忍住了。由於擔心再遇到什麼不好的狀況，他手上還戴著戒指，因此，巴林雖然看著他的方向，卻什麼也沒有發現。

「我給他們一個驚喜好了！」他想，邊悄悄地潛近山谷中的灌木叢。甘道夫正在和矮人們爭論著，他們在討論著隧道中發生的事情，想要決定接下來該怎麼辦。矮人們在抱怨著，而甘道夫則是堅持如果巴金斯先生還在半獸人的手裡，他們就不應該繼續前進，至少必須要確定他的生死，甚至去營救他。

「畢竟他是我的朋友，」巫師說：「他也不是個壞人，我對他有責任，我真希望你們沒有把他弄丟了。」

矮人們想要知道為什麼帶他來，為什麼他不能和朋友一起行動，巫師又為什麼不挑選一個比較有常識的夥伴。「他到目前為止惹的麻煩，比幫的忙還要多。」一人說：「如果我們還得要回到那複雜的隧道去找他，我建議還是管他去死算了。」

甘道夫生氣地回答：「是我帶他來的，我絕不會帶沒用的人參加冒險。如果你們不幫我，要我親自動手也可以，你們就自己想辦法解決這些問題。只要我們能夠找到他，最後你們一定會感激我的。朵力，你當初為什麼會把他丟下來？」

「如果有個半獸人在黑暗中突然抓住你的腿，把你絆倒，還在你背上踢了一腳，」朵力辯解道：「你也會把他丟下來的！」

「那你又為什麼不把他撿起來？」

「天哪！你還好意思問！半獸人在黑暗中又抓又咬，每個人都在地上打滾，撞來撞去！你差點用敵擊劍把我的腦袋砍掉，索林則是揮舞著獸咬劍對半獸人東刺西戳。然後，你又突然間發出那種刺眼的光芒，我們才看見半獸人哀嚎著逃走。你大喊著『大家跟我來！』每個人都應該跟你走呀。我們也以為大家都這樣做了。你也知道，那時候根本沒時間把人數算清楚，我們之後就一路殺過守衛，衝出大門，躲到這裡來。現在我們只能淪落到這裡，連飛賊也不見了，叫他去死吧！」

「飛賊大爺駕到！」比爾博走到大夥中間，脫下了戒指。

哇，大家跳得一個比一個高！然後他們就開始驚訝地歡呼。甘道夫和其他人一樣吃驚，但可能更高興些。他把巴林叫了回來，問他哨兵怎麼可以讓人無聲無息地走到身邊。事實上，矮人在這次事件之後，對於比爾博更是另眼相看；就算他們之前在甘道夫的保證下，還對他頂尖飛賊的身分有所懷疑，現在也都煙消雲散了。巴林是其中最無辜的人，但大夥都覺得這是比爾博高超的技巧。

的確，比爾博在他們的讚美之下顯得飄飄然，在心裡竊笑著，對戒指隻字不提。當他們問他怎麼辦到的時候，他說：「喔，你只需要非常小心、非常安靜地走過來就行了。」

「這是有史以來，第一次有人可以從我面前小心、安靜地走過，而我還沒有發現！這連老鼠都辦不到呢！」巴林說：「我向你脫帽致敬。」他照做了。

「巴林聽候你差遣！」他說。

「巴金斯先生為你效勞！」比爾博回答道。

他們全都想要知道，比爾博和他們分離之後的冒險過程，於是他坐了下來，將一切娓娓道來——只有找到戒指的過程例外（「時機還沒到」他想）。他們對於猜謎比賽的那段特別感興趣，對他描述中的咕魯也都不約而同地打了個寒顫。

「那時，他一在我旁邊坐下來，我就什麼謎題也想不到了，」比爾博最後說：「所以，我就說了『我的口袋裡面有什麼？』他猜了三次都猜不到。因此最後我就說啦：『你之前已經答應了我，帶我出去！』但是他卻衝過來要殺我，我轉身就跑，在黑暗中和他錯過了。然後我跟著他往前，因為我聽見他自言自語，他認為我知道出去的路，而且正朝著那個方向走。然後他就在出路的入口坐了下來，我一時之間過不去；最後，我只好跳過他頭上，一路衝往大門逃了出來。」

「那些守衛怎麼辦？」他們問：「難道你沒遇到嗎？」

「喔，有啊！多得嚇人呢，但是都被我躲了過去。門只打開一條縫，我被卡在門口，弄掉了很多顆扣子，」他哀傷地看著扯破的衣服。「但是，至少我還是逃了出來，這才能站在各位面前。」

矮人用比之前更尊敬的眼光看著他，比爾博則是用輕鬆的口吻描述著躲避守衛、跳過咕魯和擠出大門的過程，彷彿這一切都輕而易舉。

「看吧，我不是告訴過你們了？」甘道夫笑著說：「巴金斯先生擁有比你們想像中更強悍的實力。」當他這樣說的時候，他對著比爾博露出詭異的表情。哈比人開始懷疑他是否已經猜到了這段過程中自己刻意隱瞞的真相。

接著，就輪到他問問題了；就算之前甘道夫曾對矮人們解釋過這一切，比爾博可沒聽到。他想知道巫師到底是怎麼出現的，他們在之間又經歷了什麼。

說實話，巫師並不介意重複描述他的睿智，因此，他開始對比爾博說明：他和愛隆早在這之前，就已經發現了這一帶有邪惡半獸人出沒的跡象。但是，以前他們的正門是在另一個方向，路比較好走，他們也經常在夜晚捕捉不小心靠近的旅人。很明顯，人們後來就不再走那條路了，而半獸人才在山頂的通道旁蓋了個新門，這應該是最近才發生的事情，因為直到現在，都沒有人聽說過有關這入口的事情。

「我得要看看，是否能夠找到比較好心的巨人再度將門堵起來，」甘道夫說：「不然這一帶很快就會人煙絕跡了。」

在山洞中，甘道夫一聽到比爾博的叫喊就意識到發生了什麼事情。在那殺死半獸人的閃光發出的一瞬間，他把握機會在裂縫關起之前溜了進去。他跟著那些士兵一路走到大廳的附近，接著他坐了下來，開始在黑暗中準備最強大的魔法。

「那可真是讓人難忘的經驗，」他說：「一擊成功之後就必須逃離！」

當然，甘道夫不會被這種小事難倒的，他對於火焰和光線的魔法特別有研究。（因此，哈比人才會一直對於老圖克夏至宴會中的煙火表演念念不忘。）其他的我們就都已經聽過了，唯一的例外是甘道夫對於後門，也就是半獸人口中的下層門瞭若指掌，比爾博也就是在該處弄丟了他所有的鈕扣。事實上，任何了解這一帶地形的人都知道有這個出口，但只有巫師能夠在隧道中保持冷靜，帶他們朝向正確的方向前進。

「他們在很多年之前興建了這座大門，部分原因是在需要的時候提供逃脫的路徑，部分則是提供他們前往其他區域所需要的通道；他們依舊會在黑暗中出擊，對這一帶造成很大的傷害。他們嚴密地看守這個出入口，沒有任何人能夠將這條路堵起來。經過這次教訓，他們一定更會加強防禦。」甘道夫大笑著說。

其他的人也跟著開懷大笑。雖然他們損失慘重，但至少殺死了為首的半獸人，以及許多敵人，而且，他們都安全地逃了出來；到目前為止，這場冒險還算是相當成功的。

不過，巫師的一席話讓他們清醒了過來。「既然我們已經都休息夠了，就必須立刻出發。」他說：「在夜色降臨之後，一定會有數百名的半獸人出來追殺我們，現在天色已經漸漸暗了；即使在我們離開許久之後，他們還是可以聞到我們腳印的氣味。我們在天黑之前必須盡量遠離此地，如果運氣好的話，今晚應該還會有月色照明。他們不太在乎月光，但有月光照路，對我們來說卻比較方便。」

「喔，是的！」他一舉回答了哈比人更多的疑問：「你在半獸人的洞穴中，把時間搞混了。今天是星期四，我們被俘虜的時候是週一晚間或是週二的凌晨。我們走了非常遠的距離，穿越了山脈的正中心，現在來到了另外一邊。這算是相當方便的捷徑，但距離原先計畫中的道路有一段距離，我們太偏北了，眼前會有一段崎嶇的路程。我們現在的地勢還在很高的地方，還是趕快出發吧！」

「我肚子好餓喔！」比爾博突然意識到，他們已經有兩三天沒吃飯了。想想看，這對哈比人來說是多大的煎熬啊！在之前的緊張和興奮情緒結束之後，他才發現肚子餓得咕咕叫，雙腿也忍不住開始發抖。

「沒辦法，」甘道夫說：「除非你想要回去，請那些半獸人好心地把行李和小馬還給你們。」

「多謝你的建議啊！」比爾博說。

「好啦，那麼我們只能勒緊褲帶，繼續往前走。再不然就只能被對方做成晚餐，這可比不吃晚餐要糟糕多了！」

當他們馬不停蹄地趕路時，比爾博左顧右盼，希望能夠找到些吃的東西，但黑莓才剛開始開花，當然更別提堅果或山楂的果子了。他找了些無毒的草葉嚼了起來，在越過一條山澗的時候也喝了一些山泉水，吃了幾顆在水邊找到的野莓，但這都只是杯水車薪，熄滅不了他腹中的熊熊飢火。

他們繼續往前，崎嶇的道路消失了，之前的灌木叢、長草地、岩石、百里香、山艾樹、香花薄荷、岩薔薇也全都消失了，他們發現自己身在一個滿是落石的斜坡上，這必定是山崩的遺跡。當他們開始往下走的時候，腳下不停有小石子往下滾動，很快的，就有更大塊的碎石被擾動往下落；不久之後，整個山坡都陷入騷動，頭上和腳下的斜坡似乎都開始移動，眾人驚慌害怕得彼此擁抱，在一團混亂和驚人的巨響中，看著自己和整座山坡不停地往下滑墜。

山腳邊的樹木救了他們一命。他們滑到了山坡邊矗立的松樹叢中，這也是連接山坡和底下山谷中黑暗森林的地方。有些人抓住了樹幹，一翻身上了較低的枝椏；有些人（像是倒楣的小哈比人）則是躲在樹後，避開了大量落下的土石。很快的，危險就過去了，最大塊、最沉重的岩石也都滾落身後的森林中。

「好啦！這可幫了我們一點忙，」甘道夫說：「這下子恐怕連追殺我們的半獸人都很難下來了。」

「我也這樣覺得，」龐伯嘟噥著：「但要他們對準我們腦袋丟石頭可不困難。」矮人們和比爾博可不覺得高興，只是悶悶不樂地按摩著青腫、擦傷的腿和腳。

「胡說八道！我們會離開這一帶的。我們的動作得快了！你們看天色！」

太陽早已落入山後。他們四周的陰影已經漸漸加深，不過，由於遠方山坡上的樹木比較低矮，他們依舊可以看見遙遠平原上的晚霞。他們一拐一拐地盡快往前走，走上往南傾斜，長滿松樹的斜坡。有些時候，他們必須撥開生長茂密，高過哈比人頭頂的羊齒蕨葉子，才能夠繼續往前走；他們持續向前邁進，安靜地踏在鋪滿地面的厚厚松針上。在此同時，森林則是越來越幽暗、越來越沉寂。那天晚上，連一絲一毫可以將海之吹息帶到樹林中的微風都沒有。

「我們還要繼續走嗎？」比爾博問道，這時天色已經黑到他只能看見索林的鬍子在他身邊亂晃，死寂的氣氛更讓矮人的呼吸成為惱人的噪音。「我的腳趾頭都瘀血受傷了，我的腿也很痛，肚子像是個空袋子一樣晃來晃去。」

「再走一下就好了！」甘道夫說。

經過了似乎是永無止盡的跋涉之後，他們來到了一塊沒有樹木生長的空地，月亮已經升了起來，正安詳地照著這地方。雖然四下都沒有什麼特別之處，但他們卻都覺得這裡有些古怪。

突然間，他們聽見遠方傳來一聲嚎叫，那是種淒厲、刺耳的嚎叫聲；在右方則是傳來更靠近的回應聲，左方不遠處也有了回應。這是野狼嚎月，牠們正在呼朋引伴呢！

在巴金斯先生的地洞附近沒有野狼，但他認得這聲音，他在傳說故事中看夠也聽夠人描述這聲音。他的一名親戚（是圖克家那邊的），是名到處遊歷的旅人，曾經刻意模仿這聲音來嚇唬他。在月光下的森林中聽見這聲音，對比爾博來說實在是太刺激了。即使是魔法戒指也對野狼莫可奈何，特別是出沒在這一帶、有半獸人出沒之山野的邪惡狼群。這些惡狼的嗅覺比半獸人還要敏銳，根本不需要依賴視覺，照樣可以輕易捕捉獵物！

「我們該怎麼辦，我們該怎麼辦？」他驚慌失措地大喊著：「剛躲開半獸人，又被惡狼逮住！」他說，這後來就成了一個諺語，不過，我們現在多半都是用「一波未平，一波又起」來描述同樣讓人不知所措的處境。

「快點爬上樹！」甘道夫大喊道。他們立刻跑到草地邊緣的樹林中，找尋著那些擁有相當低矮枝枒的松樹，或是比較細瘦、比較好爬的樹木。你應該也猜得到，他們用史無前例的速度找到了可以躲藏的地方，立刻用盡渾身解數爬上最高的枝枒。如果你在旁邊（當然，得要在一定安全的距離之外）看到矮人們坐在樹枝上，鬍鬚隨風飄蕩，可能會忍不住哈哈大笑，因為他們看起來實在太像是裝小孩的頑皮老人了。菲力和奇力躲在一株高大的、像是聖誕樹一樣的落葉松上。朵力、諾力、歐力、歐音和葛羅音，則是藏身在一株巨大的松樹上，它像輪軸一樣整齊的枝枒伸向四周。畢佛、波佛和龐伯，還有索林在旁邊另一棵松樹上。德瓦林和巴林則都擠在一株細瘦的杉樹上，試著在稀疏的枝枒間找到可以落腳的地方。而甘道夫的身材比大家都要高，因此輕鬆地找到一棵位森林空地邊緣上、其他人都爬不上去的高大松樹，俯瞰著眼前的景象。他隱藏得相當好，不過，當他往下打探的時候，你還是可以在夜色中看見他的雙眼閃閃生光。

至於比爾博呢？他根本爬不上任何一株樹，只能慌張地在樹叢間跑來跑去，就像是被獵狗追捕的可憐野兔，四處尋找藏身處一樣。

「你又把飛賊丟在後面了！」諾力對朵力說。

「我不能每次都背著飛賊到處跑吧？」朵力說：「在隧道裡也就算了，還要爬樹？你以為我是挑夫嗎？」

「如果我們不想想辦法，他會被吃掉的！」索林說，這時四周的狼嚎聲已經越來越靠近，越來越急迫。「朵力！」他大喊著，因為朵力是在最好爬的樹上，而且他距離地面最近，「動作快，幫巴金斯先生一把！」

雖然朵力很愛抱怨，但其實是個很好心的人；不過，即使朵力爬到最下面的枝枒上倒吊著伸出手臂，可憐的比爾博還是抓不到他的手。因此，朵力冒著危險爬下樹，讓比爾博踩在他的背上往上爬。

就在那時，野狼們嚎叫著衝近了空地，一下子冒出了數百雙眼睛瞪著他們。朵力沒有拋下比爾博，他等到對方踩上他肩膀抓住樹枝爬上樹之後，自己才千鈞一髮地躍上去。真是好險！一隻野狼在他翻身上樹的剎那咬住他的斗篷，差點也把他扯了下來。不久之後，到處都是野狼狂嚎著撲向樹木的身影，牠們雙眼發光，舌頭也飢餓地掛在外面。

這些座狼（在大荒原的野狼由於被半獸人當坐騎，因此有這種稱呼）不會爬樹，比爾博一行人至少暫時安全了，幸好這時的天氣相當暖和，也沒有多大的風。樹枝本身就不太適合久坐，但如果在野狼包圍的冷風中，那才真是要人命的地方。

森林中的這塊空地，很明顯的是野狼聚會之地，還有越來越多的狼群朝這邊集中。牠們在朵力和比爾博躲藏的樹木底下留了守衛，然後四處嗅聞著，直到牠們找到所有有人躲藏的樹木為止。牠們也派出了守衛看守這些樹木，其他數百隻狼則是在草地中央圍成一圈坐了下來，在圓圈中央的是一隻身形龐大的灰狼，牠用座狼的恐怖語言和牠們交談。甘道夫聽得懂，比爾博雖然聽不懂，卻覺得牠們所說的每字每句都十分恐怖，而事實上確實也是。每隔一段時間，這群圍成一圈的座狼就會齊聲應和首領所說的話，那種恐怖的嘶吼聲，讓哈比人幾乎跌落樹下。

雖然比爾博聽不懂，還是讓我來告訴各位甘道夫所聽見的內容好了！座狼和半獸人常常一起聯合起來做壞事。半獸人通常不會冒險遠離山脈，除非他們被趕了出來，被迫要尋找新家，或是準備開戰（我很高興地告訴各位，這樣的狀況已經很久沒發生了）。在那個年代，他們有時會發動突襲，奪取食物或是俘虜替他們工作的奴隸；然後，他們通常會請座狼來幫忙，和他們分享成果。看來，今天晚上似乎有一場規模龐大的突襲，座狼是來此和半獸人會面的，對方則是遲到了。毫無疑問，這是因為半獸人首領被殺，再加上比爾博、矮人們和巫師所造成的騷動所導致的，半獸人可能還在想辦法追捕這些傢伙。

即使在這塊土地上有許多危險，南方勇敢的人類近來還是旅行到此地，砍伐樹木，在山谷或是河岸邊的樹林中興建家園。他們人數很多，武器精良又驍勇善戰，在白天或是集體行動的時候，連座狼都不敢輕易發動攻擊；不過，這次牠們計畫在半獸人的協助之下，對靠近山邊的幾座村子發動襲擊。如果牠們的計畫成功了，第二天除了半獸人挑選出來的奴隸之外，附近可能無人生還。

這聽起來就讓人毛骨悚然，不只是因為這些勇敢的伐木人和他們妻兒的命運堪慮，也是由於甘道夫和朋友們現在同樣面臨著絕大的危機。座狼們發現這些人出現在他們集會的地方，感到相當憤怒和困擾。牠們認為這些人是伐木人的盟友，是前來偵察他們的，等下還會把牠們進攻的計畫通知山谷中的人類，這樣一來，半獸人和狼群們原先在黑夜中屠殺手無寸鐵人類的計畫，就會成為一場艱辛的血戰。因此，座狼們不打算讓這些傢伙活著離開這裡去通風報信，至少在天亮之前不行；牠們並認為，在那之前，半獸人的士兵就會前來會合，這些半獸人可以爬樹，或是將樹砍倒，把敵人一網打盡。

你們現在應該知道，為什麼甘道夫越聽越害怕了吧！雖然他是個巫師，但被困在這種狀況下卻還是會有這樣的反應。在此同時，他也暗自下定決心，即使自己被困在樹上，做不了多少事情，也絕不可以讓這些傢伙如願以償。他從自己身在的樹上收集了一大堆松果，用藍焰將它們點燃，將灼熱的火球丟到座狼聚集的圓圈中。第一發就丟中了一隻狼，牠的背部中彈，蓬鬆的毛髮立刻就燒了起來，牠開始痛苦地四處奔跑，不停嚎叫著。火球一顆顆地拋出，有的冒著藍焰，有的冒著紅焰，有些則冒著綠焰。它們在地面炸了開來，冒出各種顏色的火花和煙霧。一顆特別大的松果打中了座狼領隊的鼻子，讓牠足足跳起十呎高，落地的時候還憤怒地攻擊其他惡狼作為發洩。

矮人和比爾博大聲歡呼。狼群的怒氣看起來十分恐怖，讓整個森林都跟著騷動不已。從古至今的野狼都畏懼火焰，但這種火焰是其中最可怕、最詭詐的敵人，只要有一點火星沾上牠們的毛髮，除非牠們馬上打滾、把火焰撲滅，否則就會立刻被火焰吞沒。很快的，整個草地上就都是到處打滾，想要將背上火星熄滅的惡狼，其他著火的狼群則是嚎哭著四處奔逃，卻讓更多的同胞捲入烈焰中，最後牠們都被自己的夥伴趕開，哀嚎著跑下山坡去尋找水源。

「今天森林是怎麼搞的？」巨鷹之王說。牠坐在月光下，在山脈東角的一座孤岩上俯瞰地面。「我聽見狼群的聲音了！半獸人是不是又在森林裡面惹事？」

牠俯衝近雲端，左右兩邊山岩上的護衛也立刻跟著起飛，緊跟在後。牠們在空中翱翔，俯瞰著地面上只有一小點的座狼聚集圈；不過，老鷹們擁有極佳的眼力，可以看見很遠的小東西。迷霧山脈的鷹王擁有可以直視太陽的雙眼，更可以在月光下看清楚一哩之外奔跑的野兔。因此，牠雖然無法看見躲藏在樹上的人們，卻可以看清楚底下狼群在火焰中混亂奔跑的景象，並聽到遠遠傳來的微弱嚎叫聲；除此之外，牠也看見了月光照在半獸人的頭盔和長矛上，這些邪惡的生物列隊向森林進發。

老鷹並不是溫和的鳥類，有些十分懦弱、殘酷，但北方山脈的古老鷹族是鳥中之王，牠們驕傲、強壯，心地善良。牠們並不喜歡半獸人，但也不怕他們。當他們分心注意這些生物的時候（這機會並不多，因為牠們不吃這些傢伙），牠們會直撲下來，讓這些傢伙尖叫著逃回洞穴，停止手頭的邪惡工作。半獸人害怕雄鷹，也痛恨牠們，但卻無法染指牠們陡峭難至的巢穴，或是將牠們從山中趕走。

今夜，鷹王十分好奇，想要知道底下究竟是怎麼一回事，因此牠召喚許多巨鷹加入行列，一起飛離山脈，緩緩地盤旋下降，朝向半獸人和座狼聚集的地點滑翔貼近。

這真是個大好的消息！底下發生了很恐怖的事情：著火的惡狼逃進森林中，卻也讓森林燃起了野火。此刻正是盛夏，山脈的東邊又許久沒有降雨；很快的，枯樹、成堆的松針、泛黃的枝葉全都燒了起來。在這塊空地之外的森林中，座狼正在四處竄逃，但守在樹下的狼群依舊不肯離開那些樹木，牠們氣得發狂，在樹下不停地跳躍和嘶吼，用牠們恐怖的語言詛咒著矮人，舌頭掛在外頭，雙眼閃動著和火焰一樣猛烈的紅光。

然後，突然間，半獸人吼叫著衝了出來。他們以為和伐木人之間的戰鬥已經開始了，但很快就發現了真相；有些人甚至坐下來哈哈大笑，其他的人則是揮舞著長矛，用矛柄敲打著盾牌。半獸人不怕火，他們很快就想出了一個對他們來說很有趣的點子。

一部分的半獸人將狼群全都集中，有些則是在樹幹底下堆起了樹葉和枯枝，其他人則是四出滅火，將所有的火焰撲打和熄滅了，只留下靠近矮人躲藏樹木附近的火焰，他們更在這些火焰四周添加許多枯枝和落葉。很快的，矮人就被濃煙和烈焰給包圍了；半獸人不讓這些火焰往外擴散，只是讓它慢慢縮小範圍，最後這些火焰開始舔食樹下的燃料。比爾博的雙眼被煙燻得一片迷濛，他可以感覺到火焰的溫度；在這濃煙中他還依稀可以看見半獸人圍起圓圈，像是圍著仲夏營火的露營者一樣跳舞。在這一群拿著長矛和斧頭不停跳舞的戰士之外，那些狼群站得遠遠的，等待著眼前好戲上演。

他可以聽見半獸人開始唱起了一首可怕的歌謠：

五株樹上有十五隻鳥，
羽毛在烈風中不停飄搖！
這些可笑的小鳥，連翅膀也沒有！
我們該拿這些可笑小東西怎麼辦呦？
活活烤熟，還是在鍋裡燉好；
油炸小鳥，或煮熟趁熱吃掉？

然後他們停下腳步：「快飛走啊，小鳥們！可以的話就快飛走吧！下來吧，小鳥，不然你們就會在巢裡面被活活燒死！唱吧，唱吧小鳥兒！你們為什麼不唱歌？」

「快走吧！小孩子們！」甘道夫大喊著回答：「這不是玩鳥的時候，敢玩火的頑皮小孩也會被懲罰的！」他說這話主要是想激怒他們，同時讓他們知道這邊其實不害怕他們；但其實巫師還是不免感到膽寒。而對方根本毫不在意，依舊繼續唱歌：

燒吧，樹葉和枝幹全燒光！
冒出煙霧、變得焦黑！化成火把
替我們點亮夜空，唷呼！

烤熟他們，炸透他們！
讓他們鬍子著火，兩眼發光；
讓他們頭髮發臭，皮膚龜裂，
脂肪融化，骨頭焦黑
躺在灰燼內，瞪著天空！
矮人都該這樣死掉，

替我們點亮夜空，呀哈！

呀哈哩嘿！呀呼！

呀呼！聲一完，火焰就燒到了甘道夫的樹上；片刻之間，它就擴散到其他的樹上。樹皮著了火，底下的樹枝也開始劈啪作響。

甘道夫立刻爬上樹的最高點，他的法杖開始發出耀眼如同閃電一般的光芒，他準備就這樣跳進半獸人聚集的地方。這或許會讓他送命，不過，他這雷霆萬鈞的一躍，可能會殺死很多半獸人。然而，他終究還是沒有跳下去。

就在那一瞬間，鷹王從天空中俯衝而下，用爪子將他抓了起來，消失在雲間。

半獸人憤怒和失望之下，發出刺耳的嚎叫聲。鷹王大聲鳴叫，甘道夫則正在和牠談話；和牠同行的巨鷹們再度俯衝而下，像是巨大的黑影般衝進森林中。狼群咬緊牙關，低吼著，半獸人憤怒地跺腳，徒勞無功地將長矛往天空丟去。巨鷹在他們之間穿梭，強大的翅膀掃起的風壓將他們掃倒在地上，或是踉蹌不停後退，牠們利爪撕扯半獸人的臉孔；其他的巨鷹飛近樹梢，將冒險爬到最高處的矮人們救走。

可憐的小比爾博這次又差點被留在原地！幸好他總算來得及抓住朵力的雙腿，因為他是最後一個被帶走的。他們就這樣脫離了這一團火焰和混亂的場景，比爾博則是在空中搖晃著，覺得雙臂快要斷成兩半。

在距離不遠的地面，半獸人和野狼在森林中四處奔跑，幾隻巨鷹仍在戰場上盤旋。樹上的火焰突然間竄了起來，將整棵樹在一瞬間吞噬，比爾博差點就逃不過這一劫！

很快的，底下的火光就變得微弱，成為黑色地面上的模糊紅光。他們這時已經身在高空，不停地盤旋著往上飛。比爾博永遠不會忘記這次抓著朵力腳踝的恐怖經驗，他哀嚎著：「我的手，我的手！」但朵力卻大喊著：「哎喲！我的腿，我的腿！」

就算是在最身強體壯的時候，比爾博也對高度很敏感，甚至連一個小懸崖都會讓他覺得頭暈目眩；他不喜歡梯子，更別提爬樹了（因為他之前根本不需要躲惡狼）。因此，你可以想像，當他看見自己晃蕩的兩隻腳底下的河光山色，和羅列的黑色森林時，有多麼不舒服了吧！

山脈的蒼白群峰越來越靠近，被月光照亮的岩石突出於黑影之間。不管這是不是夏天，看起來都冷得令人哆嗦。他閉上眼睛，不知道自己是否能再繼續撐下去，然後他開始想像萬一自己支撐不住會有什麼下場——他覺得一陣反胃。

對他來說，這場飛行結束得正是時候，他的雙手再也支持不住了。他氣喘吁吁地鬆開朵力的腳踝，落在崎嶇岩地上的巨鷹巢穴裡。他一言不發地躺在那邊，一方面驚訝於自己竟然可以逃脫這次劫難，一方面又擔心自己會不小心滾落下去，掉進深谷中。在連續三天的驚人冒險和粒米未進的狀況下，他的頭開始覺得有點不舒服，一不留心竟然大聲開口抱怨：「我這才知道，培根被叉子從油鍋裡面撿起來，再放回架上是什麼感覺！」

「不，你才不知道呢！」他聽見朵力回答：「因為培根知道自己遲早總會回到油鍋內，而我們卻禱告希望最好不要。而且，大鷹也不是叉子！」

「喔，不！一點也不像沙子——不是，我是說叉子！」比爾博起身看著在旁邊棲息的巨鷹。他不知道自己剛才到底說了些什麼蠢話，也不知道巨鷹們是否會在意。當你只有哈比人這麼大小的時候，又身在巨鷹的巢穴中，最好別對牠們不禮貌！

大鷹只是在岩石上磨利巨喙、梳理羽毛，不太搭理眼前的兩名活寶。

很快的，另一隻巨鷹飛了過來。「鷹王命令你，將俘虜們帶到大崖去。」牠大喊一聲，再度飛開。巢中的大鷹將朵力抓走，飛了出去，讓比爾博孤單地留在原地。他只剩下一點點力氣去思索「俘虜」究竟是什麼意思，以及擔心自己是否等下就會像兔子一樣被生吞活剝。

巨鷹飛了回來，抓住他的外套，再度飛往巢外。這次，他只飛了一段短距離，很快的，渾身發抖的比爾博就被放了下來，呆立在山邊的岩壁旁。除了飛行之外，沒有別的方法可以抵達該處，除非不要命地往下跳，不然也沒有別的辦法離開這裡。就在這兒，他發現大家都背靠著岩壁坐著，鷹王則是正在和甘道夫談話。

在比爾博看來，他們這次不會被吃掉了，巫師和鷹王似乎之前打過交道，甚至還有一些交情。事實上，經常來往於山間的甘道夫曾經幫過這些老鷹，醫好了牠們首領所受的箭傷。因此，你們也明白所謂的「俘虜」，是「從半獸人手下救出的俘虜」，而不是巨鷹的俘虜。比爾博傾聽著甘道夫的談話，這才意識到他們終於可以一勞永逸地離開這座可怕的山脈。他正在和鷹王討論著如何將他和比爾博以及矮人送走，載他們飛過平原，回到原先計畫的道路上。

鷹王不願意送他們靠近任何有人煙的地方。「他們會用巨大的紫杉木弓來射我們，」牠說：「因為他們會以為我們想要抓他們的羊。憑心而論，其實他們也沒錯。不行！我們很高興能夠破壞半獸人的計畫，也很高興可以報答你，但我們可不願意為了矮人冒生命的危險飛越南方平原。」

「好吧，」甘道夫說：「那麼就把我們送到你們願意去的最遠地方！我們已經欠你們很多了，只是，我們現在肚子餓得很哪！」

「我快餓死了！」可憐的比爾博小聲地說，其他人根本沒聽見。

「這一點或許我們可以幫得上忙！」鷹王說。

不久，岩壁旁就升起了熊熊火焰，矮人們聚集在旁邊烘烤著，食物的香氣四溢。巨鷹們送上了乾燥的樹枝，還有兔子以及一隻小羊。矮人們負責料理這些食物，全身無力的比爾博幫不上忙，而且，他早就習慣了由屠夫準備好一切，自己只需要煮菜就好的生活，根本不會做剝皮這類工作。由於歐音和葛羅音弄丟了火絨盒，甘道夫在盡責地把火生起來後，也到一旁休息去了（矮人們直到那個時候，都不習慣用火柴）。

因此，迷霧山脈的冒險就這麼結束了。過不久，比爾博的肚子又再度感覺到久違的飽足感，雖然他比較喜歡麵包和牛油，但樹枝叉著的烤肉也不算太差。因此，他覺得一陣睡意襲來，蜷縮成一團，在堅硬的岩地上睡了起來，這次舒服得和在家裡的羽毛床上睡覺一樣。不過，一整晚，他都夢到自己在屋子裡的每個房間找來找去，搜索著一個不記得是什麼樣子的物品。

第七節 怪異的住所

第二天清晨，比爾博跟著第一線陽光醒了過來。他一躍而起，準備看看時鐘，拿起水壺想燒開水——卻發現自己根本不在家裡。所以，他只能沮喪地坐下來，看來洗臉和刷牙的念頭也都落空了。當然，早餐也沒有什麼吐司、培根或是熱茶可以吃，只有冷羊肉和兔肉。在那之後，他還得要精神抖擻地再度上路。

這次，他們獲准爬到巨鷹的背上，抓緊翅膀之間的羽毛；冷風拂過他的臉孔，他不由自主地閉上眼。當十五隻巨鷹從山崖邊起飛的時候，矮人們大聲呼喊著再會，承諾只要有機會就會回報鷹王。太陽依舊離地平線不遠。這是個冷冽的清晨，霧氣纏繞著山峰和底下的山谷。比爾博張開一隻眼，偷瞧著眼前的景象；發現大鳥已經飛得十分高，自己距離地面很遠，連群山都被拋在腦後。他再度閉上眼，死也不敢鬆手。

「不要捏！」他胯下的巨鷹說：「就算你看起來像隻小兔子，也不需要像牠們一樣膽小

吧。今早天氣很好，又沒有什麼風，有什麼能比在天空翱翔更舒服的呢？」

比爾博本來想要回答：「好好洗個熱水澡，在草地上吃頓大餐！」不過，他想自己最好不要多話，於是稍稍鬆開了緊繃的雙手。

在好一陣子之後，巨鷹們開始緩緩地盤旋下降；牠們盤旋了很長的一段時間，最後哈比人才又睜開了眼睛。地面已經更靠近了，底下有許多看起來像是橡木和榆樹的植物，之間還有寬廣的草地，一條穿越此地的河流。不過，在河流邊矗立著一塊幾乎像是小山一樣的巨岩，彷彿是遠方山脈的最後守衛，又或像是世界上最高大的巨人丟出的一塊大石。

很快的，巨鷹們一個接一個地降落在這巨岩上，放下了身上的乘客。

「再會了！」牠們鳴叫著：「不管你們過得怎麼樣，希望你們最後都能夠安全回到巢中！」這是巨鷹彼此之間道別的方式。

「願你雙翼下的強風，能讓你翱翔到太陽的故鄉和月亮的盡頭……」甘道夫知道該怎麼樣回答對方的道別。

他們就這樣分開了。雖然鷹王後來成了萬鳥之王，頭上戴著黃金冠冕，旗下的十五名王侯則是配戴著黃金項圈（這都是用矮人送給他們的黃金打造的），但比爾博再也沒有見過牠們，唯一的例外是在五軍之戰時的高空中驚鴻一瞥。不過，這是在故事的尾聲才會發生的事情，現在還不急著討論。

小山頂上有一塊平地，並有許多階梯通往河邊，渡口上還鋪著巨大的石板，通往河對岸的草地。在階梯盡頭的地方有個岩洞（地板上還鋪著許多的鵝卵石），眾人在洞口聚集，討論著接下來該怎麼做。

「我一直想要帶你們安全地越過山脈，」巫師說，「現在，藉由我良好的管理和不錯的運氣，我們竟然達成了這個目標。現在，我們已經到了比我當初計畫送你們前往的地方還要遙遠的地點了。畢竟這不是我的冒險，在一切都結束之前，或許還有我插手的機會；不過，現在，我有更急迫的事情要去辦。」

矮人們發出不情願的聲音，比爾博甚至掉下眼淚來。他們都開始認為甘道夫會和他們一起冒險，協助他們解決所有的困難。「我不會現在馬上就消失，」他說，「我可以多花一兩天陪陪你們，或許我可以協助你們脫離目前的窘境，而我自己也需要一些幫助。我們沒食物、行李，也沒有坐騎，你們也不知道身在何處，不過，我可以告訴你們最後一個問題的答案——距離北方我們該走的道路有一段距離，如果不是因為我們倉促間逃離山中，否則本來該走那條路的。這一帶沒有什麼人居住，除非在我幾年前離開之後又有新朋友搬進來。不過，有個我認識的人倒是住在前面不遠的地方，這個某人在巨岩上興建了石階，我記得他把這裡叫做卡洛克。他並不常來這裡，至少在白天不常這樣做。在這邊等他來也沒有什麼用，事實上，這反而會很危險。我們必須要去找他；如果一切順利的話，我想到時我就可以輕鬆地離開，像是老鷹一樣祝你們『到哪裡都順利！』」

他們哀求他不要離開他們，大家願意把惡龍的財寶、黃金和他分享，但這都不能改變他的決定。「到時我們就知道了，到時就知道了！」他說：「我想我已經賺到了一些應得的寶藏，等到你們找到寶藏之後，記得分我一些。」

在那之後他們就不再多費唇舌了。接著，一行人脫下衣服，在清澈的河中洗了個痛痛快快的澡。然後，他們在太陽下四仰八叉地享受溫暖和煦的陽光，覺得渾身精力充沛，只是身上依然有些痠痛、肚子有一點點餓。很快的，他們就越過了渡口（把哈比人扛在肩上），然後開始沿著草地往前走，順著橡樹和高大榆樹的邊緣前進。

「這裡為什麼叫做卡洛克？」比爾博跟在巫師旁邊走邊問道。

「因為他叫這卡洛克，因為他用這個字來描述這樣的地形。他會把類似的東西都叫做卡洛克，而這是最大的卡洛克，因為它也是最靠近他家、他又很熟悉的卡洛克。」

「是誰替它命名的？誰熟悉這個東西？」

「就是我之前所說的某人，一個相當偉大的人。當我介紹他的時候，你們都必須非常有禮貌才行。我想，我應該慢慢地介紹你們，一次兩個人；你們必須千萬小心不要惹惱他，否則天知道會發生什麼事情。當他生氣的時候很嚇人，但是，如果你們能夠取悅他，他也是很慷慨的好人。我還是必須特別警告你們，他很容易生氣的。」

矮人一聽見巫師這樣對比爾博說話，立刻都圍攏在旁邊。「你剛剛說的就是我們要去見的人嗎？」他們問道：「你能不能找到其他不會那麼暴躁的人？你可不可以再解釋清楚一點？」等等，類似這樣的問題。

「是的，的確是這樣！不，我不行！我正在非常小心地解釋這一切。」巫師同時回答了三個問題：「如果你們堅持想要知道更多，我可以告訴你，他的名字叫做比翁。他非常強壯，而且是個換皮人。」

「什麼啊！就是那種剝兔子皮賣錢的傢伙嗎？」比爾博問道。

「天哪，不，不不不，**不是！**」甘道夫說：「巴金斯先生，請你不要再耍笨了，我鄭重地警告各位，只要你們還在他屋子的方圓百里之內，就千萬不要提到什麼毛皮商、地毯、剝皮、皮裘這類要命的詞句！他是個換皮人。他會更換外皮，有些時候他是隻大黑熊，有時他是個強壯的黑髮男子，擁有和火腿一樣粗的手臂和濃密的黑鬍子；我只能告訴你們這麼多，這應該就夠了。有人說他是巨人到來之前，住在山中的古代大熊後代；其他人則是說，他是在史矛革和其他惡龍來此之前，就落地生根的人類初民子孫，連半獸人都是稍後才從北方來到這些山脈中的。我自己也不太確定，但我認為最後一個猜測比較正確，他可不是那種會耐心回答問題的人。」

「反正，他只受到自己的魔法影響。他居住在橡木林中，蓋了一棟高大的木屋，他以人類的外型，飼養了很多幾乎和他一樣驚人的牛羊馬匹。他不吃牠們，同樣的也不獵殺或是捕食野生動物，他養了許多許多窩的凶猛野蜂，大半時候靠著乳酪和蜂蜜過活。他遊蕩的範圍像熊一樣又廣又遠。我曾經看到他在晚上孤身一人坐在卡洛克上，看著月亮朝向迷霧山脈西沉，我還聽見他用大熊的語言嚎叫道：『終有一天他們將會敗亡，我將回歸！』也就是因為這樣，我才會認為他是來自於山中的。」

比爾博和矮人們這會兒有夠多的東西可想了，他們不再問任何問題。他們還要走很長的一段距離才會抵達他的居所。一行人往斜坡上爬，又緩緩地步入山谷。天氣變得非常熱，有時他們會在樹下休息，比爾博則會定時的感到肚子餓，到處找尋熟透落到地面的橡樹子果腹。

到下午過了一半的時候，他們注意到附近出現了一大片的花朵，同一個區域生長的都是同一種花朵，彷彿是被人刻意栽植的。這裡有很多很多的苜蓿花，有雞冠花、紫色的苜蓿，一大片低矮的白色苜蓿花，從遠處就可以聞到香甜的花蜜氣味；風中則是充滿了嗡嗡的聲音，野蜂不停地忙碌工作著。這種野蜂！比爾博從來沒有見過這樣的蜂類。

「如果有哪一隻叮到我身上，」他想：「我可能馬上就腫到和我以前一樣胖了！」

這些野蜂比黃蜂還要大，光是工蜂就比你的拇指大很多，牠們黑腹上的黃色紋帶則是閃閃發光如同黃金一般。

「我們已經很靠近了，」甘道夫說：「我們正在他的蜜蜂田邊緣。」

過了好一陣子，他們走到了一座由十分高大古老的橡樹所構成的區域，在那之中，還有一道十分高聳的荊棘所構成的圍籬，人爬不過去，也無法看穿其中的景象。

「你們最好在這邊等，」巫師對矮人們說：「當我大喊或是吹口哨的時候，你們就可以開始朝著我走的方向過來，你們等下會知道我怎麼走的。不過，請一對一對的進來，每一對之間必須間隔五分鐘。龐伯是最胖的傢伙，他一個人就可以抵上兩個，他最好最後一個進來。來吧，巴金斯先生！這附近有個門。」話一說完，他就帶著害怕的哈比人在圍籬附近找起路來。

他們很快地來到一座寬大的木門前，兩人可以看到門後有一大片花園和許多低矮的木造房屋，有些是稻草屋頂，用原木堆疊的建築：穀倉、馬廄、獸欄，以及一長排的木屋。在高大圍籬的南邊則是成排成列的蜂巢，上面還有用稻草做的鐘形屋頂。巨大的野蜂飛來飛去，鑽進鑽出的聲音充斥著這一帶。

巫師和哈比人用力推開沉重的大門，沿著寬大的道路走向主屋。有些看來十分尊貴、結實的馬匹從草地上走了過來，用著看來十分睿智的表情打量著他們，然後牠們就撒開四蹄，奔往主屋。

「牠們是去通知有陌生人到了！」甘道夫回答道。

很快的，他們就到了內院，其中三面都是由主屋和它兩邊的廂房所構成的；在正中央則有一座十分高大的橡樹，堅固的枝枒伸向四方。旁邊站著一名鬚髮皆十分濃密的高大漢子，他露出的手臂和雙腿都無比的結實、肌肉虯結。他穿著一件直到膝蓋的羊毛衣，斜背著一柄巨大的斧頭。駿馬則是站在他的身邊，鼻子靠在他肩膀上。

「喔！他們來了！」他對馬兒們說：「這些傢伙看起來不危險，你們可以走了！」他豪邁地哈哈大笑，放下斧頭走了過來。

「你們是誰，想要幹什麼？」他用沙啞的聲音問道，高大的身材讓甘道夫都顯得矮了好幾截。比爾博甚至可以大踏步的走向前，頭也不低的就穿過那人的胯下，根本不會碰到他的衣服。

「我是甘道夫。」巫師說。

「沒聽過這號人物。」那人大聲說：「這個小傢伙又是什麼人？」他低頭皺眉打量著哈比人。

「這位是巴金斯先生，家世良好、名聲遠播的哈比人，」甘道夫說。比爾博深深一鞠躬。他沒有帽子可以行禮，少了那麼多顆鈕扣也讓他覺得很彆扭。「我是名巫師，」甘道夫繼續說道：「雖然你沒聽說過我，但我卻聽過閣下的大名。或許你曾經聽過我的好友瑞達加斯特，他就住在幽暗密林的南方邊境？」

「是的，以巫師來說，我認為他不算是個壞人，我以前常常看到他，」比翁說：「好啦，現在我知道你是誰啦，或者說，我知道你自稱是誰了。你想要什麼？」

「說實話，我們在路上弄丟了行李，也差點迷路了；我們現在相當需要好心人的協助，或至少是個忠告。我們之前和山中的半獸人鬧得非常不愉快。」

「半獸人？」大漢的聲音變得沒有那麼沙啞了：「喔，呵，原來你們和他們起了衝突是吧？你們為什麼要和他們打交道？」

「我們不是故意的。他們半夜偷襲我們，我們本來是準備從西方大地來到這個地方——這可得要說上好一陣子哪！」

「那你們最好趕快進來，告訴我這段經歷，希望不會花上一整天才好！」大漢領著路走進內院中通往主屋的大門。

他們跟著他一直往前走，發現進入了一個寬廣的大廳，中央還燒著爐火。雖然現在正值炎夏，但爐中還是有木柴燃燒著，上升的煙燻黑了屋梁，從屋頂的排煙口飄出去。他們經過了這個只有爐火和門口射進光線照明的黯淡大廳，穿過另一扇小門，來到了一個兩邊都由樹幹作支撐的陽台。這座陽台面朝南方，依舊灑滿了西沉太陽的溫暖光芒，直到階梯旁的花園也都沐浴在一片金光中。

他們坐在寬大的長椅上，甘道夫則是開始述說之前的故事；比爾博坐在長椅上，搖晃著小腳，看著花園中的植物，思索著它們的名字。這些花裡面

他大概只看過一半而已，其他的對他來說都是完全陌生的新品種。

「我那時正和一兩個朋友準備過山……」巫師說。

「兩個？我只能看見這一個，而且他還算是滿小的朋友，」比翁說。

「好吧，說實話，在我確定您是否十分忙碌之前，我可不想讓太多人來打攪您。如果您容許的話，我可以請他們進來。」

「好啊，請他們進來吧！」

於是，甘道夫吹了聲長長的口哨，索林和朵力沿著花園的小徑走了進來，向他們深深一鞠躬。

「你應該說的是兩三個朋友吧，我明白了！」比翁說：「不過，這些不是哈比人，他們是矮人！」

「索林．橡木盾聽候您的差遣！朵力聽候您的差遣！」兩名矮人又再度鞠躬。

「我不需要差遣你們，不用客氣了，」比翁說，「但我想你們會需要我的幫助的。我並不是非常喜歡矮人，不過，如果你真的是索林（我相信應該是索爾之子索恩之子），那麼你就相當值得我尊敬！你們也都是半獸人的死敵，不可能會在我的土地上做出不好的事情來，順帶一提，你們究竟有什麼任務呢？」

「他們正準備去拜訪祖先的土地，就在幽暗密林東邊的地方，」甘道夫插嘴道：「我們會來到您的領土完全是個意外。我們那時正準備通過最高隘口，照理來說應該可以踏上在您領土南方的道路，卻遭到邪惡的半獸人攻擊——我之前正準備告訴您。」

「那麼就繼續吧！」比翁不太喜歡客套。

「我們遇到了一場恐怖的暴風雨，岩巨人開始亂丟石頭，我們在隘口的最高點找了個洞穴躲進去，哈比人和我，還有幾個夥伴們……」

「兩個人你就叫做幾個？」

「呃，其實不是，事實上，我們的夥伴超過兩個。」

「他們呢？被殺，被吃了，還是回家了？」

「都不是，我剛剛吹口哨的時候他們似乎沒有一起來，我想大概是害羞吧。您應該也知道，我們其實很擔心人多勢眾會太麻煩您。」

「繼續啦，再吹口哨吧！看來我這次可以舉辦宴會了，再多一兩個沒有什麼關係的！」比翁低吼道。

甘道夫又再度吹起口哨，不過，諾力和歐力幾乎在他哨聲結束之前就站到門外了。因為，如果你記得的話，甘道夫告訴他們每五分鐘就要兩個人一起來。

比翁說：「你們好！你們動作滿快的，之前躲在哪裡啊？就這麼蹦了出來！」

「諾力聽候您的差遣，歐力聽……」他們開口道，但話沒說完就被比翁打斷了。

「不用客氣！我需要差遣你們的時候會說的。坐下來，趕快說故事吧，不然等下可能都要天黑才吃晚飯了！」

「當我們一睡著之後，」甘道夫回到主題說：「洞穴底突然裂了個小縫，半獸人們衝了出來，把哈比人和矮人都抓走了，連我們那群小馬也不放過——」

「那群小馬？你們究竟是怎麼一回事？是個巡迴馬戲班嗎？還是你們帶了很多貨物？難道你一向都把六隻叫做一群？」

「喔！不是！事實上，我們有超過六匹的小馬，因為我們的夥伴其實不只六個人，啊，你看，這又來了兩個人！」就在那時，巴林和德瓦林出現在門口，他們彎腰一鞠躬，連鬍子都掃到地面。大漢起先皺起了眉頭，但他們使盡渾身解數，彬彬有禮地向主人致意，他們一直點頭鞠躬，脫帽行禮（當然是以矮人最正確的禮儀來做的），最後，大漢才咯咯笑了起來：他們看起來實在太有趣了！

「好吧，你說一群是沒錯的！」他說：「而且還很搞笑。來吧，搞笑小子，你們的名字是？我現在不需要差遣你們，只想知道你們的名字，然後你們就可以坐下來，不要一直行禮了！」

「巴林和德瓦林，」他們不敢多話，生怕冒犯了對方，最後露出有些驚訝的神情在地上坐了下來。

「繼續吧！」比翁對巫師說。

「我剛剛說到哪裡？喔，對了，我沒有被抓，我用閃光殺死了一兩隻半獸人——」

「好極了！」比翁拍桌大吼道：「看來當巫師還是有好處的。」

「——然後我在裂縫關閉之前溜了進去，我跟著他們一直來到大廳，裡面擠滿了半獸人，半獸人首領就在那邊，身旁圍繞著三四十名全副武裝的衛兵。我那時就想：『就算他們不是被鐵鍊綁在一起，一打戰士又怎麼對抗這麼多敵人？』」

「一打！這是我第一次聽見八個人就可以被叫做一打，難道你還有什麼神祕人物躲著沒有出現？」

「喔，好吧，是的，看起來又來了兩個——我想應該是菲力和奇力。」甘道夫看著這兩人笑嘻嘻地站在門口猛鞠躬，說道。

「夠了！」比翁說：「安靜的坐下來！甘道夫，你給我繼續！」

甘道夫又繼續開始述說他的故事，最後，來到了在黑暗中的戰鬥，以及發現下層門的過程；還有，當他們發現巴金斯先生不見時的驚慌。「我們數了又數，發現哈比人就是不見了——我們竟然只剩下十四個人！」

「十四個！我第一次聽說十減一會變成十四。你是說九個人吧，再不然你就是還沒把所有人的名字告訴我。」

「啊，天哪，你一定是還沒看到歐音和葛羅音！他們來了，希望你能夠原諒他們打攪你。」

「喔，快進來吧！動作快！你們兩個，快進來，坐下來。不過，甘道夫，聽著，即使是現在，這裡還是只有你和哈比人，以及十個矮人。這樣加一加只有十一個（還有一個不見的傢伙），不是十四個，除非巫師的算術和一般人不一樣。算了，你繼續說故事吧！」比翁並沒有顯出過分感興趣的樣子，但實際上，他已經對這個故事感到相當著迷。你們知道嗎？事實上，古早以前，他曾經對甘道夫所描述的那塊區域相當的熟悉。當故事進展到他們造成山崩，並且殺進惡狼群中的時候，他點頭、低吼著表示讚許。

隨著甘道夫說到眾人爬上樹，底下全都是座狼的時候，他興奮地站了起來，開始來回踱步：「真希望我在那邊！我可以給他們比煙火更厲害的教訓！」

「好吧，」甘道夫非常高興，看見他的故事讓對方有了好印象。「我盡全力了！座狼在我們四周氣得發狂，森林也開始起火。這時半獸人部隊從山中下來，發現了我們的蹤影，他們高興得大喊，開始唱歌嘲笑我們：**五株樹上有十五隻鳥……**」

「天哪！」比翁大吼道：「不要說半獸人不會算數，十二個人和十五個人不一樣，他們再笨也知道其中的差別！」

「我也知道啊，因為還有畢佛和波佛。我之前不敢貿然介紹他們，這兩位現在才出現。」畢佛和波佛走了進來。「還有我！」龐伯氣喘吁吁、滿頭大汗地跑了進來。他很胖，又很生氣被留在最後，因此他不等五分鐘就直接跟著前面兩個人一起衝了進來。

「好啦，現在你們終於有十五個人了，既然半獸人的算數也不差，我想應該就是這些人躲在樹上了吧，你這次總可以不受打攪地把故事說完了吧！」巴金斯先生這才明白甘道夫有多聰明，中間的打岔，只是讓比翁對故事更有興趣而已，而那故事又讓他無法把矮人像是乞丐一樣全都趕走。只要能夠避免的話，他從來不會邀請外人進屋子，他只有很少的朋友，這些人都居住在遙遠的地方；不只這樣，他一次也絕少邀請超過十個人以上進屋。現在，他的陽台上竟然坐了十五名陌生人！

等到巫師把巨鷹的營救行動，和如何來到卡洛克的過程說完之後，太陽早已落到迷霧山脈之後，比翁的花園也被陰影所籠罩了。

「非常棒的故事！」他說：「是我這麼久以來聽過最好的故事，如果所有的乞丐都會說像你這麼好的故事，我可能就會更慷慨些！當然，你或許都是編造的，但這故事就替你們賺得了一頓晚餐。我們來找些東西吃吧！」

「是的，謝謝你！」他們異口同聲地說：「非常感謝你！」

大廳裡面現在已經變得很黑了，比翁拍拍手，四匹漂亮的白色小馬和幾隻身體細長的大灰狗就走了進來。比翁用聽起來像是動物吼聲的語言對牠們說了幾句，牠們走了出去，很快地又用嘴叼著火把走了回來。接著，牠們用壁爐中的火點燃了火把，並且將它們插在四周柱子的架上，那些狗兒在必要的時候可以用後腿站立、用前腿來拿東西。一下子，牠們就從旁邊的牆內拿出了板子和支架，在壁爐前安置妥當。

然後，他們聽見了咩——咩——咩！的聲音，一隻炭黑色的山羊，領著幾隻雪白的綿羊走了進來。一隻背著邊緣繡著動物圖案的白布，其他羊則是在寬厚的背上扛著盤子、刀子和木製的湯匙；狗兒們拿下這些東西，立刻將它們擺放在桌面上。這些桌板都十分的低矮，連比爾博都可以舒服地坐在旁邊。一匹小馬將兩個比較矮的長凳推到桌邊，另外還有兩個有軟墊的矮凳也被推到桌邊，讓甘道夫和索林可以坐上去。在主位的地方則是放上了比翁特別設計的大黑椅（在用餐的時候，他的腿必須放在桌子底下）。這樣剛好把他收在大廳內的椅子全都用完了，他刻意將這些椅子弄矮，多半是為了方便服侍他的動物工作。其他人要坐到哪裡呢？他們當然沒有被忘記，其他的小馬滾著圓形的木樁走了進來。這些木樁都經過特別的打磨和上漆，連比爾博也可以舒舒服服地坐在上面。很快的，眾人就都在比翁的桌旁坐了下來，這座大廳已經很久沒有見識過這麼熱鬧的景象了。

然後就是晚餐時間，自從他們離開西邊愛隆的最後庇護所之後，就沒有用過這麼正式的晚餐了。火把的光芒照耀著他們，桌面上還放著兩根由紅色蜂蠟製成的巨大蠟燭。當他們用餐的時候，比翁會用低沉的聲音，述說著山脈這邊野地上的故事，特別是他們即將面對的那座黑暗且危險的森林。它往南北兩方大概延伸有騎馬一天的距離那麼寬，這座幽暗密林，正是阻擋他們前往東方的障礙。

矮人們傾聽著，搖了搖鬍子，因為他們知道不久之後就必須進入森林；在通過山脈，來到惡龍的根據地之前，這將是他們最大的挑戰。在晚餐結束之後，他們開始說起自己的故事，但比翁似乎已經昏昏欲睡，不太注意他們的故事。他們所說的主要都是黃金、白銀、珠寶，和怎麼樣利用巧手打造出美麗的東西，比翁似乎對這些東西沒有多大興趣，他的大廳中根本沒有金銀飾品，除了刀子之外，連用金屬打造的東西也很少。

他們用眼前的木碗不停地喝著蜂蜜酒，看著外面的夜色逐漸降臨。大廳中的火焰加入了新的柴火，火把的火焰也都熄滅了。眾人依舊坐在爐火邊，看著火焰的舞動，四周的柱子高聳黑暗得如同樹林中的景象一般。不知道這是不是魔法的影響，但比爾博覺得自己聽見了微風吹過樹梢的聲音和貓頭鷹的鳴叫聲。很快的，他也開始打起瞌睡，那聲音似乎越離越遠；突然間，他猛然驚醒了過來。

大門轟然一聲關上，比翁離開了。矮人們盤著腿坐在地上，開始唱起歌來。有些歌詞是這樣的，但還有很多其他的內容，他們也唱了很長的一段時間：

風吹凋謝荒地，
林中卻無葉受擾：
陰影日夜不分潛伏，
沉默的黑暗悄藏於地裡。

冷風吹自山脈上，
像潮水滾動昂揚；
枝枒哀嚎，森林哭喊，

樹葉被放在灰土堆上。

強風從西方吹向東方，
森林中一切停止奔忙，
淒厲狂風依舊越過大地，
尖銳聲音就此釋放。

草地嘶嘶作響，草葉跟著低頭，
雜草不停搖動，風兒繼續遨遊，
在地面冰冷湖泊旁，
天際雲朵也被撕扯斷落，

它越過孤山的光禿，
掃過惡龍巢處：
又黑又暗，落在赤裸岩上，
空氣中滿是飄散煙霧。

它離開世界，飛向
夜色中寬廣海洋。
月光乘著風帆，
星辰發出耀眼光芒。

比爾博又開始點頭了。突然間，甘道夫站了起來。

「該睡覺了！」他說：「我們該就寢了，但我想比翁可能不需要。我們可以安心地在他大廳之內睡覺，不過，我必須要警告各位，比翁臨走之前說過一句話：在太陽升起之前，你們最好不要出去亂跑，否則責任自負。」

比爾博這才發現大廳內已經鋪好了床，這些都是在柱子和外牆之間突起的平台上安放的。他有一張稻草的小蓆子和羊毛毯，比爾博非常高興地鑽進其中，不管現在還是炎熱的夏天。火焰漸漸熄滅，他也陷入沉睡，但是，他在半夜的時候醒了過來：火焰現在只剩下一絲餘燼，從甘道夫和矮人的呼吸聲中判斷，他們也都睡著了。地面上灑著月亮的光芒，正從屋頂上的排煙口照射進來。

外面有某種動物在嚎叫的聲音，門上似乎也傳來了有隻巨大動物撥弄著門的聲響。比爾博很好奇那會是什麼動物，不知道是否會是換皮之後的比翁？他會不會變成大熊進來殺掉大家？最後，他躲進毯子內把頭蓋住，雖然無比害怕，最後他還是睡著了。

當他醒來的時候天已經大亮了。有一名矮人不小心被他的身體絆倒，讓他從平台上滾了下來。那是波佛，當比爾博睜開眼的時候，他正在為此咕噥著。

「懶骨頭快起來了，」他說：「不然你就沒早餐吃了！」比爾博一躍而起。「早餐！」他大喊著，「早餐在哪裡？」

「大部分在我們肚子裡。」其他的矮人在大廳中走來走去說道：「剩下的則是在陽台上。在太陽出來之後我們就一直想要找比翁過來，但是連他的影子都看不到。不過，我們一出去，就發現早餐已經擺好了。」

「甘道夫呢？」比爾博手腳飛快地趕出去，想要找些東西來吃。

「喔！大概在外面的某處吧，」他們告訴他說。但他一直到傍晚都沒有看見巫師的蹤影。在日落之前，他走了進來，矮人和哈比人正在快樂地用餐，比翁那些善體人意的動物則是依舊在服侍著大夥兒。自從昨天晚上之後，他們就沒有任何比翁的消息，讓他們感到相當疑惑。

「我們的主人呢？你又跑到哪裡去了？」他們異口同聲地說。

「一次一個問題，吃飯之前不回答！我從今天早餐開始就什麼也沒吃了。」

最後，甘道夫好不容易才推開了他的盤子和杯子，這傢伙一口氣吃掉了整整兩條麵包（上面塗著滿滿的奶油、蜂蜜和乳酪），至少又喝掉了半瓶以上的蜂蜜酒。最後，他才拿出了菸斗。「我先回答第二個問題，」他說：「天哪！這裡真是個最適合噴煙圈的地方！」的確，有很長的一段時間他什麼話也沒有說，只是讓煙圈在柱子間四處飛舞，幻化成各種各樣的形狀和顏色，最後從屋頂的排煙口飄了出去。從外面看起來一定很奇怪：綠色、藍色、紅色、銀灰色、黃色、白色，大大小小的煙圈不停地冒出來，有些大的追逐小的，有些小的追逐大的，有的則是結合在一起，看來像是數字的八，最後又像是鳥群一樣集體飛向遠方。

「我之前在追蹤熊的足跡，」他最後終於說：「昨天晚上，這裡一定有固定舉行的大熊聚會。我很快就知道，比翁不可能同時化身成那麼多隻熊，因為牠們的數量太多了，身材大小也相差非常大。我應該這麼說，那裡有小熊、大熊、普通的熊、超巨大的熊，全都從半夜一路跳舞到快天亮。牠們從四面八方過來，唯一的例外是河對岸的西方，也就是那座山脈的地方。在那個方向，只有一道足跡離開，而不是過來。我跟蹤那足跡一路去到卡洛克。足跡從那之後就進入了河中，不過，那裡的水流太過湍急，我沒有辦法過河。你們應該還記得從渡口過到卡洛克其實不算太困難，但是另外一邊則是十分陡峭的岩壁和無比湍急的流水；我得要走好幾哩的路程，才能找到水淺可以渡河的地方，然後又必須要走回來好幾哩才能夠繼續跟蹤足跡，那時，天色一定就已經晚到我也不能夠跟蹤下去了。那腳印直直通往迷霧山脈東邊的松樹林中，也就是我們幾天前和座狼舉辦小小宴會的地方。現在，我想我也回答了你們的第一個問題。」甘道夫又坐了回去，很長的一段時間都沒有說話。

比爾博認為他明白巫師的意思。「我們該怎麼做，」他大喊著：「如果他把所有的座狼和半獸人都引回來怎麼辦？我們一定會全都被抓起來殺掉的！我還以為你說他不是站在他們那一邊的！」

「我的確是這樣說的。你們也別傻了！最好趕快去睡覺吧，看你腦袋都不清楚了。」

哈比人覺得十分喪氣，除了就寢之外，的確也想不出該做什麼事情。當矮人還在歡樂的歌唱時，他已經沉沉睡去，腦袋中還是不停思索著關於比翁的謎團，夢中還出現了幾百隻黑熊在內院的月光下緩步跳著遲鈍的舞蹈。然後，當其他人都還在睡覺的時候，他又醒了過來，門外還是一樣傳來那些搔爬、嗅聞和吼叫的聲音。

第二天一早，他們都被比翁親自叫了起來。「你們都還在啊！」他說，他抱起哈比人笑著說：「看來至少還沒被座狼、半獸人或是邪惡的大熊給吃掉啊！」他十分無禮地戳著巴金斯先生的肚子說：「小兔子吃多了麵包和蜂蜜，看來又變胖了！」他咯咯笑道：「快來多吃點吧！」

因此，他們又和他一起用起了早餐。比翁的心情似乎非常好，他說了許多有趣的故事，讓所有的人都和他一起哈哈大笑。一行人也沒有花多少時間，就明白了為什麼會有這種態度上的轉變，因為他自己親口說了真相：他之前渡過了河，跑到山裡面一趟。聽他這樣一說，大家都明白至少他以熊的形體出沒的時候，可以用很快地速度奔跑。從那燒焦的狼群聚集地，他很快的確認他們說的是實話，但是，他還發掘了更多的真相。他在森林中抓到了一名四處遊蕩的半獸人和座狼，從他們的口中又獲得了新消息：半獸人的巡邏隊依舊和座狼一起追捕著這些矮人，由於半獸人首領的死亡，也由於座狼首領鼻子的燒傷和部下的慘重傷亡，他們的怒氣更是難以平息。當他拷問這兩個傢伙的時候，他們只願意說出這些，不過，他還是認為背後沒有這麼簡單。很快的，半獸人大軍可能會和座狼群全員出動，一方面是想要搜捕矮人，一方面則是對人類和該處居住的動物展開報復，因為他們認為這些敵人一定正庇護著矮人們。

「你們的故事真不錯！」比翁說：「但當我確定它是千真萬確之後，我反而更喜歡它了。諸位必須原諒我不能輕信你們的說法，如果你們長期居住在幽暗密林的邊緣，就會知道除了親如兄弟的朋友之外，根本不能相信任何人。因此，我只能盡全力地趕回來，想要確保你們的安全，並且盡可能地提供所需要的幫助。在這之後，我對於矮人的觀感又要升級了。殺死了半獸人首領，竟然殺死了半獸人首領！」他高興地大笑。

「你怎麼對付那個半獸人和座狼？」比爾博突然問道。

「來看看吧！」比翁說，於是他們就跟著走出了屋子，一顆半獸人的腦袋就插在門外，而座狼的毛皮則是釘在門外的樹上。比翁對付敵人可是毫不留情，但他現在既然已經成了他們的盟友，甘道夫就認為，自己應該把完整的故事和這趟冒險真正的原因告訴他，這樣才能夠獲得他徹底的幫助。

因此，他答應要這樣幫助他們：他會給每個人一匹小馬，甘道夫則是可以獲得一匹駿馬；這些動物可以載著他們前往森林，並且協助攜帶可以吃上一星期的食物。這些行李經過特殊的包裝，讓它們攜帶起來十分的方便。堅果、乾果裝在密封的罐子裡面、紅陶罐儲放著蜂蜜、烤過兩次的蛋糕，它們可以保存很長的一段時間。這種蛋糕只要吃一小口，就可以走很遠的路。如何製作這些蛋糕是他的獨門祕方，但就和他大多數的食物一樣，裡面都有著蜂蜜，吃起來也很好吃，只不過會越吃越渴。根據他的說法，在森林的這一邊他們不需要攜帶飲用水，因為一路上都有小溪和泉水可以任他們取用。「但是，穿越幽暗密林的道路就非常的黑暗、危險和困難了，」他說：「在那邊，食物和飲水都很不好找。現在這時候又不會有堅果（不過，等到他們走到另一邊的時候，可能季節又過了），生長在那裡的所有東西中，又只有堅果可以拿來當作食物。在那座森林中，野生的動物非常詭異和兇暴；我會提供你可以攜帶飲水的皮囊，以及一些弓箭。不過，我很懷疑你們是否可以在幽暗密林中，找到可以吃喝的東西。我知道森林中有一條河流，強勁的黑水切過你們的道路，你們絕對不可以喝那裡的水，也不可以在裡面沐浴，因為，我聽說河水之中有著強大的魔法，會讓人昏昏欲睡，並且忘卻一切。我想，在那濃密的森林中，不管獵物可不可以吃，你們都必須遠離道路很長的距離才會射到一些東西；但是，你們絕對不可以離開那條道路！我只能給你們這些忠告了，一旦進入森林中，我就無法提供什麼幫助，你們必須要靠著運氣和勇氣，妥善的利用我給你們的食物；到了森林的入口處，我也必須請你們將馬匹送回來。我祝福你們旅行順利，只要你們還有機會回來，我的大門隨時為諸位敞開。」

眾人不停地鞠躬行禮、脫下帽子很多次，又不停的說著：「偉大的木廳之王，聽候您差遣！」不過，內心中，他們卻因為他凝重的話語而感到心情沉重，他們都覺得眼前的冒險比之前所想的還要危險許多；不只如此，就算他們安全地度過這一切，惡龍還是在後面等待著他們。

一行人整個早上都在忙著作出發的準備，很快的，他們就和比翁吃了最後一頓午餐；飯一吃完，他們就爬上借給他們的坐騎，和他道別，用穩健的速度騎向門外。

當他們一離開他的圍籬之後，就立刻轉向北方，朝著西北方前進。在他的忠告之下，他們不準備往南走上通往森林的主要道路，如果他們朝那個方向走，最後將必須渡過從山脈中激湧而下的泉水，和卡洛克旁的大河匯流之後的河川；在那裡，如果他們還有小馬的話，或許可以勉強渡過。過了河之後，那條路就通往森林的邊緣，來到了老林路的入口處。但比翁警告他們，半獸人現在經常利用這條道路來旅行；而且他也聽說，老林路本身在東邊的區域已經被森林給遮蔽了，如果沿著路走，將會來到無路可穿越的沼澤。就算他們勉強走到森林的另一邊，東方的出口也依舊離孤山的南方還有很長的距離，他們還必須往北經歷一段十分艱辛的路程，才能夠到達孤山。至於幽暗密林的北邊疆界，靠近卡洛克的區域也十分靠近大河；雖然迷霧山脈也相當靠近這個地方，但比翁建議他們可以走這條路，因為從這邊往北騎幾天，就會來到幽暗密林中一條鮮為人知的道路入口，那條道路穿越森林，幾乎直接來到孤山山腳下。

「至於那些半獸人，」比翁說：「則不敢越過大河在卡拉克北邊數百哩的區域，也更不敢靠近我的住所——這裡在晚間可是警備森嚴！不過，如果是我的話，我會盡快策馬前進，因為如果他們很快發動總攻擊，那麼他們將會從南方過河，席捲森林中所有的村莊，將你們包圍；而且，座狼也比你們的小馬快多了。雖然表面看起來好像是自投羅網，但事實上，越往北走，你們就越安全，雖然那看起來離他們的老巢越近，卻正因為如此他們才料想不到，也必須要走比較遠的路才能夠抓到你們。快點出發吧！」

也正是因為這樣，他們才會沉默地不停趕路，只要道路平坦，他們就會策馬飛奔。黑沉的山脈一直在他們的左手邊，遠方的河流不停地逼近。當他們出發的時候，太陽才往西方移去，現在太陽已經落往西邊，灑出萬道金光，他們很難想像身後有半獸人窮追不捨。當他們遠離比翁的居所數十哩之後，眾人就開始大聲談笑和歌唱，完全忘記了眼前還有森林中黑暗的道路。等到夜色降臨，山峰上反射著金光時，他們就開始紮營，並且安排了輪班守夜；即使如此，大多數人的夢中還是有半獸人的尖叫和座狼的狂嚎聲。

第二天早晨依舊是陽光普照的美麗日子。地面上有種像是秋天露重時的霧氣飄移著，溫度也稍稍低了一些，但很快的，火紅的太陽從東方升起，薄霧就跟著消失了。他們就這樣騎了整整兩天，眼中所見的只有草地、花朵、飛鳥和稀疏的樹木，偶爾還有一小群一小群的野鹿在荒野中漫步，或是在河流邊飲水。有時，比爾博可以看見灌木叢中伸出公鹿美麗的鹿角來，一開始，他這個土包子還以為這是乾枯的樹枝哩！到了第三天的傍晚，他們急著趕路，因為比翁說他們第四天一早，應該就可以抵達森林的入口處；這天他們馬不停蹄的趕路，直到月亮探出頭來為止。當月光減弱的時候，比爾博覺得在四周的樹林中似乎看見了大熊出沒的蹤影。但是如果他鼓起勇氣詢問甘道夫這件事，巫師只會說：「噓！不要多說！」

雖然趕路到很晚，但第二天他們還是天亮之前就出發了。等到太陽剛從地平線上探出頭來，他們就可以看見森林無聲無息地迎了上來，像是座黑沉沉的高牆一樣等待著他們。他們開始行過緩緩上升的地面，哈比人覺得沉默逐步籠罩了他們。飛鳥開始變得沉默，野鹿也都跟著消失了，連兔子都溜得無影無蹤。到了下午的時候，他們已經抵達了幽暗密林的邊緣，休息的時候幾乎就是在它外緣的樹木正下方歇腳。這些樹木的枝幹十分的粗大，上面長滿了樹瘤，枝枒相當的扭曲，樹葉則是暗綠色的，無名的爬藤生長在樹幹上，一路低垂到地面。

「好啦，這就是幽暗密林了！」甘道夫說：「北方世界中最廣大的森林。我希望你們喜歡眼前的景象，現在你們得送回借來的這些小馬了！」

矮人們似乎正準備開始抱怨，但巫師警告他們不要做傻事。「比翁比你想像的還要靠近，你們最好不要失信，和他為敵可不是明智之舉。巴金斯先生的視力比你們要好很多，你們沒看見，他每天晚上可都注意到有一頭大熊跟著我們，或是在月光下遠遠地守護著我們的營地。他不只是為了保護你們、指引你們，也是為了留心他的小馬們。比翁視你們為朋友，但他疼愛自己的動物像疼親生孩子一樣。你們不明白，比翁肯讓矮人們騎他的馬又騎這麼快是多麼的慷慨；你們最好不要冒險嘗試把小馬帶進森林裡面，否則後果是難以想像的。」

「那你騎的馬呢？」索林說：「你怎麼沒提到要把牠送回去？」

「我當然沒提到，因為我不準備把他送回去。」

「那你答應人家的事情又該怎麼辦？」

「我自然會處理的，我不把馬送回去的原因是我還要騎！」

這時，他們才知道甘道夫準備在幽暗密林邊和他們分手，一行人心情落到了谷底。不過，不管他們好說歹說，都無法改變他的心意。

「我們之前在卡洛克那個地方就已經討論過了，」他說：「再吵也沒有意義。如同我之前所說過的，我在南方有些更急迫的事情要去忙；我為了照顧你們，事實上已經遲了一段時間。在一切都結束以前，或許我們還會見面，也有可能就此無緣再見。關鍵在於你們的運氣和勇氣，以及你們的判斷力，而且，我也會派巴金斯先生和你們一起去。我老早就跟你們說過，人不可貌相，你們在不久之後就會明白的。比爾博，高興起來，不要臭著一張臉！索林和夥伴也打起精神吧！畢竟這是你們的冒險。想想看最後可以獲得多少財寶，忘記這森林、忘記惡龍，至少好好休息到明天早上吧！」

等到了明天早上，他依然這麼說。因此，他們別無選擇，只能在森林入口前的小溪裝滿水，把小馬背上的行李都卸下來。他們將行李盡可能地平均分攤，不過比爾博還是覺得這行李重了些，他一點也不喜歡未來要背著這沉重的負擔，在森林裡跋涉的景象。

「不要擔心！」索林說：「它很快就會變輕的。當我們的食物開始短缺的時候，相信你會寧願當初背得更重一些。」

最後，他們終於向小馬道別，讓牠們轉頭回家。牠們高興地邁步，看來似乎對於能夠把幽暗密林拋在腦後感到相當興奮。當牠們離開的時候，比爾博發誓他看見了一隻大熊跟著牠們狂奔離開。

最後，輪到甘道夫道別了。比爾博坐在地上，覺得悶悶不樂，心中暗自希望自己是坐在巫師的駿馬上。他在吃完早餐之後（相當的寒酸），曾經冒險進入森林中一探。發現白天的森林似乎也是和晚上沒什麼兩樣，而且有種極為隱密的感覺——「似乎有什麼東西在暗中觀察和等待！」他自言自語道。

甘道夫對索林說：「也和各位道別了，再會！你們應該直直穿過森林。千萬不要離開道路！如果你們違背了我的叮嚀，那你們大概有一千比一的機會再也找不到路出來。萬一發生了這種狀況，我想不管是我或是其他人，恐怕都再也看不到你們了！」

「我們真的一定要過去嗎？」哈比人哀嚎道。

「是的，你們一定要！」巫師說：「如果你們想要到森林的另一邊去，就得要這樣做，不然你們就必須放棄這次的任務。巴金斯先生，我可不準備讓你臨陣退縮，光是想到這點子就讓我替你覺得丟臉，你得要替我照顧這些矮人啊！」他笑著說。

「不！不！」比爾博說：「我不是那個意思。我的意思是說，有別的路可以繞過去嗎？」

「是有，如果往北你得走上起碼兩百哩，往南則至少走上兩倍的距離，那倒是另一個方法啦。即使你願意繞遠路，那也不會安全到哪裡去，在這一帶根本沒有任何地方是安全的。記得，你們已經越過了野地的邊緣，不管去到哪裡，都會好戲連篇的。在你能夠從北邊繞過幽暗密林之前，你會碰上大山脈，那些山嶺中有各式各樣兇狠殘暴的地精啦、大地精和半獸人。在你從南邊繞過幽暗密林之前，你們將會踏入死靈法師的領土。比爾博，即使是你，也不需要我來描述這個邪惡妖術師的故事。我建議你們最好不要靠近任何受到他力量監管的地方！乖乖地走在森林中的道路上，抖擻精神，抱著最光明的希望，只要你們運氣夠好，將來一定有天能夠踏上森林另一邊的土地，看見長沼澤就在你們腳下。在那之後，孤山就在你們的東邊，親愛的老史矛革就住在那邊，希望他不會預料到你們的出現。」

「你可真會安慰人哪，」索林低吼道：「再會了！既然你不跟我們來，那就麻煩你不要再多說了！」

「那就再會啦，這次可是真的告別了！」甘道夫扭轉馬頭，朝向西奔馳而去。但是，他實在忍不住要說最後幾句話。在他離開眾人的視線之前，他轉回頭，雙手攏成杯狀大吼著。他們可以依稀聽見他的聲音傳送過來：「再會！要安分守己，好好照顧自己——**千萬不要離開道路！**」

然後他就策馬疾馳，很快地消失在眾人的視線中。「喔，再會啦，快走啦！」矮人嘀咕著，因為他們真的很不願意失去他，所以才都積了一肚子氣。現在開始，就是這段旅程最危險的部分了。每個人都肩起沉重的背包，和裝著飲水的皮囊，離開外界的光明，一頭鑽進黑暗的森林中。

第八節　蒼蠅和蜘蛛

他們排成一排繼續前進，這條小徑的入口是兩棵大樹彼此靠在一起，看起來像是通往某個地道的拱門一樣。兩株樹上掛了太多的寄生藤和苔蘚，導致所有的樹葉看起來都黑漆漆的。這條道路十分的狹窄，在樹木之間蜿蜒前進。很快的，入口的亮光看起來就成了遠處的餘光，四周的一片死寂讓他們的腳步聲成了沉重的鼓聲，所有的樹木似乎都饒富興味地側耳傾聽著。

隨著他們的雙眼適應了幽暗的光線之後，他們終於可以看見道路兩旁的景象了。有時，會有微弱的陽光穿透上方濃密的樹葉和糾結的枝幹，幸運地照射進來，讓他們眼前有了別的光源。但

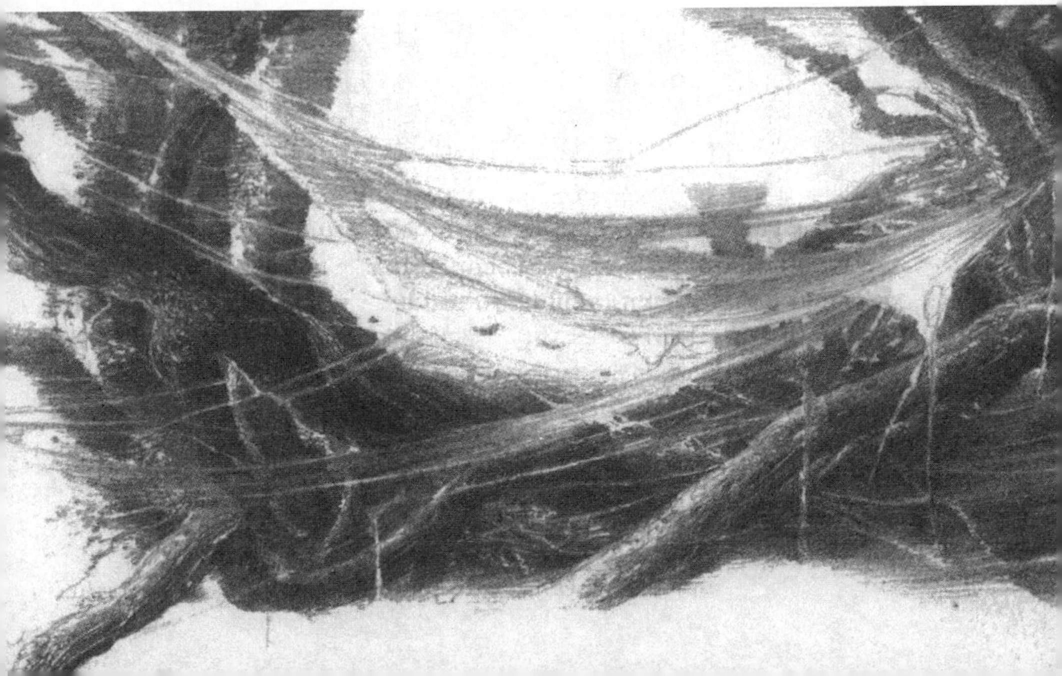

這景象十分的罕見，很快就完全消失了。

森林中有黑色的松鼠，在比爾博銳利的雙眼適應了此地的光線之後，他可以看見這些傢伙在小徑邊鬼鬼祟祟地移動，或是在樹幹之後窺探著他們。在樹叢中還有許多奇怪的聲響，悶哼聲、搔抓聲、以及滾動的聲音，這聲響還會一路擴張到地上堆得老高的腐葉堆中，但是，他看不見到底是什麼生物弄出這些詭異的聲響來。他們所看見最噁心的東西就是蜘蛛網：這些濃密黑暗的網子擁有特別堅硬的蛛絲，往往會從一棵樹延伸到另一棵樹，或是吊掛在道路兩邊的樹上。不過，倒是沒有任何的蛛網掛在道路中央，不知道這是由於某種魔法將它們清除，還是有某種他們想不出來的原因。

不久之後，他們就對這森林產生了極為強烈的厭惡感，就像是當初討厭半獸人的隧道一樣，而且，眼前的景象似乎還更讓人灰心喪志。他們極為懷念陽光或是天空的景象，更渴求那種涼風吹過臉龐的感覺；但是，在此同時，他們必須不停地往前走。在森林之中沒有任何空氣流動，似乎永遠就是那種黑暗、窒悶的狀態。即使連習慣在不見天日的地底隧道中生活的矮人，都可以感到這種壓迫感；哈比人雖然喜歡挖洞為屋居住，但在夏天是擁抱大自然、露天野餐的時候，他覺得自己快要窒息而死。

夜晚是最糟糕的時段，森林中會變得一片漆黑，這可不是一般人想像中的漆黑；這裡到了晚上，黑暗到你連鼻子也看不見。比爾博試著在鼻子前揮舞雙手，果然什麼也看不見。或許說完全看不見也不是很精確的描述，因為他們可以看見無數的眼睛。他們睡在一起，輪流守夜，當輪到比爾博值班的時候，他會看見四周的黑暗中有許多的微光閃耀；有時，黃色、綠色或是紅色的雙眼，會從不遠的地方瞪視著他們，然後，那些光芒會慢慢的黯淡下來，又從不遠處再度亮起；有些時候，這些光芒會在他們頭上的枝椏上閃耀著，這是最讓人害怕的景象。不過，他最討厭的卻是蒼白、突出的那種眼睛。「昆蟲的眼睛！」他想：「不是動物的眼睛，只是大得有些怪異。」

雖然天氣並不是很冷，但他們還是試著在晚上生火，不過，很快他們就放棄了。火焰似乎會吸引數以百計，甚至是千計的眼睛靠攏過來，這些神祕的生物卻總是小心翼翼地不讓自己的身軀暴露在微弱火光的照耀之下。更糟糕的是，它會吸引來無數黑色或是深灰色的飛蛾，有些幾乎和你的手掌一樣大。這些飛蛾會在他們的耳邊不停飛舞，實在讓人難以忍受。還有那些巨大的蝙蝠，漆黑得如同黑色的禮帽一樣四下飄蕩；因此，他們最後只好放棄了火光，任由黑暗將眾人吞沒。

對哈比人來說，這種難熬的過程似乎持續了數十年之久；由於他們一直嚴格地控管著糧食，因此他隨時都保持在飢餓狀態下。即使是這樣，隨著時間慢慢的流逝，他們還是越來越緊張。食物不會永遠吃不完，事實上，數量已經有些不夠了，他們試著獵捕松鼠，在他們浪費了許多箭矢之後才勉強射到一隻。最後，當他們把松鼠烤來吃之後，發現味道難吃得可怕，因此就不再浪費時間在打獵上了。

他們也覺得十分口渴，因為他們沒有多少飲水了，在這一段時間內，他們連任何泉水或是河流都沒有遇到。某一天，他們在小徑上發現了一條奔流的河流阻住去路，河水十分湍急，但卻沒有多寬，至少在森林中看起來是一片黑暗的。幸好比翁之前預先警告過他們，否則他們一定會不管河水究竟是什麼顏色，立刻把水壺裝滿，甚至喝得滿肚子都是水。現在，他們滿腦子只想到要怎麼樣不弄濕手腳而渡過這條河。河上本來有條木橋，但看起來似乎已經腐爛落入水中，只留下兩岸斷折的橋柱。

比爾博跪在河岸邊，看著遠方。「對岸有艘船！為什麼它不在我們這邊！」

「你想那艘船距離多遠？」索林問道，因為他現在知道比爾博的眼力是大夥之中最好的。

「不算太遠，我想大概不超過十二碼。」

「十二碼！我覺得至少有三十碼吧，不過，我的眼睛也不像一百年前那麼管用了。十二碼和一哩也差不了多少。我們跳不過去，更不可能冒險渡河或是游泳過去。」

「你們能夠丟繩子過去嗎？」

「那有什麼用？就算我們能夠鉤住那艘船，它也一定是

被繫起來的。」

「我不認為它被繫起來了，」比爾博說：「雖然我在這種光線下不能確定，但在我看來，它似乎只是靠在岸邊；那邊的道路特別低矮，剛好和河流會合在一起。」

「朵力是力氣最大的，菲力則是最年輕、視力最好的，」索林說：「菲力來這邊，試試看能不能看見巴金斯先生說的那艘船。」

菲力認為他看得見，因此，當他在打量著那個方向的時候，旁邊的人給他帶來了一條繩子。他們拿過來好幾條繩子，在最長的一條上綁了一個原先用來固定背包的鐵鉤。菲力握住鐵鉤，試著抓住平衡感，然後將它一拋丟過河對岸。

它嘩啦一聲落入了水中！「不夠遠！」比爾博看著對岸說：「再多丟幾呎就會落入小舟裡面了，再試試看。如果你只是碰到濕掉的繩子，我想河水的魔法還沒辦法傷害你。」

菲力小心翼翼地將鉤子拉回來，當他觸摸鉤子的時候，臉上露出掙扎的表情。這次，他用了更大的力氣往外拋。

「穩著點！」比爾博說：「你這次把它丟到河旁的樹林裡面去了，小心的把繩子拉回來。」菲力慢慢地將繩子往後拉，過了一會兒之後，比爾博說：「小心！鉤子就在船上了，希望鐵鉤能夠鉤住什麼東西。」

它的確鉤到了，菲力使勁一拉，小舟卻沒有任何動靜。奇力趕過來幫忙，接著是歐音和葛羅音。他們拉了又拉，突然全都摔倒在地上。比爾博正好抓住了落下的繩子，對岸的小船在拉斷了船纜之後就跟著漂了過來。「幫幫忙哪！」他大喊著，巴林在千鈞一髮中剛好抓住了繩子，不讓小舟沿著河水往下漂。

「它畢竟還是被綁住了！」他看著手中扯斷的船纜，「大夥的力氣可真是大，幸好我們的繩子比較堅固。」

「誰先過？」比爾博問道。

「我先，」索林說：「你和菲力、巴林一起跟著過來。在那之後是奇力、歐音和葛羅音以及朵力，再來是歐力、諾力、畢佛和波佛，最後則是德瓦林和龐伯。」

「我討厭每次都是最後，」龐伯說：「這次該換別人了吧。」

「你本來就不應該這麼胖的。既然你這麼胖，你就應該最後過來，不能讓船承受太重的壓力。不要囉囉嗦嗦的抗命，否則你會遇上壞運的。」

「沒有槳耶，我們要怎麼把船從對岸推回來？」哈比人問道。

「給我另一條繩子和另一個鐵鉤，」菲力說，當大夥準備好的時候，他就將繩子往天空盡力一丟。最後它沒有掉下來，大家都認為這鐵鉤已經掛在樹枝上了。「進去吧！」菲力說：「你們要有一個人拿著這繩子到另外一邊去，其中一人必須拿著我們先前用的鐵鉤，等到我們都安全地到達對岸時，就可以把鉤子鉤上，讓這邊的人再把船拉回去。」

藉著這個方法，他們很快的就都渡過了這條魔法的溪流。德瓦林拿著繩子踏上岸，龐伯（嘴裡依舊咕噥個不停）正準備要爬出去，卻真的遇上了壞運。從森林中突然冒出一個看來像是野鹿的身影，牠衝進矮人群中，將大夥撞開，準備躍向對岸。牠跳得極高極遠，但卻無法安全地抵達對岸。索林是這些人之中唯一站穩腳步、又保持冷靜的人。當他們一過到對岸，他就立刻彎弓搭箭，預備對付任何守衛小舟的生物。這時，他瞄準那跳躍的野獸射出一箭；當牠跳到對岸的時候，似乎重重地落在地面上，陰影將牠完全包圍，但他們可以聽見一陣掙扎，然後一切就安靜下來。

在他們來得及讚美索林之前，比爾博的尖叫聲讓大家立刻緊張起來。「龐伯掉進水裡了！龐伯快要淹死了！」他大喊著。這是真的。當野獸衝出來的時候，龐伯只有一隻腳踏上地面。他一個踉蹌，把小舟推了開來，摔進黑暗的水中。他的手沒有抓住河岸邊濕滑的植物，只能眼睜睜地看著小舟漂進黑暗之中。

當眾人跑到河邊的時候，可以看見他的帽子漂在水面上。很快的，他們朝著那方向丟出了帶著鉤子的粗繩。他抓住了繩子，大夥合力將他拉到岸上。他從頭到腳都濕透了，但這還不是最糟糕的。當他一上岸，立刻就睡著了，手還死抓著繩子不放；不管大家怎麼叫，怎麼喊，他還是睡得跟死豬一樣。

他們低頭看著這胖子，詛咒著大夥的運氣和龐伯的笨拙。小舟漂走了，這下他們再也沒辦法到對岸去察看那似乎被射中的野鹿；這時，他們卻剛好聽見微弱的號角聲，以及獵犬咆哮的聲音。眾人全都沉默下來，當大夥坐在地上時可以清楚地聽見小徑北方似乎有人開始狩獵，但卻看不見任何的跡象。

他們就在那邊坐了很長的一段時間，不敢輕舉妄動。龐伯的胖臉上掛著微笑，甜甜地睡著，似乎對目前任何困擾都不在意。突然，眼前的小徑上出現了幾隻白色的野鹿，一隻高大的雌鹿和幾隻幼鹿，牠們純白的毛皮和之前的黑鹿構成了強烈的對比。在索林來得及開口之前，三名矮人已經跳起來拉弓射箭，但似乎沒有一支箭矢命中目標。野鹿立刻無聲無息地消失在森林中，矮人們徒勞無功對牠們發射箭矢。

「住手！住手！」索林大喊道，但一切都太遲了，興奮的矮人已經浪費掉最後的箭矢，比翁好心送給他們的弓箭也落得毫無用處。

那天晚上，一行人的士氣十分低落，稍後幾天他們的心情更是落到了谷底。他們已經越過了魔法的溪流，但溪流之後的小徑似乎還是同樣的蜿蜒曲折，森林也沒有任何改變。如果他們明白那場狩獵和白鹿出現的意義，他們就會知道終於靠近了森林的東緣；很快的，只要他們堅持下去，就會發現樹木越來越稀少、陽光越來越明亮。

但是，他們並不知道，一行人除了沉重的心情之外，還必須要背著沉重的龐伯前進。他們使盡力氣，四個人輪流抬著這個胖子，其他人則是必須協助攜帶那些人的背包。如果不是因為背包的重量已經大幅減輕，他們可能無法完成這個任務；而且，傻笑的龐伯和食物比起來，實在不是可以激勵人心的負擔。過不了幾天，他們就陷入了完全沒有糧食和飲水的窘境。森林中沒有任何可吃的食物，只有蕈類和發出怪味的草葉。

在越過魔法溪流四天之後，他們來到了一個四面都是山毛櫸樹的區域。一開始，他們對於這改變感到相當高興，因為底下不再有那麼濃密的雜草，陰影也變得稀疏許多。四周開始有了些綠光，在某些地方，你甚至可以看見小徑兩邊的景色；但是，這種綠光只能讓他們看見成排羅列的灰色樹幹，像是某個巨大幽深的廳堂中無窮無盡的石柱一樣。空氣開始流動，吹拂的風帶來了特殊的聲響，但這卻讓人有種憂傷的感覺。一些從樹上飄落的樹葉提醒他們秋天已經來了，他們踐踏著無數個秋天以來，不停堆積在地面上的腐敗落葉。

龐伯依舊沉睡著，大夥都覺得無比的疲憊。有時，他們會聽見讓人不安的笑聲，有時則是在遠方會有唱歌的聲音。那笑語聲是相當悅耳的聲音，和半獸人截然不同，歌聲也十分悠揚美好，但聽起來卻有些詭異陌生，讓他們一點也不覺得安心，只是想要逼出最後的力氣，盡量遠離這個地方。

兩天之後，他們發現小徑開始往下傾斜，不久之後，大夥就來到了一座長滿了巨大橡樹的山谷中。

「難道這個該死的樹林永遠都沒有盡頭嗎？」索林說：「有沒有人可以爬到樹頂上，去看看外面是什麼狀況？我看我們只能挑個最高的樹木來試試運氣了！」

當然，這個所謂的「有沒有人」就是比爾博了。他們選擇他的原因，是因為如果爬樹的人要能夠把頭探出樹林外，那麼他一定要夠輕，可以讓頂端的枝枒承擔他的重量。可憐的巴金斯先生對爬樹一直沒有多少經驗，但眾人還是半逼半勸地將他推上路邊一棵古老的橡樹上，他只能使盡渾身解數往上爬。他奮力地穿越了濃密的枝枒，中間還被樹枝打到好幾次。

樹汁和生長在樹皮上的苔蘚，很快地就把他搞得渾身又黑又綠，他不只一次從樹枝上滑落下來，又險象環生地抓住了下面的枝枒；最後，他好不容易才小心翼翼地靠近了樹頂。在這段漫長得彷彿幾百年的時間中，他滿腦子都在擔心樹上是否有蜘蛛，以及他等下要怎麼下來（除了摔下來之外）。

終於，他把頭伸出樹海之外，也的確讓他遇到了好幾隻蜘蛛。幸好這些都是一些普通大小的蜘蛛，牠們的目標則是那些蝴蝶。比爾博的視力一時間差點被陽光給炫盲了，他可以聽見矮人在底下性急地叫喊著，但他只能拚命眨眼睛，沒辦法回答；閃耀的陽光真是棒極了，但他過了好一陣子才適應了這光芒。當他適應了這刺眼的光線之後，他發現四周都被深綠色的大海所包圍，樹梢在微風輕拂之下左右擺動，滿天都是飛舞的蝴蝶。我想，牠們多半是一種叫做「紫色帝王蝶」的蝴蝶，那是種喜歡在橡樹頂端棲息的蝴蝶，不過，這些可不是紫色的，牠們是深黑色的，並且身上也沒有任何的記號。

他仔細地欣賞了這些「黑色帝王蝶」很長的一段時間，同時享受著微風吹過髮梢和臉上的舒服感覺。不過，一段時間之後，底下開始跺腳咆哮的矮人，才讓他又想起了有正事該辦。可惜，眼前的狀況卻十分的不妙，他不管往哪個方向看，都看不到樹海有任何的界線。他因為眼前的陽光和翠綠景象而振奮起來的心情，也開始往下沉，由於胃空空如也，因此這次心情沉得特別深。

事實上，如同我之前告訴過你們的，他們距離森林的邊緣並不遠。如果比爾博夠冷靜和仔細的話，他會發現自己所在的樹木，其實是位於一個山谷的中央，因此，從樹頂所看到的景象才會是四面八方都是濃密的樹林，在地形的限制下，他本來就看不見森林的盡頭究竟在哪裡。不過，他並沒發現這件事情，最後還是失望地爬下樹來。他又熱又黏，渾身還都是擦傷，在底下幽暗的環境中，他剛開始還什麼都看不見。很快的，他的報告就讓大夥都陷入了同樣的低潮中。

「這座森林往四面八方不停的延伸！我們該怎麼辦？派哈比人來又有什麼用！」他們大喊著，彷彿這是他的錯一樣。他們根本不在乎有什麼蝴蝶的蹤影，而當他描述輕風吹拂的景象時，他們就覺得更生氣；因為矮人們身體都太笨重，根本沒辦法爬那麼高。

那天晚上，他們吃完了最後一點點的食物，第二天早晨一起床，他們唯一知道的就是自己肚子還是餓得好像有小蟲在裡面爬一樣。天空正在下著大雨，有許多水滴穿過濃密的樹林，落到地面上來，這只是讓他們發現自己的喉嚨有多乾渴而已，實際上一點幫助也沒有。你沒辦法張大嘴巴站在橡樹下，呆呆地等著有水滴下來。出人意料之外的，唯一的安慰竟然是來自於龐伯。

他突然間醒了過來，搔著腦袋。他不知道自己身在何處，或是為什麼這麼飢餓，因為他已經忘記了從五月出發那天以來的所有事情。他記得的最後一件事情，就是在哈比人家中所舉行的派對。他們花了很大的功夫，才讓他相信這其間經歷了許多的冒險。

當他聽說糧食已經吃完之後，不禁沮喪地坐下來哭泣，因為他覺得非常虛弱，雙腿也毫無力氣。「我幹嘛要醒過來！」他嚎啕著說：「我剛剛正在作著美夢，我夢到我走在一個和這裡一樣的森林中，只不過樹木上插著火把、樹枝上掛著油燈、地面上還點著營火，到處都在舉辦狂歡宴會……永遠持續不停的宴會。一個森林之王頭上戴著落葉綴成的皇冠，大家都在快樂地唱著歌，吃的喝的都多到數不清楚！」

「你不要說了！」索林說：「事實上，如果你不能告訴我們別的消息，你最好閉上嘴。我們之前已經受夠閣下體重的虐待，如果你沒有醒過來，我們就準備把你丟在森林裡面作夢了。即使你好幾週不吃不喝，扛起來也重得要人命。」

除了勒緊褲帶之外，大夥也別無對策。他們只能扛著空盪盪的背包和袋子，心情低落地繼續沿著小徑往前走，心中懷疑自己在餓死之前是否能夠看到道路的盡頭。他們就這樣走了一整天，不只速度很慢，更疲倦得難以想像。龐伯一直不停哭鬧著，說他的兩腿無力，好想要躺下來睡覺。

「不行，不可以！」他們說：「讓你的腿好好運動一下，我們已經替你分攤夠了。」

不論大家好說歹說，這傢伙最後還是一屁股坐在地上，拒絕繼續前進。「要走你們走，」他說：「如果我路上找不到東西吃，我寧願躺在這裡作夢，夢中有很多的美食，我真希望自己永遠不要醒來。」

就在那時，走在最前面的巴林大喊道：「那是什麼？我想我看見森林裡面有火光！」

他們全都擠到前面去，看來，在滿遠的地方似乎在黑暗中閃動著紅光；接著，旁邊又冒出了另一朵火花，然後是另一朵。連龐伯都爬了起來，一行人不顧一切地往前飛奔，根本不在乎那是食人妖或是半獸人。他們眼前的光亮是在小徑的左邊，當他們終於來到火光附近的時候，看起來那些火把都是在樹下熊熊燃燒著的，只是距離小徑頗有一段距離。

「看起來我的夢想成真了！」龐伯氣喘吁吁地從後面趕上來，邊上氣不接下氣地說。他想要衝過去追逐那些光亮，但其他人對於巫師和比翁的警告都不敢忘懷。

「如果你沒辦法活著回來，有再多東西吃都沒用，」索林說。

「如果沒有東西吃，我們反正也活不了多久了！」龐伯說，比爾博衷心地同意他的看法。他們爭執了一段時間，最後同意派出幾名探子，悄悄地靠近那些光芒，搞清楚那究竟是什麼狀況。但是，這時，他們又無法決定到底該派誰去，似乎大家都不急著冒永遠找不到路回來的危險。最後，飢餓壓倒了警語，由於龐伯一直不停地描述他在夢中看到的林中宴會的種種美食，矮人們全部離開小徑，衝向森林深處。

在經過了好一番的匍匐前進之後，他們終於看見一塊樹木被砍倒、土地被鏟平所刻意清出來的空地。這裡有許多看起來像是精靈的人物，全都穿著綠色和褐色的衣物，繞著砍倒的樹木圍成一圈，正中央有個營火，四周的樹上則是插著許多火把。不過，最讓人高興的是，他們都正在歡欣鼓舞地飲酒作樂，品嘗美食。

烤肉的香氣如此誘人，讓所有的人不約而同地都爬了出去，衝進群眾中，希望對方能夠賞賜一點食物。他們腳一踏上空地，火光就彷彿像被施了魔法一樣同時熄滅。有人對著營火踢了一腳，它就炸成無數個火花，消失無蹤。他們又再度陷入徹底的黑暗中，連彼此都看不見。過了一段時間之後，他們才開始摸索著適應黑暗，他們不停的被樹木絆倒，撞上樹幹，大吼大叫地幾乎吵醒了森林中的所有生物，最後終於聚攏在一起，靠著觸覺來清點每一個人。到了那個時候，他們早就已經忘記了小徑原先的方向，到天亮以前，可說是徹徹底底的迷路了。

他們在黑暗中無事可做，只能就地坐下；他們擔心又再度迷路，甚至不敢在地上摸索食物的碎屑。他們沒躺多久，比爾博剛開始覺得眼皮變重的時候，第一班值夜的朵力就低聲道：「火光又再度出現了，這次數量變得更多了！」

他們全都跳了起來。的確，在不遠的地方就有十幾個溫暖的光源，他們可以清楚地聽見前方傳來的笑語聲。他們排成一排，每個人都摸著前面人的背部，一個接一個地往前走。當他們走到附近的時候，索林說：「這次不要急！在我發出暗號之前，大家都不准出來。我派巴金斯先生先過去打探。他們不會被他嚇到——（「那我被他們嚇到怎麼辦？」比爾博想。）——我希望他們不會對他怎麼樣。」

當他們走到火光邊緣的時候，眾人猛然從背後推了比爾博一把，在他來得及戴上戒指之前，他就跌進了火光之中。這沒有用。所有的光線全都熄滅，伸手不見五指的黑暗又再度籠罩。

如果之前在黑暗中集合算是困難，這次就真的是糟糕多了。他們不管怎麼找，就是找不到哈比人。他們數來數去，依然只有十三個人。他們大喊著：「比爾博．巴金斯！哈比人！你這個該死的哈比人！喂！哈比人，你這個臭傢伙，你在哪裡啊？」還有其他類似的呼喊，只是對方都完全沒有回應。

他們正準備放棄希望，朵力卻意外地踩到了他。他在黑暗中以為自己踢到了木頭，最後卻發現那是蜷成一團、陷入熟睡的哈比人。他們花了好大的功夫才把他搖醒，在他醒來之後，他的脾氣不是很好。

「我剛剛作了個好夢，」他嘀咕著：「好豐盛的一頓晚餐，有好多好多東西可以吃。」

「天哪！他變得和龐伯一樣了，」他們說：「不要跟我們描述你作的美夢，夢裡面的東西一點用也沒有，我們也不能分著吃。」

「在這種鬼地方，我恐怕只能靠作夢來填飽肚子了！」他咕噥著在矮人身邊躺下來，試圖再度進入夢鄉。

但是，森林中的怪光可不是最後一次出現。當天半夜，奇力正在值夜，他再度把所有的人都叫醒了。

「在不遠的地方又亮了起來，有幾百支火把和好幾十堆營火，一定是被魔法突然點著的，聽聽他們的歌唱和豎琴聲！」

在躺著聽了片刻之後，他們發現自己無法抵抗再度前往一探究竟的慾望。他們又爬了起來，這次狀況更慘，他們之前所看到的宴會現在變得更豐盛、更驚人了。在一大群飲酒作樂的人之前，坐著一名森林之王，金黃的頭髮上戴著樹葉綴成的皇冠，就像是龐伯描述的夢中人物一般。這些像是精靈的生物在火光下彼此遞著大碗，有些彈著豎琴，許多人則是忙著唱歌。他們閃亮的頭髮中都點綴著鮮花，領口和腰帶上別著綠色和白色的寶石，他們的表情和歌聲都充滿了愉悅，他們的歌曲十分悅耳，索林大膽地踏入他們之中。

一瞬間，森林又陷入死寂，所有的光芒全都消失，火焰化成黑煙，矮人的眼中只能看見餘燼和灰屑，森林中再度充斥著他們忙亂的吼聲和抱怨聲。

比爾博發現自己一直繞著圈子奔跑（他這樣以為），不停的喊著：「朵力、諾力、歐力、歐音、葛羅音、菲力、奇力、龐伯、畢佛、波佛、德瓦林、巴林、索林．橡木盾。」而他看不見、摸不到的人，也在他身邊做著同樣的事情（偶爾中間會插進一句「比爾博！」）但其他人的叫喊聲變得越來越遙遠，過了一段時間之後，那些聲音似乎變成遠方傳來的呼救聲，只留下他一個人孤單地處在黑暗中。

這是他這輩子最悲慘的一刻，但他很快地下定決心，直到天亮之前都不要輕舉妄動，而且，他也不想在黑暗中冒著筋疲力盡的危險到處摸索，第二天早晨又不會有早餐補充體力。因此，他就靠著樹木坐了下來，再度開始想念起擁有美麗餐點室的遙遠故鄉。他正陷入了對於醃豬肉、雞蛋、土司麵包和牛油的幻想中，卻突然間覺得有什麼東西碰了碰他，有種又黏又韌的絲線纏住了他的左手；當他試著站起來的時候，發現自己的雙腿都已經被包在同樣的東西裡面，因此他一站起來就摔倒在地上。

然後，那隻趁著他發呆時，打包食物的大蜘蛛從後面跑了過來，準備料理這頓美食。他只能看見那東西的雙眼，身體卻同時可以感覺到牠正用著要命的蛛絲一圈又一圈地纏在他身上。他的運氣很不錯，讓他及時恢復了理智，如果再拖延下去，他馬上就要失去行動的能力了；他光是為了恢復自由就必須用盡全身力氣掙扎！他用手不停地搥打對方（牠正像是蜘蛛對付蒼蠅一樣的，想要對他注射毒液，讓他安靜下來），最後才想起來自己還攜帶著配劍，馬上將它拔了出來。蜘蛛立刻往後飛退，他爭取時間砍斷了腳上的蛛絲。在那之後，輪到他展開攻擊了。蜘蛛很明顯不習慣對付這種隨身帶刺的生物，否則牠會逃得更快。比爾博在牠來得及逃開之前，就衝上去對準牠的雙眼狠狠一劍；牠開始瘋狂地抽搐、不停掙扎，直到他最後又補上一劍後牠才嗚呼哀哉。接著，比爾博就倒了下來，失去了意識好一陣子。

當他醒來的時候，森林中已經有了白天的灰光，死蜘蛛躺在牠身邊，寶劍的刀刃上沾染了黑血。對巴金斯先生來說，不靠巫師或是矮人們的幫助，獨自一人在黑暗中殺死了巨蜘蛛的勇敢行為似乎讓他改變了。他覺得自己脫胎換骨，即使肚子裡還是空無一物，當他在草地上擦拭寶劍的時候，也發現自己變得更勇敢、更凶猛了。

「我幫你取個名字，」他對牠說：「就叫你**刺針**好了！」

在那之後，他又展開了對森林的探索。森林中的氣氛十分凝重，但很明顯地他必須先找到同伴的下落，因為，除非他們落入了精靈的掌握中（或是更糟糕的東西），否則他們應該就在不遠的地方。比爾博覺得大喊大叫並不安全，因此他呆立了一下子，思索著小徑到底在何方，他又應該先往哪一個方向尋找矮人們。

「喔，我們為什麼忘記了甘道夫和比翁的忠告！」他懊悔地說：「看看我們現在落到什麼窘境！說到我們！我真希望這真的是我們，孤單一人實在好恐怖。」

到了最後，他勉強猜測昨天晚上的呼救聲傳來的方向，藉著運氣的幫助（他這輩子生下來就有很多好運），他猜的實際上並沒有差太遠，到時候你們就知道了。在下定決心之後，他開始小心翼翼地往前走。哈比人十分擅長無聲行動，特別是在森林中，我之前應該已經跟你們說過了；而且，比爾博在開始冒險前已經戴上了戒指，這也是為什麼蜘蛛們完全沒看見、也沒聽見他的到來。

他小心翼翼地走了不遠的距離，發現到眼前有塊地方陷入一片漆黑中，比四周的黑影還要烏黑，彷彿是被永不褪色的黑夜所籠罩，隨著他越來越靠近，他才知道那是由層層疊疊的蜘蛛網所構成的；不只如此，他還發現了有又大又恐怖的蜘蛛就盤據在頭上的樹枝上，不管有沒有戒指，他都因為害怕被發現而渾身發抖。他躲在樹後面，打量這些怪物，在森林寂靜的氣氛中，他發現這些怪物正在交談著。牠們的聲音有點像是微弱的嘶聲和摩擦聲融合在一起，但他還是可以勉強聽清楚其中大部分的內容。牠們正在討論矮人！

「這可是好一場掙扎，不過相當值得，」一隻說：「他們的外皮一定很老，但我打賭裡面一定有甜美的汁液！」

「啊，把他們掛一陣子之後就會好吃多了！」另一隻說。

「別把他們晾太久，」第三隻說：「他們不夠胖，我猜多半是由於最近東西吃得不夠多的關係。」

「我說先殺了他們，」第四隻嘶嘶的說：「先殺了他們再把他們晾起來。」

「我打賭他們現在可能都死了。」第一隻說。

「應該還沒有，我剛剛才看到有一隻正在掙扎著，我想他們多半剛從美夢中醒來，請容我來示範給你看。」

話一說完，有一隻肥大的蜘蛛就沿著蛛絲跑了下去，來到樹枝上掛著十幾個橢圓球的地方。比爾博現在才注意到樹上掛著這些東西，不禁覺得非常害怕；有些圓球裡面伸出了矮人的腳，或是鼻尖，或是一部分的鬍子和帽子。

蜘蛛走到最大的圓球旁邊，比爾博想：「我打賭那一定是可憐的老龐伯！」然後，那蜘蛛就用力地對突出來的鼻子咬了一口，圓球裡面傳來了悶聲慘叫，一隻腳伸了出來，狠狠地踢了蜘蛛一腳。龐伯還有氣，蜘蛛發出彷彿足球被踢中的聲音就這麼摔了下去，好不容易才靠著自己的蛛絲保住老命。

其他的蜘蛛哈哈大笑。「你說的很對！」他們說：「我們的糧食還活著，腳力還滿大的嘛！」

「我很快就會結束這一切！」那隻憤怒的蜘蛛氣呼呼地爬回樹枝上。

比爾博當下就明白，是該他做些什麼的時候了。他沒辦法和這些怪物正面對抗，手上也沒有弓箭；不過，在經過一番搜尋之後，他發現附近有條乾枯的水道，上面有許多小石頭。比爾博在扔石頭方面可是個高手，他沒有花多少時間就找到了一顆鵝蛋大小、十分趁手的石頭。在他年紀還小的時候，他時常對著各種各樣的東西丟石頭，到了最後，連兔子和松鼠，甚至是飛鳥，只要一看見他彎下腰來，就立刻迅如閃電般逃之夭夭。在他長大之後，他還是對於擲飛鏢、套環、保齡球這類需要瞄準和投擲的遊戲樂此不疲；事實上，除了吐煙圈、猜謎和煮菜之外，他還有很多其他的興趣，只是我之前來不及詳細告訴你，現在也沒時間囉嗦。當他撿起石頭的時候，蜘蛛已經走到了龐伯身邊，很快的，他就會死在蜘蛛的毒液之下。就在那電光石火的一瞬間，比爾博擲

出了石頭，飛石擊中了蜘蛛的腦袋，讓牠從樹上摔落在地上，所有的腳都捲曲了起來。

第二顆石頭毫不留情地打穿蛛網、扯斷蛛絲，奇準無比地砸死了蛛網正中央的蜘蛛；接下來，蜘蛛們起了場大騷動，這次牠們可沒有時間管矮人們了！牠們看不見比爾博，但還是依稀可以猜測到石頭飛來的方向，牠們立刻以閃電般的速度傾巢而出，衝向哈比人，蛛絲滿天蓋地撒來，希望能夠捕捉到敵人。

不過，比爾博在此之前早就溜到另外一個方向去了。他靈機一動，想要把這些憤怒的蜘蛛引得離矮人越遠越好；他想要讓這些蜘蛛陷入既憤怒、又好奇和激動的狀態中。當大約有五十隻蜘蛛衝往他之前的位置之後，他又瞄準對方丟了幾顆石頭，更對著舉棋不定的其他蜘蛛丟了許多顆石頭；不但如此，他還大膽地在樹林中唱起歌來，想要激怒這些蜘蛛，讓牠們全都衝過來，同時，也讓矮人們能夠聽見他的聲音。他唱道：

老胖蜘蛛在樹上結網！
看不見我呀，牠又老又胖！
蜘蛛！蜘蛛！
快停下，
找找我呀，不要再織網！

蜘蛛蜘蛛，胖得不像樣，
蜘蛛蜘蛛，查不到我的方向！
蜘蛛！蜘蛛！
摔到地上！
想抓我，就別賴在樹上！

這首歌或許聽起來不怎麼樣，但你也必須知道，他急中生智在火燒屁股的狀況下自己編歌，不論如何，它的確達到了目的。當他唱歌的時候，他又丟了更多的石頭，用力地跺腳，附近所有的蜘蛛幾乎傾巢而出來追捕他：有些蜘蛛跳到地上，有些則是在枝枒上擺盪前進，或是對著黑暗徒勞無功地拋出蛛絲。牠們行動的速度比他想像的快多了，因為牠們簡直氣炸了。除了被扔石頭之外，蜘蛛最討厭有人罵牠們胖得像豬，更別提比爾博對牠們的嘲笑了。

比爾博又換了個新的藏身之處，不過，這時有幾隻蜘蛛已經分別衝到不同的地方，開始在空地上編織起羅網，很快的，哈比人的四周就被厚重的蛛網給團團包圍住了——至少，這是蜘蛛這樣做的用意。比爾博站在這群怒火中燒的昆蟲之間，鼓起勇氣，開始唱另外一首歌：

懶羅伯，傻卡伯，

織著網子想抓我。
我的肉肉甜又香，
你們還是找不到我！

我在這兒，頑皮小蒼蠅；
你呀實在胖又懶。
抓不到我呀，別想贏，
讓你在蛛網裡氣得慘。

他歌一唱完，就發現兩株大樹之間的最後空間被蛛網給封閉了，幸好，那不是完整的蛛網，只是兩股在大樹之間匆忙來回纏繞的粗絲。他拔出了短劍，將蛛網砍成碎片，繼續唱歌。

蜘蛛們看得見那寶劍，但我想牠們不知道那是什麼東西；立刻，一整群蜘蛛就氣沖沖地飛奔向哈比人。牠們的雙眼突出，長著毛的觸角四處揮舞、口鉗挾個不停；牠們追著比爾博一直衝入森林，然後，他又無聲無息地溜了回來。

他知道，在蜘蛛們放棄追逐，回到懸掛矮人的樹上之前，他只有非常短的時間；在這段空檔中，他必須要救出這些傢伙。這個任務最麻煩的部分，就是要爬上那掛著許多矮人圓球的低矮枝枒上，如果不是有蜘蛛留了一條蛛絲下來，他可能根本爬不上去。藉著蛛絲的幫助，即使那黏黏的東西纏在他的手上，還弄痛了他的手，他還是勉強爬了上去。大出他意料之外的是，眼前竟然還有一隻又老又胖的奸詐蜘蛛，被留下來看守這些俘虜，牠正忙碌地東戳西戳，看看哪個俘虜比較汁多味美。牠正準備在其他人都不在的時候好好享受眼前的美食，很不幸的，比爾博急著辦正事，沒有時間浪費；因此，在牠回過神來之前，刺針就結束了牠的性命。

比爾博接下來的工作是要鬆開矮人的束縛。他該怎麼做呢？如果他切斷蛛絲，可憐的矮人一定會轟地一聲摔落到地面去。他小心翼翼爬上樹枝（他的腳步卻讓所有可憐的矮人開始不停地搖晃，看起來像是快要成熟的水果一樣），最後，好不容易才到達了第一個圓球的位置。

「菲力還是奇力吧……」他從蛛網邊緣冒出來的藍色帽尖推測道。在錯綜複雜的蛛網間，伸出來的長鼻子讓他作出了判斷：「多半是菲力！」他花了好大的功夫，才把大部分又黏又韌的蛛網割斷，菲力奮力一踢，就露出了大半個頭來。一看見對方努力掙扎伸出手腳的笨拙樣，比爾博一時忍俊不住，笑了出來。其實這也不能怪他，眼前的景象實在太像是傀儡娃娃在跳舞了！

最後，菲力終於爬上了樹枝，開始協助哈比人解救同胞的行動。不過，由於他整夜都掛在樹枝上，只露出一個鼻子呼吸，再加上身體中還留有蜘蛛的殘毒，因此覺得有些頭暈目眩。他花了半天時間抓掉那些黏在他眼睛和眉毛蜘蛛絲，鬍子上的他得用小刀才能割開。現在，他們倆開始一起動手割開蛛絲，一個接一個救出矮人。他們的情況都比菲力糟糕，有些人幾乎連呼吸都快停了（長鼻子果然還是有進化上的優勢），有些人的毒則是中得比較深。

就這樣，他們救出了奇力、畢佛、波佛、朵力和諾力。可憐的龐伯受盡折磨，由於他是矮人中最胖的，因此他是最常被戳和被刺的對象，最後，他甚至被玩弄到滾下了樹枝，掉在地面上，幸好他運氣不錯，落在一堆枯葉上。可是，當蜘蛛們怒火中燒的回來時，樹上還掛著五名矮人。

比爾博立刻衝到最靠近樹枝的主幹旁，逼退那些爬過來的蜘蛛。當他救出菲力的時候，他把戒指取了下來，後來就忘記把它戴上了。蜘蛛們現在都可以清楚看見他，於是開始發出嘶嘶聲，怨毒地說：「我們現在可以看見你了，你這個壞傢伙！我們會吃掉你，把你的骨頭掛在樹上。哇！你們看他還有根刺哪！好吧，反正我們怎樣都會抓到他的，到時候我們會把他倒掛起來風乾。」

在蜘蛛步步進逼的過程中，其他的矮人則是拚命地用小刀割斷蛛絲，救出其餘的俘虜；過不了多久，大家就都重獲自由，只是，沒有人確定在那之後會怎麼樣。昨天晚上，蜘蛛們十分輕易地就抓住了他們，但那是在黑暗中、在猝不及防的狀況下。二度交手，看來將會有一場血戰。

突然間，比爾博注意到有些蜘蛛聚集到龐伯的身邊，又再度將他綁了起來，準備把他拖走；他大喝一聲，對著眼前的蜘蛛揮出數劍。牠們很快就退縮了，他飛身躍下樹，正好落在那群蜘蛛的中間。他的寶劍對牠們來說是種從沒遇過的針刺，劍光過處，蜘蛛們死傷慘重！當比爾博揮舞著刺針的時候，寶劍彷彿因為能夠誅滅邪惡的生物而高興得閃閃發光。在其他的蜘蛛撤退、放棄龐伯之前，地面上已經多了十數具的死屍。

「快下來！快下來！」他對著樹枝上的矮人大喊道：「不要停在上面，再陷入蛛網中！」因為他發現有許多蜘蛛聚集在附近的樹上，甚至有些已經盪到了他們頭上。

矮人們倉皇地從樹上跳下、落下或是跌下來；大多數人都驚魂未定，連走路都走不穩。最後，總共十二名矮人終於聚集在一起，也包括被表親畢佛和弟弟波佛一人一邊扶起來的龐伯。比爾博不停地揮舞著他的寶劍刺針，數百隻憤怒的蜘蛛則是從四面八方以及頭頂上不斷進逼，情況看來相當的凶險。

戰鬥就這麼開始了，有些矮人還帶著小刀，有些撿起樹枝，其他的則是隨手拾起石塊，比爾博的手上是精靈打造的寶劍。蜘蛛們的攻擊被一波波的擊退，許多屍體堆積在地上；但這情況持續不了多久的，比爾博已經快要筋疲力竭了，而矮人們也都快要撐不下去了，只有四名矮人可以勉強站直身體，他們很快就會像垂死掙扎的蒼蠅一樣不支被殺，蜘蛛們已經再度開始在附近樹上織起要命的羅網。

最後，比爾博別無選擇，只能讓矮人知道他有戒指的祕密。他覺得相當遺憾，可惜想不出別的方法。

「我等下就會消失，」他說：「我會想辦法把蜘蛛引開，你們必須要聚在一起，往另外一個方向跑。最好是往左邊，那裡是我們最後一次看到精靈營火的方向。」

在這一團混亂中，矮人們昏沉的腦袋實在很難理解他說的話。但蜘蛛們依舊不停的進逼，縮小包圍圈；最後，比爾博覺得不能再拖延了，他突然間戴上了戒指，矮人們大吃一驚地發現他消失了。

很快的，在右邊的樹林裡面傳來了「胖豬胖豬！」和「懶惰蟲！」的咒罵聲。這讓蜘蛛們非常生氣。牠們停下腳步，有些朝著聲音的方向衝了過去；「胖豬」一詞讓牠們氣昏了頭了。然後，唯一聽懂了比爾博計策的巴林，帶著其他人展開反攻。矮人們聚攏在一起，對著左邊的蜘蛛丟出大量的石頭，乘機衝出包圍圈，在他們身後的喊叫聲和歌唱聲突然間消失了。

矮人們暗自希望比爾博不會被蜘蛛給發現，但狀況逼得他們無法回頭，只能繼續前進，可惜，速度還不夠快。他們又累又昏，即使背後有許多蜘蛛窮追不捨，他們也只能用相當緩慢的速度拖著步子前進。由於速度實在太過緩慢，他們被迫不時停下來對抗那些追上來的蜘蛛；不久之後，已經又有一些蜘蛛趕到他們附近的樹上丟下黏稠的蛛絲，阻礙他們的前進。

看來戰況又陷入了絕境，比爾博卻從旁邊突如其來地殺入蜘蛛包圍圈中。

「快走！快走！」他大喊著：「讓我來斷後！」

他也真的做到了，他前突後刺，割斷蛛絲，砍劈蜘蛛腿，只要有蜘蛛膽敢靠近，他就刺穿牠們肥胖的身體。蜘蛛們滿腔怒火，發出可怕的聲音，詛咒著眼前的小敵人；但是，牠們已經知道了刺針的厲害，根本不敢太過靠近。因此，不管牠們再怎麼咒罵，獵物們還是不停地往外溜走。這過程實在是讓人感到無比的煎熬，似乎花了好幾個小時之久。最後，正當比爾博覺得再也舉不起寶劍的時候，蜘蛛們突然放棄了，不再緊追不捨，而是回頭跑回牠們聚居的地方。

矮人們這才注意到，他們已經來到了原先精靈營火出現的地方，不過，他們不能確定這是否就是發現營火的地點。看來似乎這些地方依舊有著善良的魔力殘留，讓蜘蛛們不敢輕舉妄動。這裡的天光比較翠綠，樹木也不再鬼氣森森，他們終於有機會可以休息，喘一口氣。

大夥躺在那邊休息了好一陣子，但很快的，他們就開始好奇地提問。他們讓比爾博詳細解釋了消失的方法，找到戒指的這件事情讓他們非常感興趣，有一瞬間甚至忘記了他們自己的困擾。巴林對此特別有興趣，他堅持比爾博把咕魯的故事從頭到尾講一遍，包括了謎語和戒指都必須一字不漏。過了一會兒，天色漸暗，他們也開始問起了其他問題：這裡到底是哪裡？原先的小徑又在何處？有沒有食物？接下來該怎麼辦……他們一遍又一遍地問著這些問題，似乎期待小比爾博能夠回答這一切。從這種的態度，你們就可以看出來，他們對於巴金斯先生的看法已經完全改變了，開始對他表現出相當的尊敬（甘道夫早就預言過了）！他們真的認為他會想出好方法改變這一切，而不只是在抱怨而已。他們都很清楚，如果不是哈比人冒著生命的危險來營救，他們可能早都死了。他們不斷向他道謝，有幾名矮人甚至立刻來了個九十度的鞠躬，不過隨即因為腿軟而倒在地上，一時之間爬不起來；即使在知道了神祕消失的真相之後，他們也並不會因此而貶低了對比爾博的看法，因為他們都明白，比爾博不只有一枚魔法戒指，還有急智和好運，這些都是他們非常需要的寶貴資產。事實上，他們對於比爾博的稱讚，讓他也開始覺得自己是名偉大的冒險者；只不過，如果有東西可以吃，他想自己應該會更勇敢些。

糟糕的是，當時沒有任何可以吃的東西，而且又沒有任何人有力氣去四下搜尋，連原來的小徑都找不到。原來的小徑！比爾博疲倦的腦海中只有這幾個字。他只能坐在地上看著眼前無窮無盡的樹木不停延伸，不久之後，大夥又都沉默下來，只有巴林例外。在大夥都安靜下來、閉上眼睛休息之後，他還是依舊自言自語，自得其樂地笑著：

「咕魯！呵呵，原來是這樣！原來他是這樣溜過我面前的？我這才知道。巴金斯先生，你還說是悄悄地溜進來的？還把鈕扣撒得滿地都是！真是個好比爾博——比爾博——比爾博——波——波——波——」然後他就睡著了，四周陷入完全的寂靜。

突然間，德瓦林張開了眼睛，看著四周。「索林呢？」他問道。

大夥感到無比的震驚。這裡真的只有十三個人：十二名矮人，還有一名哈比人。索林到底跑哪裡去了？他們開始幻想著索林到底遭遇到什麼樣的恐怖命運，究竟是被魔法還是被邪惡的怪物給抓住了呢？每個人都不禁感到背脊上一陣寒意，然後，他們還是難以抵抗睡意，一個接一個地睡著了。隨著傍晚進入深夜，每個人的夢中都充滿了各式各樣的恐怖夢魘。由於他們太過疲倦和難過，根本就沒有力氣輪班守夜；所以，就讓我們來看看另一邊的情形吧。

索林其實在更早的時候就被抓了。你還記得在比爾博一踏進精靈營火就睡著的那一次吧？下一次輪到索林第一個過去，因此他也同樣的陷入了魔法造成的沉睡中。矮人的喧鬧聲都被夜色所吞噬，當蜘蛛綁住矮人的時候，他們的呼聲也沒有任何人聽見；第二天戰鬥的呼喊聲，也對他絲毫不構成任何的干擾。隨後，木精靈無聲無息地出現，將他綁起來帶走。

當然囉，那些狂歌歡宴的傢伙正是木精靈。他們不是什麼邪惡的生物，如果說他們有什麼缺點，那就是不相信外人。雖然他們擁有很強的魔力，但在這些日子裡他們還是非常小心翼翼。他們和西方的高等精靈不同，他們比較好戰，也沒有那麼睿智，因為他們之中的大多數（和他們散居於山脈之間的同胞），都是從沒有前往西方仙境的先祖傳承下來的。那些光明精靈、博學精靈和海洋精靈，都在海外仙境居住了很長的一段時間，變得更美麗、更睿智、更博學多聞，並且發明了他們自己的魔法，研究出如何製造美麗和神奇東西的技術，後來他們當中有些又回到這個世界來。在這個世界中，木精靈在太陽和月亮的微光間遊走，但最愛的還是星辰；他們會在今日早已消失的壯闊森林中漫遊，且大多數居住在森林的邊緣，在那裡，有時他們可以進入森林狩獵，有時則可以在月光或是星光下於平原上馳騁。在人類到來之後，他們越來越與世隔絕，只在深夜或是清晨出現。不過，這些生物依舊是精靈，也還是善良的種族。

在幽暗密林的東緣有一座巨大的洞穴，裡面居住著他們最偉大的國王，在他巨大的石門前，一道河流穿越森林，綿延地流向外面的沼澤。這個巨大的洞穴，四面八方都有數不盡的小開口，而且，它還深入地底，擁有許多的隧道和殿堂。這地底世界遠比半獸人居住的地方要乾淨、光明多了，不會那麼的幽深，也不會那麼的危險。事實上，國王的臣民大多在森林中居住狩獵，住屋也多半都在地面或是樹枝上，山毛櫸樹是他們最喜歡的。國王的洞穴是他的宮殿，也是他收藏寶物的地方，更是同胞們對抗外敵的要塞。

同樣的，那也是他們收容囚犯的地牢。因此，他們毫不客氣（因為他們並不喜歡矮人，並且認為他是敵人）地將索林拖往該處。在古代，他們曾經指控矮人偷取了他們的寶藏，並且和他們掀起了戰爭；但是在矮人方面，卻有另外一種版本的說法：精靈國王要求他們打造和提煉金銀，稍後卻又拒絕付給他們報酬。如果精靈國王有任何的弱點，那一定是在財寶上，特別是對白銀和潔白的寶石。雖然他的國庫已經擁有無數的寶物，但他還是永不滿足，因為他自認還沒有獲得和遠古精靈貴族同樣驚人的財富；他的子民不挖礦，也不會鑄造金屬或是打造珠寶，更懶得花心思進行貿易或是耕種。雖然索林的祖先和那古老的爭端一點關係也沒有，但每個矮人都知道這種情形。因此，當身上的魔法被解除之後，索林對於精靈們的態度感到非常不滿，他暗自決定，絕對不讓對方從他口中獲得任何的消息，或是從身上找到任何的金銀珠寶。

當索林被帶到國王面前之後，對方嚴肅地看著他，問了他許多問題，但索林只是不停地表示他非常飢餓。

「你和你的同胞，為什麼試圖攻擊我們在歡宴的同胞，有三次之多？」國王問。

「我們沒有攻擊他們，」索林回答：「我們是來乞討的，因為我們挨了很久的餓。」

「你的朋友們到哪去了，現在又在幹什麼？」

「我不知道，但我想他們大概還在森林裡面挨餓。」

「你在森林裡面幹什麼？」

「找食物和飲水，因為我們挨了很久的餓。」

「你們當初為什麼會進森林？」國王憤怒地問道。

索林閉上嘴，頑固地不願回答。

「好極了！」國王說：「把他帶走，好好看管，看他什麼時候願意開口，就算要等一百年也不在乎！」

精靈們用皮帶將他綁起，把他關在最幽深的洞穴中。他們給他很多的食物和飲料，雖然不見得是最好的，但數量卻很多。木精靈們不是半獸人，即使是對待死敵也不會失了分寸，唯一會讓他們毫不留情的只有那些大蜘蛛。

索林就這麼躺在國王的地牢中，在他飽餐一頓之後，他開始想念那些不幸的朋友們。過不了多久，他也知道了朋友的下場，不過，這段記載在下一個章節，也是另一場冒險的開端，哈比人再度讓大夥見識了他的優點。

第九節 乘桶而逃

在與蜘蛛惡戰的隔天，比爾博和矮人們決定拚盡最後力氣，試圖在餓死或渴死前找到出去的路。他們爬了起來，八票對五票踉蹌地朝著被認定是小徑的方向前進。最後，他們還是失敗了。這漫長的一天又緩緩過去，數百個火光突然出現在他們四周，讓他們像被紅色星星包圍一般。木精靈拿著弓箭和長槍跳了出來，命令矮人們停下腳步。

他們根本沒有任何抵抗的意願，即使矮人們不是身處這種可憐兮兮的狀態下，他們也很高興可以被活捉，因為，他們的小刀根本無法和精靈們能在黑暗裡射中鳥兒眼睛的弓箭相比。他們都停了下來，坐在地上靜候命運的審判，唯一的例外是比爾博，他在被發

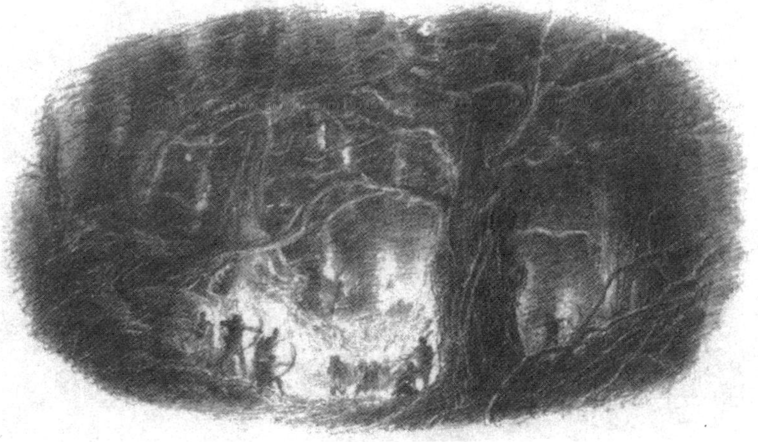

現之前就飛快地戴上戒指，躲到一邊去。也正是因為這樣，當精靈們將矮人綁起，整隊清點的時候，他們根本沒發現、也沒點到哈比人。

當精靈們擎著火把，領著俘虜在森林中行進的時候，他們也完全沒有聽見比爾博如風般輕盈的腳步聲。每名矮人都被蒙住了眼，不過，其實這也沒有多大用處，因為連張大眼睛的比爾博都不知道，在森林中彎彎曲曲究竟要朝什麼方向走，況且，從一開始他們就不知道身在何方。比爾博使盡全力只能夠勉強跟著火把前進，因為矮人雖然疲弱潦倒不堪，精靈們還是毫不客氣地逼他們用最快的速度前進，國王命令他們必須在第一時間趕回宮殿。突然間火把停了下來，在他們開始過橋之前，比爾博正好趕上他們。這就是越過宮殿門口河流的橋梁，橋下的水又黑又深又急，在河流的另一頭則是一個巨大洞穴的開口，整個都被掩蔽在一座滿是翠綠樹木的山丘下。隨處可見的山毛櫸樹在此恣意生長，靠近河岸邊的甚至連根都伸進河水中。

精靈們推著俘虜走過橋，殿後的比爾博卻遲疑了，他一點也不喜歡洞口給他的感覺。他掙扎了好久，才決定不能捨棄朋友，正好趕在最後一名精靈身後衝進洞內。他一進洞，門就匡噹一聲關了起來。

洞穴裡面的隧道都讓火把的紅光所照耀著，精靈守衛們邊在綿延曲折的隧道中前進，邊唱著歌曲。這裡和半獸人的城市不同，洞穴比較小，沒有那麼幽深，空氣也十分清新。精靈國王就坐在一個木製的寶座上，從他雕梁畫棟的廣大石刻殿堂中管理一切。為了迎合秋天的顏色，他戴著紅葉和野莓編成的皇冠；在春天，他會戴著森林的花朵所編成的花冠，而他的手中則拿著橡木雕刻成的權杖。

俘虜被帶到國王面前，雖然他臉色十分凝重，但看見他們疲倦潦倒的樣子之後，他還是命令屬下鬆開他們：「反正，在這裡也不需要繩索，」他說：「被帶進來的人，絕無法從我的魔法大門逃脫！」

他鉅細靡遺地盤問了每一名矮人，詢問他們的目標、此行的目的，以及他們來自何方，不過，他們都和索林一樣守口如瓶。這群矮人覺得十分受辱，甚至不肯假裝維持表面上的禮儀。

「國王啊，我們到底做了什麼？」巴林是剩下的人中最年長的。「在森林中迷路、又飢又渴、被蜘蛛獵捕難道犯了罪嗎？莫非這些蜘蛛是你的寵物和看門犬，殺死牠們觸怒了你？」

這樣的質問當然激怒了國王，他回答道：「未經我們許可，在森林裡面閒逛就犯了罪。你忘記了你們是在我們的國度，使用我同胞所鋪設的道路嗎？你的同伴在森林中三次追逐、騷擾我們，最後還驚醒了森林中的蜘蛛！在你造成了這麼多困擾之後，你給了我必須詢問清楚你們來意的理由，如果你們不願意說，我就把你們關進牢中，看看你們什麼時候學會講理和禮貌！」

然後，他就命令將矮人個別關到獨自的牢房中，並且給他們食物和飲水，但嚴禁他們離開牢門一步，除非其中有人讓步，願意告訴他想要知道的事情。不過，他並沒有告訴眾人索林也被他關了起來，稍後才由比爾博發現了這件事情。

可憐的巴金斯先生，他在那個洞穴中躲躲藏藏了很長的一段時間，他一直不敢拿下戒指，即使是躲在最幽深、黑暗的角落時，他也不敢睡覺。為了打發時間，他開始在精靈國王的宮殿中四處打探。魔法封鎖了大門，但如果他速度夠快，還是來得及溜出去。大群的木精靈，有時在國王的帶領下，會出發去騎馬或是遊獵，或是去東方大地和森林中處理相關的事務。如果比爾博夠小心，他可以跟在這些人身後偷溜出去，但也必須冒很大的危險；不只一次，他差點在最後一名精靈走出去的時候被大門夾住。他不敢跟精靈們一起行動，因為他的影子還是會在光線下現形（雖然和在火把照耀的時候一樣模糊），同時，他也必須擔心因為被撞而遭發現。在極少次出門的經驗中，他也沒有什麼新發現。他不願意捨棄這些矮人，事實上，如果沒有他們，他也不知道該怎麼辦。他不可能徒步跟上狩獵的精靈，因此也從沒發現離開森林的路；每當他偷溜出洞穴的時候，都只能百般無聊地在森林裡面亂跑，擔心會再度迷路，苦苦地守候回去的機會。他不會狩獵，因此在洞外只能挨餓；當他在洞內的時候，還可以趁沒人注意的時候，靠著偷竊倉庫或是桌上的食物維生。

「我就像一名永遠逃不出去的飛賊，只能日復一日的在同一間屋子裡面偷東西！」他想：「這真是這場倒楣、恐怖、疲倦的冒險中，最無聊、最難熬的日子啊！我真希望這時能回到自己的哈比洞，坐在暖洋洋的壁爐旁邊，看著油燈的光芒！」他也經常希望能想辦法通知巫師前來幫忙，當然，這是完全不可能的。很快的他就發現，這一切都必須要靠自己單槍匹馬來解決。

最後，在偷偷摸摸過了一兩個星期之後，他藉著跟蹤所有的守衛，終於冒險查出了所有矮人被囚禁的地方。他在宮殿中不同的地點發現了十二名矮人的牢房，而且，也摸熟了整個宮殿的內部配置。出乎他意料之外的是，有一天，他從守衛之間的交談發現還有另外一名矮人被關在特別黑暗的牢房中，他立刻就猜到這個倒楣的傢伙是索林；不久之後，他就證實了這個推測。在最後，經過好一番波折之後，他在沒人注意的情況下找到了索林，和矮人首領取得了聯絡。

索林陷入無比灰心喪志的情況中，連怒氣都被磨掉了；在他從鑰匙孔聽見比爾博的聲音前，他甚至開始考慮告訴國王，所有關於這趟任務和他寶藏的內情（這也讓我們知道了他的心情有多低落）。當時，他幾乎不能相信自己的耳朵！他最後才說服自己這不是幻覺，走到門口，和另一邊的哈比人展開了長談。

藉著比爾博的幫助，索林才能夠把他的消息祕密地傳遞給其他矮人。比爾博告訴大夥，索林也被囚禁在附近，在索林下令之前，大家都不能夠將這次的任務目的告訴國王。因為，索林在知道哈比人從蜘蛛手中救出部下的過程後，他的心中又燃起了希望，他決定，除非一切都已絕望，或是英勇的隱形人比爾博先生再也想不出更好的方法（這時他已經對哈比人刮目相看），否則他絕對不會犧牲自己的寶藏來換取自由。

在接到通知之後，其他的矮人也都同意首領的決定。他們都想到了自己那一份寶藏（雖然還沒到手，連龍都還沒看到，但他們已經將這寶藏認定是屬於自己的了），如果木精靈染指，一定會大幅縮水的；更何況，他們全都十分信任比爾博。你看，甘道夫所預言的果然發生了吧！或許也正是因為這樣，他才會選擇離開他們。

再來看看比爾博這邊，他反而不像矮人那樣信心滿滿。他並不喜歡被所有人倚賴的感覺，他也希望巫師在身邊協助他。不過，他明白這是沒用的，甘道夫搞不好都已經到了幽暗密林的另外一頭了。他坐下來，想了又想，腦袋都快爆了也沒想出什麼好主意。一枚隱形戒指是個不錯的寶物，但要靠它救出十四個人就沒有多大把握了。當然囉，你們也猜得到，他最後還是救出了所有的同伴。下面就是他怎麼辦到的過程——

有一天，當比爾博在四處探查的時候，發現了一件非常有趣的事情：大門並非是洞穴的唯一入口，宮殿的最底端有一條河流穿出，最後越過入口處的斜坡，在東方和密林河匯流，在這道地下水流出洞穴的地方有個水門。那裡的洞頂十分低矮，幾乎和水面同高，也有裝設直落河床的鐵閘門，預防有任何人從這裡進出宮殿。不過，這道鐵閘門通常是開著的，因為這裡是他們貨物的進出要道之一。如果有任何人從這一邊進來，他將會發現自己身處在黑暗的隧道中，一路通往地底。不過，在隧道的某處，也就是河流正上方的位置，有一座大型的陷板門，這門直接通往國王的酒窖，裡面放滿了一桶又一桶的美酒；木精靈們最喜歡葡萄酒，他們的國王更是嗜酒如命。不過，這一帶並沒有種植任何的葡萄，這些葡萄酒和其他的貨物，都是由他們南方的同胞運來，或是從遙遠的人類酒莊內所釀造出來的。

比爾博躲在一個大桶後面，發現了這個陷板門的存在和它的用處。從國王侍從之間的交談，他知道了這些葡萄酒和其他的貨物，都是從長湖沿著河流或是走陸路運過來的。聽起來，那裡還有一座相當繁華的人類城鎮，這座水上的城鎮建在湖中的孤島上，靠著橋梁對外交通，並且躲避敵人的攻擊（特別是惡龍的攻擊）。這些桶子就是從長湖沿著密林河運上來的。有些時候，這些桶子被綁在一起，充當克難的木筏，有時則是被裝在大型的平底船上。

當桶子空了之後，精靈們會將它們從陷板門丟下來，打開水門，桶子就會沿著河水一直流到下游一個河岸突出之處，靠近幽暗密林的東緣。人們會在那裡收集桶子，將它們綁在一起，漂回密林河流入長湖的入口，也就是人類的城鎮所在地。

比爾博坐在地上，沉思著有關這水門的一切，想要確認是否能夠利用這作為逃脫的路徑。最後，在情急之下，他終於想出了一個逃脫的計策。

囚犯們剛吃過了晚餐。守衛們沿著隧道離開，把火把的光芒也一起帶走，讓牢房陷入一片黑暗中。比爾博聽見國王的總管，向守衛隊長道晚安。

「和我來吧，」他說：「嘗嘗剛送來的新酒。今天晚上我應該會在那邊忙著清掉舊的桶子，我們先喝一杯暖暖身子。」

「好極了！」隊長笑著說：「我和你一起先嘗嘗吧，看看適不適合國王飲用。今晚有場宴會，要是送上的酒太爛就失禮了！」

一聽見這兩人的對話，比爾博立刻就緊張起來。因為，他明白好運果然還是跟著他的，他終於有機會嘗試之前所想出來的脫逃計畫。他跟著這兩名精靈，直到他們走進一個小酒窖，在桌旁坐了下來，桌上還有兩個大杯子。很快的，他們就開始高興地聊天喝酒。比爾博的運氣實在好，只有非常烈的酒才能夠讓木精靈喝醉；看來這桶酒是出產自多溫尼安大酒莊的醇酒，不是平常給僕人和士兵飲用的淡酒，而是在國王的慶典上以小杯飲用的上好佳釀。總管豪飲的方法完全浪費了這種酒，卻也給了比爾博一行人絕佳的逃生機會。

很快的，隊長就開始點頭，最後趴在桌上睡著了。總管繼續自言自語了一段時間，根本沒注意到對方，不久也開始昏昏沉沉，後來則是倒在朋友身邊開始打鼾。哈比人悄悄地溜了進去，隊長身上的鑰匙立刻就換手了，比爾博飛奔向牢房。這一大堆鑰匙重得跟什麼一樣，即使比爾博戴著戒指，他還是感到提心弔膽的；因為這鑰匙不可避免地會互相撞擊，每次都把比爾博嚇得半死。

他先打開了巴林的門，矮人一出來，他就小心翼翼地把門鎖起來。你可以想像巴林有多吃驚，不過，他還是很高興可以離開狹小的石牢，準備停下來問問題，知道比爾博想做什麼，以及他接下來的計畫。

「現在沒時間！」哈比人說：「你跟我來！我們一定要集合在一起，絕對不能分散，每個人一定都得逃出去，這是我們最後的機會。如果我們被發現了，天知道國王會把你們關在哪裡！我敢打賭，下次你們就會被戴上手銬腳鐐。聽話，不要問問題！」

然後，他就一個接一個地把夥伴們救了出來。最後，他的身後聚集了十二個人，由於長期的拘禁和黑暗的影響，這些傢伙全都笨手笨腳的。每當他們有人在黑暗之中絆倒，或是咕噥著抱怨時，比爾博就覺得自己的心臟快跳出來了。「這些死矮人！」他自言自語道。幸好，一切還算順利，他們沒有遇到任何的守衛。事實上，那天晚上在外面的森林和大廳裡面都在舉行盛大的宴會，幾乎所有國王的部屬都在飲酒作樂。

在經過一番努力之後，他們終於來到了索林的牢房，它位在宮殿的最深處，幸好離酒窖還不太遠。

「各位聽我說！」當比爾博以暗號示意他離開牢房時，索林說：「甘道夫果然還是有先見之明，在時機到來的時候，你的確展現了身為飛賊的才能。不管最後怎麼樣，我想我們都會欠你一份很大的人情。接下來要怎麼做？」

比爾博認為該是解釋計畫的時候了，他盡量說明，但是，他實在不確定矮人是否會採納他的計畫。他的確沒猜錯，因為他們一點也不喜歡這個計畫，即使身處在危險中，也不能阻止他們開始嘮嘮叨叨地大聲抱怨。

「我們一定會搞得全身是傷，甚至還會溺死！」他們嘀咕道：「看你拿到了鑰匙，我們還以為你足智多謀咧！這個主意實在太瘋狂了！」

「好吧！」比爾博覺得非常喪氣和惱怒。「全都給我回到牢房裡面，我會替你們一個個鎖上門，你們可以舒舒服服地在裡面花時間想出更好的點子。可惜的是，下次我不管怎麼努力，大概都拿不到鑰匙了！」

這對他們來說是太大的打擊了，因此全都冷靜下來。最後，他們還是必須遵照比爾博的建議，因為很明顯地他們不可能從上面脫逃，更別提硬闖用魔法封印的大門了；而在走廊裡面抱怨、等人來抓他們也不是什麼好點子。所以，他們就跟著哈比人，悄悄地潛入最底層的酒窖。他們經過一扇門，從門縫中依舊可以看見總管和隊長掛著微笑，鼾聲雷動的睡著。多溫尼安的醇酒正帶給他們又深又甜的美夢。雖然比爾博好心地偷溜回去，把鑰匙掛回隊長的腰帶，但第二天這兩個人的表情，還是扭曲得十分嚴重，有好長的一段時間都笑不出來。

「這至少會讓他少一些麻煩！」巴金斯先生自言自語道：「他人不壞，對囚犯也不差。明天早上他們會因為這樣而感到更疑惑的。他們會以為我們擁有極強的魔法，可以穿過這些大門，消失得無影無蹤！說到消失啊！如果我們要成功，動作得快一點，等下才會是重頭戲！」

巴林站在門口，看著隊長和總管，如果對方有任何不對勁，就要立刻通知大家，其他人則是衝進裝有陷板門的酒窖內。時間已經不多了，比爾博知道，不久之後就會有精靈奉命下來，協助總管將空桶子丟入水中。事實上，這些桶子已經被好好的放在地板上，等人來將它們推下去。有些桶子是酒桶，這些沒有多大用處，因為除了小開口之外，這桶子很難打開，到時候更難關上。不過，其中還有一些裝運其他貨物的桶子，像是奶油啊、蘋果啊等各類貨物。

他們很快就找到了十三個足以裝下矮人的桶子。事實上，桶子的空間還太大了些，矮人們一進去就開始擔心接下來的滾動和撞擊。因此，比爾博還費盡心思找來了許多稻草和填充物，希望能夠讓矮人們舒服一點。最後，十二名矮人都裝進了桶內。索林的麻煩最多，他在桶子裡面不停地扭動和抱怨，聽起來像是被關在小籠子裡面的大狗。最後一個進來的巴林則是不停地囉嗦著通風問題；蓋子都還沒關上，就開始抱怨呼吸不順。除此之外，比爾博還必須補好桶子旁邊的破洞、將蓋子密合。他就這樣孤身一人忙進忙出，希望這個大膽的計畫能有一絲成功的希望。

不過，變化來得太快了些。在巴林的蓋子蓋上一兩分鐘之後，精靈的笑語聲和火把的光芒就傳了過來。幾名精靈嘻嘻哈哈地走進酒窖，唱起荒腔走板的歌謠。他們在上面的宴會玩得相當盡興，想要盡快回去玩樂。

「總管加立安到哪裡去了？」一個人說。「我整晚都沒看到他出現，他應該要告訴我們怎麼做才對。」

「如果那老傢伙遲到就糟糕了，」另一個人說：「我可不想要在大夥玩得正盡興的時候，在這邊浪費時間！」

「哈哈！」有人大喊道：「這個老傢伙拿著酒杯睡著了啦！看來他和隊長正在舉辦自己的小宴會哪。」

「叫醒他！叫醒他！」其他人不耐煩地說。

被叫醒的加立安不是非常高興，其他人的嘲笑更讓他拉不下臉來。「你們都來遲了，」他嘀咕著：「我在這邊等了又等，你們在上面玩得可爽了，連我都因為太累而睡著了！」

「是啊是啊，你累到連手都來不及從酒杯上拿下來吧！在我們也累倒之前讓我們嚐嚐吧！不用叫醒那傢伙啦，從他的表情看來，他已經喝了不少。」

他們全都喝了一輪，情緒也突然跟著高亢起來，但他們還沒有醉到搞不清楚狀況。「幫幫忙，加立安！」有些人大喊著：「你酒喝得太多了，老糊塗了！你把空桶子弄成裝東西的桶子啦。」

「只管做就對了！」總管說：「你們只是想要偷懶而已，就是這些桶子了啦，照我說的做！」

「好吧，好吧，」他們邊說邊把桶子滾進開口：「如果國王的好東西和美酒都被推回去給人類享受，反正也是由你負責！」

滾——滾——滾——滾，

桶子往洞裡一路滾！
用力推！轟隆掉！
掉下水，沿著河往外跑！

他們就這樣邊唱歌，邊把桶子滾到打開的陷板門前，推到水裡去。有些桶子是空的，有些則是裝了矮人的桶子。它們全都一個接一個地落到下面，彼此上下左右撞擊著在水流中打轉，有的還不時撞到隧道牆上。

就在那時，比爾博才發現到計畫中的致命缺陷。你們很可能在不久之前就已經發現了，偷偷地嘲笑他的疏忽。不過，如果你們和他易地而處，恐怕表現不會有他一半強——他自己不在桶內，即使有機會，也沒有人會替他裝桶！看來這次他真的會失去所有的朋友了（大部分的桶子，都已經從漆黑的陷板門落了下去），他將會成為精靈洞穴中永遠逃不出去的飛賊。即使他能夠立刻從大門逃脫，也沒多少機會可以找到矮人。他不知道要怎麼從陸路前往收集桶子的地方，他也不知道這些傢伙少了他的幫忙，會遇到什麼樣的厄運；因為，他還來不及告訴這些矮人他所發現的情報，以及接下來的計畫。

當這些想法如同電光石火一般地掠過他腦海時，歡樂的精靈們開始在門旁唱起歌來，有些人已經開始拉起水門的鐵閘，讓桶子可以漂出洞外。

沿著黑水往外漂
漂回你們來時的大道！
離開廳堂和洞穴，
離開北方山脈的高削，
森林寬廣黑暗，
陰影中樹木黯淡！
漂過樹木的地盤，
越過風吹的河灘，
越過激流、越過雜草，
越過河流波濤，
穿過潔白迷霧，
越過夜晚池谷！
跟隨著跳躍星辰，
進入冰冷雲塵；
在曙光降臨時轉彎，
越過急流，越過沙灘，
往南走，往南走！

尋找太陽和白晝，
回到平原，回到麥田，
那牛群吃草的田邊！
回到山丘邊的花園，
野莓正在成熟邊緣，
經歷太陽和白晝，
往南走，往南走！
沿著黑水往外漂，
漂回你們來時的大道！

這時，最後一個桶子已經朝陷板門推過去了！可憐的比爾博不知該如何是好，情急之下只能抱著桶子跟著一起被推下去。他嘩啦一聲落入水中，在黑暗的水中載浮載沉，桶子還壓在他身上。

他像隻落水狗一樣，好不容易才抱著桶子浮了上來，但不管他怎麼努力，就是無法爬到桶上面。每次他一嘗試，木桶就不停打滾，讓他又滾進水中。這桶子是空的，因此可以像是軟木塞一樣輕鬆地漂在水面上。雖然他的耳朵進水，但還是可以聽見精靈們在上面的酒窖中歡欣鼓舞的唱歌。接著，那門轟地一聲關了起來，歌聲也消失了。他就這麼孤孤單單地一個人漂在黑暗的河道中，其他人都被塞進桶子內，沒人像他這麼慘。

不久，前方的黑暗中出現了一塊灰色的亮光，他可以聽見水門緩緩升起的聲音，同時也發現自己正身處在一大堆各式各樣大小的容器之間，他只能勉強讓自己不被這些桶子給撞到。當這些桶子一個接一個穿過石拱門開始往外流的時候，他才發現，即使自己剛剛爬上桶子也只是白費力氣，因為這個突然間降低高度的洞穴，根本沒有留給哈比人通過的空隙。

桶子就這樣鑽了出去，通過了兩岸低拂的樹梢。比爾博不知道其他的矮人覺得怎麼樣，有沒有很多水流進他們的桶子裡頭？有些漂近他身邊的桶子看來吃水相當深，他猜這多半是裝著矮人的桶子。

「我希望蓋子蓋得夠牢！」他想，但不久之後，他就自身難保，沒辦法顧及這些矮人了。他勉強把頭保持在水面上，但冰涼的河水還是讓他全身發抖。他也不知道在運氣改變之前是否就會被凍死，以及還能夠再支撐多久，或者是應不應該冒險放棄桶子游到岸上。

不久之後，比爾博的好運果然來臨了：湍急的河水，把幾個桶子沖到靠近岸邊的老樹根上，比爾博把握機會，趁著桶子比較穩定的時候爬到上面。他渾身濕透地趴在桶上，盡可能地保持平衡。雖然風也很冷，但總比河水好多了；當桶子再度流開的時候，他只能希望自己不會再落下水去。

接著，桶子就開始彼此碰撞著再度被沖入河中。這個時候，要保持身體的平衡果然和他所想的一樣困難，但他還是勉強辦到了，只是相當不舒服。很幸運的，他體重很輕、桶子也夠大，上面的破洞也讓它裝了不少水。這種感覺就像是不用馬鞍想要騎上一匹渾圓的小馬一樣，而這匹馬還時時刻刻想要在草地上打滾。

就這樣，巴金斯先生好不容易撐到了兩旁樹木都比較稀疏的地方，他可以看見蒼白的天空，黑沉的河流突然間開闊了，和國王大門前流出的密林河匯流。這裡的河面也似乎不再為陰影所籠罩，映射著天空上的雲朵和星光。然後，密林河的急流又將所有桶子沖到北岸，在那裡有一整片沖積出來的沙洲，東邊則是由一整塊岩石作為屏障，阻擋了河水的流動。大部分桶子都被沖上了這個沙灘，只有幾個撞上那塊巨岩。

岸上站著許多人，他們很快地將桶子收集在一起，等明天早上再來處理。可憐的矮人們！比爾博現在舒服多了。他從桶子上溜下來，跑到岸上，跑到岸邊的屋子附近去。只要有機會，他就立刻不假思索地把東西塞進嘴裡吃。他之前已經被迫忍了很久，飢餓已經成了他如影隨形的夥伴，這次他自然不會再客氣了。除此之外，他還發現了一堆營火，對於渾身濕答答、穿著破爛的他來說，這可真是個誘人的景象。

這裡不需要詳細描述他當晚的經歷，因為這時大夥往東的旅程已經快要告一段落了，緊接下來就是最後、最驚人的冒險，因此我們必須趕些進度才行。當然，藉著戒指的幫助，他一開始過得還滿舒服的；但到了最後，他走到哪裡都會留下的水滴和濕腳印出賣了他。而且，他也開始打噴嚏，不管他躲到哪裡，最後都會因為如雷的噴嚏聲而被人發現。很快的，這座河邊的村莊就陷入騷動當中，不過，比爾博還是帶著不屬於他的一條麵包、一瓶酒和一個派，逃到森林中。接下來的時間，他都無法再靠近任何火焰，只能濕答答地度過；而那瓶酒讓他克服了難題，事實上，他還在深秋有些寒意的冷風吹拂下打了個瞌睡呢。

他打了個大噴嚏，醒了過來，天色已經濛濛亮了，河邊也開始忙碌起來。精靈們開始將木桶整理好，組合成木筏，好讓同胞駕著這些船隻前往湖中的城鎮。比爾博又打了個噴嚏，他的衣服已經都乾了，但這時他覺得渾身發冷，他用凍僵的雙腳拚命地奔跑，好不容易才在這一團混亂中，神不知鬼不覺地跑上了木筏。很幸運的，那時沒有什麼太陽，他的影子不會洩漏行蹤。感謝老天！他暫時也沒有再打噴嚏。

精靈們用長篙將木筏推離岸邊，他們氣喘吁吁地使力，好不容易才把所有的東西都推到水中。桶子現在全都被綁在一起，在水中載浮載沉。

「這次可真重啊！」有人抱怨道：「它們吃水太深了，有些時候桶子根本是滿的。如果是白天漂過來的話，我們搞不好會花時間打開來看看。」他們說。

「沒時間啦！」撐篙的人說：「快推吧！」

大夥最後終於漂開了岸邊，一開始速度很慢，接著，在那塊巨岩旁，精靈們用長竿將木筏推開，木筏進入主河道後就越來越快地漂向河另一頭的長湖。

他們終於逃出國王的地牢，也通過了森林，但是，最後是否能保住小命，沒有人能確定。

第十節　熱情的歡迎

天色越來越亮，氣候也越來越暖和。過了一陣子之後，河流繞過左方的一座山崖，在山崖底下，激流洶湧的互相沖擊，冒出許多白色的泡沫。接著，山崖就消失了，樹木也跟著不見。比爾博眼前看到的景象是：

地勢變得一片開闊，河流的水往四面八方奔流，有些停留在兩側的島嶼之間，成了小湖泊和沼澤；不過，依舊有條強勁的主流持續的往下奔流。在遙遠的地方，殘破的雲堆中，就是他們朝思暮想的孤山！它的山勢一路往東北方延伸，直到視線的盡頭。它孤傲的聳立，俯瞰著眼前的沼澤地和森林。孤山！比爾博經歷了許多的冒險才看到了這景象，但他卻一點也不喜歡它的樣子。

同時，他傾聽著划船人的談話，從他們所洩漏的部

分情報中拼湊出目前的狀況；很快的他才明白，即使只能從遠處看見它，也算是很幸運的。在經歷了被軟禁的痛苦，和現在所在位置的不舒服（當然更別提底下的矮人了），他其實比自己所想的要幸運多了。對方交談的都是附近貿易和在河上交流的情形，因為從東方通往幽暗密林的道路早已荒廢，不復使用。長湖上的人類和木精靈們，必須經常使用密林河作為交通的主要幹道，並且還得要管理鄰近的河岸。

自從矮人離開孤山之後，這一帶已經有了很大的變化，那個年代對於目前的人們來說，早已成為遠古的傳說。甚至，從甘道夫上次和他們碰面以來，他們的生活方式又有了變更。洪水和大雨讓往東的河流變得更加洶湧，中間還經歷了幾次地震（有些人認為這都是惡龍害的，說話的同時，他們還對著孤山的方向點點頭，拋下一兩句詛咒）。河道兩旁的沼澤和林地不停地往外擴張，道路就這樣被掩蓋了，許多試著找路通過的騎士和旅人也跟著消失在密林中。比翁之前所建議的那條精靈道路，到了森林東緣也只會遇上死路；在這段日子中，唯一從幽暗密林往北邊旅行的方法就是透過河流，而這條河流照舊是在木精靈嚴密的看管下。

因此，你也明白了，比爾博他們其實還是踏上了唯一可行的道路。事實上，甘道夫才剛聽說了道路的荒廢和變動，並且正忙著辦完其他的工作（至於是什麼事情，就和這個故事無關了），準備回頭來尋找索林和夥伴們。對於躲在桶子上渾身發抖的巴金斯先生來說，如果他知道這件事情或許會覺得好一些。可惜的是，比爾博並不知道。

他只知道這條河似乎不停地往前伸展，永遠不會結束。他很餓，鼻子又冷冰冰的，而且，他越靠近孤山，就越覺得那座山脈正在對他皺眉，似乎不高興他竟然膽敢靠近它。不過，過了一陣子之後，河水往南邊轉向，山脈也變得不那麼猙獰了。到了下午，兩岸轉成了多岩的地形，河水分岔和緩的支流也匯聚在一起，變得更深更湍急，讓大夥快速地航向目標。

當河流又往東急彎，讓密林河流入長湖的時候，太陽已經落了下來。長湖的邊緣有著像山崖一樣的陡峭大門，底下還有許多的屋頂。這就是長湖了！比爾博之前從來沒有想過，除了海以外，會有任何的水看起來這麼廣闊；事實上，連湖的對岸看起來都十分的遙遠。而在它長形的那一端，也就是指向孤山的方向，甚至連湖岸都看不見，不過天空中的大熊星座已經開始發出光芒了。比爾博看過這附近的地圖，因此，他才知道奔流河從山上流下，和密林河連手把這個可能一度是個深邃山谷的地形給化成了一座湖泊。在湖的南方，兩河匯流之後的河水以雷霆萬鈞之勢落下瀑布，流向未知的彼端。在這寂靜的傍晚，他們從這裡就可以聽見遠處傳來的低吼聲。

距離密林河不遠的地方，就是國王酒窖中的精靈們所提到的奇怪城鎮。雖然岸邊確有幾棟建築，但它並不是建在岸邊，卻坐落於湖的正中央。在一塊巨岩的保護之下，湖中央形成了一塊平靜無波的區域。木製的大橋通往湖心，一座繁華的城鎮就建造木樁之上。這裡居住的是人類，他們冒著被遠方惡龍侵襲的危險，大膽地居住在這裡。這些人依舊靠著順河南下，換馬車越過瀑布的貿易來維持生活。不過，在古代，當北方的河谷鎮依舊繁榮興盛的時候，他們過著更富有、更舒適的生活。水面上有著無數的船隻，有些裝載著黃金，有些則是全副武裝的戰士；當年的許多戰爭和英勇的事蹟，現在全都成為傳說。當乾旱來臨湖水消退的時候，人們依舊可以看見岸邊有著古鎮破敗的遺跡。

大部分的人類對此不復記憶，但依舊有些人唱著有關山中矮人之王的歌謠，那是關於索爾、索恩以及都靈的子民當家作主時的歌曲；歌詞中還描述了惡龍的到來，以及河谷鎮的滅亡。有些歌曲中還聲稱，索爾和索恩有天將會重臨此地，黃金將會從山中源源流出，大地又將會籠罩在新的笑語和歌聲中。不過這個美好的傳說，對他們艱苦謀生的現況毫無影響。

當木筏出現的時候，鎮內就划出了許多的小船，來人向划木筏的人們打招呼。然後，他們拋出繩索，努力划槳，把木筏拉離水流，停靠在長湖鎮的小港灣中。它就停靠在距離大橋不遠的地方，很快的，南方的人們將會過來取回這些桶子，並且將其中裝滿了運來的貨物，並且再送回到木精靈的家鄉去。因此桶子這時就留在那邊，而划船的人和精靈前往鎮中飲酒作樂。

如果他們知道在黑夜降臨之後，岸邊發生了什麼事情，他們一定會感到相當的驚訝。比爾博撬開了一個桶子，並且將它推上岸來。桶子打開之後，裡面發出一聲哀嚎，然後爬出了一個看來十分悽慘的矮人。他的鬍間掛著濕稻草，不只如此，他渾身痠痛、滿是瘀青，差點連走到岸邊躺下來的力氣都沒有了。他看起來又累又餓，好像是一星期沒人餵的喪家犬一樣。這位是索林，但你只能從他的黃金項鍊、滿是污跡的天藍色兜帽和破爛的銀流蘇中猜出來。過了好一陣子，他才勉強用比較禮貌的態度對待哈比人。

「你究竟是死是活？」比爾博相當不客氣地問。他可能已經忘記了，自己至少比矮人們多吃了一頓，而且還有機會活動四肢和自由的呼吸空氣。「你是不是已經逃出監獄了？如果你想要吃東西，如果你想要繼續你那個愚蠢的冒險——請容我提醒你，那是你的冒險，可不是我的！那麼就趕快活動一下手臂、按摩你的雙腿，趁現在還沒人來之前，幫忙我把其他人放出來！」

索林當然明白，因此，在多哀嚎了幾聲之後，他爬了起來，盡可能地幫忙哈比人。在這一團黑暗的及膝湖水中，要找到正確的桶子相當的困難。他們又敲又打的，最後只找到了六名還有力氣回應的矮人。當他們被救出來之後，也都是一樣怨天尤人地坐在岸邊哀嚎，一時間很難體會重獲自由的喜悅，當然更別提對比爾博的感謝了。

德瓦林和巴林是兩個狀況最糟糕的傢伙，請他們幫忙一點用也沒有；畢佛和波佛狀況好一點，但他們躺在地上耍賴不願意動手；至於奇力和菲力，他們年紀比較輕，又被塞在比較小、稻草比較多的桶子裡面，因此臉上還或多或少的掛著笑容，瘀青也沒那麼多，痠痲的四肢也很快恢復了。

「希望我永遠不要再聞到蘋果了！」菲力說：「我的桶子裡面全是那股味道，而且，同時你還無法動彈，肚子餓得發慌。現在不管是什麼東西，我都可以連吃好幾個小時，就是蘋果例外！」

在菲力和奇力的幫助之下，索林和比爾博終於找到了所有的同伴，並且將他們救了出來。可憐的胖龐伯不是睡著了，就是昏了過去。朵力、諾力、歐力、歐音和葛羅音都喝了不少的水，看起來半死不活。他們是被一個接一個地扛到岸上，渾身無力橫躺在那邊休息。

「哇！終於到了！」索林說：「我想我們該感謝巴金斯先生和天上星星的保佑。我想這是他所應得的，只是我私底下希望他能夠安排更舒服一點的旅程。即使如此，巴金斯先生，我們又再度欠你人情了。在我們吃飽喝足之後，相信我們會更感激你的。接下來該怎麼辦？」

「我建議去長湖鎮，」比爾博說：「不然還能怎麼辦？」

的確，除此之外也沒有別的選擇了。因此，索林、菲力、奇力和比爾博就沿著河岸走到大橋邊。橋頭有安排守衛，但他們其實相當的鬆懈，因為已經有好一段時間沒有機會讓他們施展身手。除了偶爾有關運輸費的爭議之外，他們和木精靈其實算是盟友。其他的人類都居住在很遠的地方，鎮上有些年輕人根本不相信山中有惡龍，甚至會嘲笑那些聲稱年輕時看過惡龍飛翔的老傢伙。難怪守衛們會忙著在小屋內烤火喝酒，根本沒聽見矮人上岸和四人靠近的聲音。當他們發現索林·橡木盾走進門內來的時候，守衛們更是露出驚駭莫名的表情。

「你們是誰，想要幹什麼？」他們立刻跳了起來，伸手去拿武器。

「我是索爾之子索恩之子索林，山下之王！」矮人大聲地說。雖然他衣著破爛，但他的氣勢依舊讓人信服。他的腰間和脖子上都掛著閃耀的黃金，雙眼幽黑深邃。「我回來了。我希望能見見你們的鎮長！」

一時間眾人都變得非常興奮，有些比較笨的傢伙立刻跑出屋外，似乎以為山中馬上會流出黃金、湖泊會立刻化為金色。守衛的隊長走了過來。

「這幾位是？」他指著菲力、奇力和比爾博問道。

「是我的外甥們，」索林回答：「菲力和奇力是都靈的子民，巴金斯先生是和我們一起從西方來的夥伴。」

「如果你們是為了和平的目的而來，請放下武器！」隊長說。

「我們根本沒有武器。」索林回答。這也是真的，他們的小刀都被木精靈收走了。連那把獸咬劍也不例外。比爾博的短劍則是像平常一樣藏在衣服底下，他也不準備多說什麼。「如同預言一般，我們是回到自己的土地，不需要武器，我們也沒辦法和這麼多人為敵。帶我們去見你們的首領！」

「他正在用餐，」隊長說。

「那你們就更該帶我們去找他了！」菲力對於這一切已經覺得不耐煩了。「我們在經歷了許多磨難之後已經又餓又累，夥伴也有受傷的。趕快帶我們過去，不要再浪費時間說話了，否則你們的首領追究起來，你就要負全責。」

「那就跟我來吧。」隊長帶著六名部下，護送著他們走過大橋和鎮門，來到市集所在的地方。這是圈被城鎮所包圍的寧靜水面，附近建造著許多高大的屋子，還有許多階梯通往中間的水面。其中一棟大屋內傳來喧鬧的聲音和溫暖的火光。他們通過大門，眨著眼睛，看著裡面擠滿人群的景象。

「我是索爾之子索恩之子索林，山下之王！我回來了！」在隊長來得及開口之前，索林扯開嗓門大喊道。

全部的人都跳了起來。鎮長甚至差點從椅子上摔下來。但是，最驚訝的還是坐在大廳後端、划著木筏過來的精靈們。他們往前擠到鎮長的桌邊，急迫地說道：

「這些是從我們國王手中逃出來的犯人。四處騷擾我們同胞、在森林裡面鬼鬼祟祟的矮人逃犯，不會有什麼好意的！」

「這是真的嗎？」鎮長問道。事實上，鎮長自己也覺得這個說法比較真實。就算真的有什麼山下國王，眼前的人也讓他很難聯想在一起。

「在我們回到故鄉之前，我們的確是被精靈王國莫名其妙囚禁起來。」索林回答：「但是，沒有任何的牢房或是禁錮能夠阻止預言的實現。況且，這座城鎮也不是在木精靈的勢力範圍內。我要見的是長湖鎮的人類鎮長，而不是精靈國王管轄下的船夫。」

鎮長遲疑了，不安地打量著這兩派人。精靈王在這一帶擁有相當的勢力，鎮長不想貿然觸怒他；由於他是因精打細算、錙銖必較才爬上這個位置的，因此他也不太在乎什麼古代的傳說，但其他人就不一樣了，因此，這件事很快就定案了。消息如同野火一般地傳遍了整個城鎮，人們在大屋內和屋外興奮地大喊，到處都是慌張忙亂的腳步聲。有些人開始唱起了山下國王回歸的歌曲，是索爾的孫子而非索爾本人出現的事實，對他們一點也不構成困擾；其他人則是跟著唱了起來，歌詞在湖面上迴響著。

山脈下的國王，
雕刻岩石的王者，
銀色噴泉的君王，
終於再度回來了！

皇冠將再起，
豎琴將重修，
他的大廳將需整理，
歡樂歌兒唱不休！

山上樹木將重生。
陽光照綠草；
財富如泉湧

河中黃金絕不少。
河中將充滿笑語。
湖光將充滿希望，
哀傷憂愁不用懼，
全都交給山下王！

他們就這樣繼續的唱著，其中有許多歌詞就不在此贅述；除了人們的歌聲之外，其中也混雜著許多樂器演奏的聲音。事實上，連鎮中最老的爺爺，都沒有看過這樣的狂歡場景。木精靈也開始有了懷疑，甚至感覺到害怕，開始擔心國王犯了個大錯，當然，他們並不知道索林是逃出來的。至於鎮長嘛，他十分擅長見風轉舵，明白現在除了迎合大家的期望，假裝把索林當作是他聲稱的人之外別無他法，至少，眼前暫時只能這樣做。因此，他把座位讓給他，請菲力和奇力坐在旁邊的位子上，連比爾博都在主桌賺到了一個位置；由於歌曲中完全沒有提到他的出現，因此大夥七嘴八舌地詢問他。

很快的，其他的矮人就被抱了進來，加入這一場狂歡中。他們全都經過最好的醫治和照料，並且獲得了十分充足的休息，索林和夥伴們甚至獲得了一間大屋可以讓他們休養，許多船夫都聽他的號令行事。許多人群聚在外面整天歡唱，只要有矮人露出鼻尖，就立刻報以熱烈的歡呼。

有些歌曲十分的老舊，不過有些則是剛出爐的，裡面還描述著惡龍的死亡，以及牠的寶物從河上流入長湖鎮。這些歌曲都是鎮長出的主意，矮人聽了不大高興。不過，這時他們的生活還是相當令人滿意，眾人很快就恢復了之前的胖壯與精力充沛的樣子。事實上，在一個星期之內，他們就完全康復，重新穿起了鮮豔的衣服，步履中透露著自豪。索林看起來似乎已經收復了他的王國，惡龍史矛革也早被剁成碎片。

然後，矮人對於哈比人的好感與日俱增，他們不再抱怨和嘀咕，每次喝酒都會向他敬酒，他們會和他稱兄道弟，特別尊重他的一言一行；這下倒好，因為他這時的心情並不太妙。他並沒有忘記那座山脈和惡龍的影像，而且，他也經歷了一場重感冒。他打噴嚏、咳嗽了整整三天，之後才能夠出門見客。即使是在那之後，他在各處餐宴上受邀致詞時也僅限於「都謝大嗲」。

這時，木精靈們已經帶著貨物溯河而上，國王的宮殿裡也起了相當大的騷動，沒有人知道守衛隊長和總管後來到底怎樣了。當然，在矮人們還待在長湖鎮的時候，並沒有提到鑰匙或是桶子的事情，比爾博也十分小心不讓人知道隱形的祕密；不過，我想，大部分的人還是猜得出來。巴金斯先生所扮演的角色，在外人眼中還是相當神祕的。反正，國王已經知道了矮人們的任務，因此，他對自己說：

「好極了！我們走著瞧！沒有我的同意，他們別想把寶物運經幽暗密林。反正我也不看好他們，這些人活該！」總而言之，他根本不相信矮人可以和史矛革這樣的惡龍為敵而有任何勝算，他也懷疑這些人可能會用什麼偷雞摸狗的方式；這證明了他是個相當有智慧的精靈，至少比鎮上的人類聰明多了。其實他也不算正確，我們到最後就知道了。他派出了間諜在湖附近埋伏，甚至命令部下冒險靠近山脈附近，靜候事態的變化。

十天之後，索林開始考慮要離開這裡了。雖然鎮中的狂熱還在持續，但也是他把握機會的時候了，如果熱情冷卻下來，一切就來不及了。因此，他和鎮長以及長老們詳談，說他和同伴們不久之後就必須前往孤山。

這是鎮長第一次感到驚訝，甚至恐懼，他這才相信索林真的是古代國王的後裔。他之前從來沒想過矮人真的會冒險接近史矛革，只認為他們是騙吃騙喝的傢伙，不久就會被拆穿。他錯了！索林真的是山下之王的後代，為了復仇和爭取屬於自己的利益，矮人們一向不惜一切代價。

但鎮長並不想要挽留他們，養他們很花錢，而他們只要待在這裡多一天，鎮上的假日就會多一天，也有理由繼續狂歡。「就讓他們去叨擾史矛革吧，看看牠會怎麼樣款待他們！」他想。「當然了，偉大的索爾之子索恩之子索林！」他最後回答道：「你們必須去找回屬於你們的東西，預言的時機已經到了，我們會盡力協助你們，相信你們在奪回王國之後，一定也會慷慨地對待我們。」

深秋的某一天，在冷風和落葉的陪伴下，三艘大船離開了長湖鎮，船上乘坐著矮人、巴金斯先生和船夫，其餘的空間則是裝滿了補給品。馬匹和小馬被人提前從陸路牽到指定的會合處，到時再交給他們。鎮長和長老們從通往湖中的階梯上向他們道別，人們在街道上和窗戶邊唱歌歡送他們。白色的大槳划動著，他們沿著湖泊往北而去，踏上了冒險的最後一個階段，唯一從頭到尾悶悶不樂的，只有比爾博。

第十一節 來到門口

兩天之內，他們就划出了長湖，來到了奔流河，這時已經可以看見孤山陰沉地聳立在眼前，水流十分強勁，他們的速度也相當的緩慢。到了第三天快結束的時候，他們在河西邊靠岸了，準備繼續行程，馬匹也在此地攜帶著必要的補給品和他們會合。他們盡其所能的將補給品打包，交給小馬運送，其他多餘的物資，則是搭了個帳棚謹慎收藏起來。在這麼靠近孤山的地方，鎮上的人類都不願意久留。

「在歌曲預言實現之前我們都不敢！」他們說。在這種荒涼的地方，他們還是比較相信惡龍的傳說，索林相對的就沒有那麼強的說服力了。事實上，他們的補給物資根本不需要有人看守，因為附近一片荒涼、毫無人煙。最後，他們的隨從就分別從陸路和水路離開了他們，即使是漸暗的夜色也無法阻止人類的歸心。

一行人度過了孤獨、寒冷的一夜，士氣也跟著低落下來。第二天，他們再度出發，巴林和比爾博走在最後面，每個人都牽著一匹負責馱運沉重行李的小馬。其他人則是在前面開路，因為這一帶根本沒有任何的道路。他們向西北前進，稍稍離開奔流河，越來越靠近孤山的其中一個支脈。

此行相當累人，他們也不敢貿然交談或是輕舉妄動。沒有笑語、沒有歌曲，在這一片靜默中，古代歌曲所激起的雄心壯志也慢慢地冷卻了。他們知道旅程的終點已經快到了，而這可能是非常恐怖的終點。眼前的大地變得越來越荒涼，索林告訴他們，這裡曾經一度是個翠綠、生機盎然的地方。這裡草木不生，不管是灌木或是喬木都無法在此地存活，唯一留下的只有斷折焦黑的樹樁，述說著許久以前的美景。他們已經來到了惡龍所造成的荒廢之地，此時又正好是萬物凋落的季節。

他們一路上毫不受阻礙地來到了山腳下，除了惡龍所造成死氣沉沉的大地之外，也沒有任何牠的蹤跡。孤山陰沉地矗立著，看來比以往更高大、更驚人。他們在南方支脈的西邊紮營，支脈的盡頭是個叫做烏丘的地方，這裡有座古老的瞭望塔，但眾人不敢冒險攀登，因為這會暴露他們的行蹤。

他們開始於孤山西邊搜索一切希望所寄的密門之前，索林派人出去偵察正門所在的南邊，他選了巴林、奇力和菲力，比爾博也跟著一起去了。他們一路走到灰色沉寂的烏丘之下，奔流河在那裡繞了個大圈，穿過河谷鎮，繼續往長湖流去。河水十分的湍急喧鬧，河岸邊光禿禿的，只有許多高聳的陡峭岩石俯瞰著河流。穿過這白沫四濺的激流，他們看見在山脈陰影底下的山谷，其中有著許多古代房屋、高樓和城牆的廢墟。

「這就是谷地的河谷鎮遺跡，」巴林說：「在警鐘響起的時候，這裡原是一片滿山遍野的翠綠，鎮上十分繁榮。」當他描述著這一切的時候，看起來十分的傷悲，神情凝重。當年他和索林一起目睹惡龍降臨的慘劇。

他們不敢繼續沿著河往大門走，但他們走到了南方支脈的邊緣；最後，一行人躲在岩石後面，可以清楚地看見兩座支脈之間黑沉沉的洞穴入口。奔流河的河水從中流出，同時，還有蒸氣和黑煙裊裊往外飄。除了蒸氣和水流之外，沒有任何移動的事物，唯一打斷這不祥景象的是來回飛翔的烏鴉，唯一破壞這靜默的，則是流水撞擊岩石的聲音和鳥兒的沙啞鳴叫聲。巴林打了個寒顫。

「我們趕快回頭吧！」他說：「我們在這邊也沒有什麼用！我不喜歡這些黑鳥，他們看起來像是邪惡的間諜。」

「那麼，從黑煙看來，惡龍似乎還活在山脈底下。」哈比人說。

「這可不是什麼鐵證哪，」巴林說：「不過，我也認為你是對的；牠可能暫時離開了，或者是躲在山邊偷看著。反正不管怎麼樣，牠的門內都一定會冒出這種黑煙和蒸氣，我想裡面的大廳一定也充滿了牠的臭氣。」

在這種悶悶不樂的狀況下，他們一路被烏鴉的聲音緊追不捨，疲憊地回到了營區。在六月，他們還是愛隆居所的座上賓，到了深秋，那時愉快的景象卻彷彿是多年以前的舊事了。他們孤立無援地身處在荒野中，雖然這是他們最後一段旅程，但看起來與終點的距離卻是如此遙遠，大夥的士氣頓時跌落到谷底。

相當意外的是，巴金斯先生的心情卻比其他人好多了。他經常會向索林借來地圖，思索著關於上面的符文和愛隆所說的月之文字所記載的謎團。是在他的堅持下，矮人們才開始冒險搜索西坡，找尋密門。於是他們把營地搬到了一個狹長的山谷中，這裡遠比南方的河谷要狹窄多了，整個地區都深陷在山脈的包圍之中，兩條支脈從這裡伸出，往西延伸插入平原中。惡龍的足跡在這裡更為少見，甚至還有一些青草可以供小馬嚼食。這個營地整天都在懸崖陰影籠罩之下，只有太陽西下的時候才會被陽光所照亮；他們就從這

裡一次又一次地結隊搜尋山邊。如果地圖是正確的，在山谷出口處的懸崖上方某處，一定就是那密門的所在位置。日復一日，他們還是空手而回，毫無進展。

最後，他們卻意外地發現了目標。菲力、奇力和比爾博有一天從山谷那邊回來，在南邊試圖越過一堆碎石；大概在中午的時候，比爾博在繞過一座看起來像孤柱的巨岩時，發現了有一道往上的簡陋階梯。他和矮人們興奮地往上走，又再找到了一條狹窄小道的痕跡；由於年久失修，他們一路上找找停停，最後終於來到了南方支脈的邊緣，轉上了另一個更狹窄的、朝北橫越過孤山的山脊。他們往下看去，發現自己正在谷口的懸崖頂端，正好俯瞰著自己的營地。他們小心翼翼地靠著右邊的山壁，一個接一個往前走，最後山壁消失，他們才來到一個遍地青草，鴉雀無聲的山坳。由於這個山坳的入口高高在上，因此從底下根本完全看不見，從更遠的地方看起來也只會像是一個黑暗的裂隙。這不是洞穴，是個露天的空間，但在它的另外一邊則是一面山壁，在靠近地面之處看來十分平整光滑，似乎經過巧匠之手，但上面卻沒有其他雕琢的痕跡。那裡也沒有任何門柱、門樞或是鑰匙孔、門把的裝置，但他們很肯定這次終於找到了入口。

他們敲打著山壁、又推又拉，試著讓它移動，念誦著片段的開門咒語；一切卻毫無變化。最後，他們才筋疲力竭地坐在草地上休息，在天色漸暗的時候只好打道回府。

當天晚上大家都很興奮，到了早上，全部的人都做好了再度遷移的準備，只有波佛和龐伯被留在營區，看管小馬和眾人帶來的補給品。其他的人則是沿著山谷往上走，順著新發現的小徑來到那狹窄的山脊。由於這裡的地形極為險峻，一邊是一百五十呎的峭壁，在這山脊上他們根本無法攜帶任何的背包；但，他們帶了相當長度的安全繩綁在腰際，最後安全地來到了長滿青草的山坳。

他們在那邊搭了第三個營地，利用繩子從底下將需要的補給品拉上來。他們可以用同樣的方法將力氣比較大的矮人（像是奇力）送下去，了解底下的狀況，或者是分擔下面的守衛工作，波佛則是被拉到上面的營地。不管是用繩子或是爬山，龐伯都不願意爬上來。

「我太胖了，不適合進行這種飛簷走壁的工作。」他說：「我會頭暈，然後就會絆到自己的鬍子，然後你們又會變成只有十三個人了。這些打了很多結的繩子也太細，不適合讓我來用。」他運氣不錯，等下你們就會知道，這其實還是撐得住他的重量。

在此同時，有些人已經開始摸索這塊空地，發現有條小徑通往更高的山區；但他們不敢再往更高的地方走，就算去了那邊也沒有多大的用處。在這塊高地上萬籟俱寂，鳥雀也跟著沉默，只有風吹過山隙的聲音。他們壓低聲音說話，不敢大聲交談，因為危機似乎潛伏在每一個角落。其他忙著檢查密門的人一點進展也沒有。他們太過急迫，根本忘記了符文或是月之文字的記載，只是在那塊平滑的山壁上不停地推敲。大夥從長湖鎮帶來了各式各樣的工具，一開始他們先試著利用這些東西，但在用力敲挖之下不是握把斷折，就是鋼鐵的尖端像是鉛一樣的扭曲變形。很明顯的，採礦工具並不足以對付封印密門的魔法，而且，他們也開始對這裡的回聲感到十分擔心。

比爾博坐在門口，覺得十分孤單和疲倦。當然，這裡並沒有什麼台階或是門檻之類的東西，只是他們都習慣把山壁和山坳入口之間的草地叫做「門口」。當他們第一次拜訪比爾博的時候，還記得他叫他們在想到好點子之前可以先去門口坐坐，因此，他們就打趣的將這裡改了個名字。他們的確在這邊沉思了很長時間，或是漫無目的四處遊蕩，大夥的心情越來越低落。

當他們發現小徑的時候，士氣的確有所提升，但現在又跌落到谷底了。不過，他們依舊不肯輕易放棄。哈比人也不再興致勃勃，他經常會什麼事也不做，就是靠著山壁，凝視著幽暗密林，望著遠方的天空。有時，他會覺得自己可以看見遙遠的迷霧山脈。如果矮人們問他在幹什麼，他會回答：

「你們說坐在門口想辦法和進到洞穴裡面是我的工作，因此我正坐在這裡想辦法！」不過，恐怕在他腦中的並非是眼前的工作，而是在地平線彼端的西方大陸，以及他家所在那座小丘和位於其下的哈比人洞穴。

在草地的正中央有一塊很大的黑色石頭，他會悶悶不樂地一直瞪著那石頭，或是看著大蝸牛到處爬。這些大蝸牛似乎很喜歡這個三面封閉的山坳和冰冷的岩石，光是在這個地方就有很多大蝸牛慢吞吞地四處爬。

「明天就是秋天的最後一週了，」某一天索林說。

「秋天之後就是冬天了，」畢佛說。

「然後就是明年了，」德瓦林說：「我們的鬍子會越來越長，在這裡有任何變化之前，可能都長到山底下去了。我們的飛賊有幫上任何忙嗎？既然他手上有那個隱形戒指，現在應該正好可以派上用場。我認為他應該從正門進去，替我們打探一下狀況！」

比爾博聽見了，矮人正好就在他頭上的岩石邊討論。「天哪！」他想道：「原來這些人心裡面想的是這樣啊？自從巫師離開之後，每次都要靠我才能夠解決問題，我能怎麼辦？我看最後搞不好我會遇上最悲慘的結局。我不認為我能夠忍受再看到那個古老殘破的河谷鎮了，更別提那個冒蒸氣的大門！」

那天晚上，他覺得非常的不爽，翻來覆去就是睡不著。第二天，矮人全都四散去打發時間去了；有些人下去遛馬，有些則是在附近亂逛。比爾博整天都坐在那邊鬱悶地看著草地上的石頭，或從狹窄的山口往西望。「或許巫師今天會突然出現也說不定。」他想。

如果他抬起頭來，就會看見遠方的森林，當太陽西沉的時候，在森林的頂端泛起一片金光，彷彿太陽照射在森林中金黃的樹葉上。很快的，他就可以看見橘色的火球落向地平線。他走到山坳的入口，可以看見一輪新月出現在地平面上。

就在那一刻，他聽見身後傳來一陣喀噠聲。有隻巨大的黑鳥站在草地上的大石上，牠黃色的胸口點綴著幾個黑點。喀噠！牠抓到了一隻蝸牛，正在岩石上試圖敲破牠的殼。喀噠！

喀噠！

比爾博突然間明白了。他忘記了所有的危險，站在山脊上大喊大叫，拚命揮手，通知矮人們快回來。最靠近的人立刻小心翼翼地沿著狹窄的山脊奔來，心中懷疑有什麼重要的事情，其他人則是大喊著上面的矮人拉繩把他們吊上來。（唯一例外的是龐伯：他睡著了。）

比爾博很快地對眾人解釋，而他們一言不發地看著。哈比人靜靜地站在灰岩旁邊，矮人們的鬍子晃來晃去，不耐煩地繼續看著。太陽越落越低，他們的希望之火也跟著熄滅，最後，它化成火紅的彩霞就這麼消失了。矮人開始抱怨，但比爾博依舊動也不動地站著。新月剛脫離地平線，夜色正要降臨。突然間，正當他們最灰心的時候，最後一道陽光穿破雲層，像是手指一樣地落在光滑的岩石牆面上。之前一直側著頭棲息在旁邊觀察的黑鳥，也發出了淒厲的叫聲。眾人都聽見了十分清楚的喀啦聲——山壁上落下了一片薄岩，在距離地面三呎的地方突然出現了一個小洞。

矮人們擔心這機會稍縱即逝，紛紛衝向前去推著大門，然而卻一點用也沒有。

「鑰匙！鑰匙！」比爾博大喊著：「索林在哪裡？」索林急忙跑過來。

「鑰匙！」比爾博大吼道：「那把和那張地圖在一起的鑰匙！趕快把握機會試試！」

索林走上前，從脖子上掏出鑰匙，他將它插入洞中。鑰匙配合得天衣無縫，也跟著轉動了起來！喀噠！光線消失了，太陽落下，月亮也不見了，夜色籠罩大地。

這時，眾人一起出力推動大門，岩壁的一部分鬆動，狹長的縫隙出現了，並且逐漸擴大中。看得出來有一扇五呎高，三呎寬的大門，它緩緩、無聲地往內敞開。看起來，黑暗彷彿蒸氣一般從山壁上的黑洞往外流，在他們的眼前是一個伸手不見五指的漆黑洞穴，直通入孤山深處。

第十二節　內線消息

矮人們站在黑暗的洞口爭辯了很久，最後，索林才開口道：

「現在，我們必須承認，功績卓著的巴金斯先生，是我們這漫長旅程中最值得信任的夥伴；身為哈比人，他擁有外人意想不到的勇氣和智慧。除此之外，請容我多嘴，他還擁有超乎常人的好運。這一刻，該是他執行加入我們隊伍唯一目標的時候了，是該他賺取他的那一份報酬的時候了！」

你們都很明白，索林在面對重要時刻的囉嗦態度，因此雖然他又囉哩囉嗦說了一大串，但我就到此為止。這的確是很重要的一

刻，比爾博覺得很不耐煩，經過這麼長時間的相處，他已經很了解索林的性格，他知道這傢伙最後要說什麼。

「喔，索恩之子索林．橡木盾，如果你的意思是說你覺得我該先進這個密道，」他插嘴道：「請你說清楚好吧！我可能會拒絕的。你們已經被我救了兩次，這可不在原先的契約規定裡面，因此，我認為我已經賺到了部分的報酬；不過，我老爸常說，『事不過三』，我也覺得我不應該拒絕。或許，我對於自己的好運已經比過去要更信任了些！」他的意思是說，在離開他的住所之前；但這似乎已經是好幾世紀以前的事情了，「但我還是認為應該趕快去看看，把事情結束。誰要和我一起去？」

他本來就不預期會有很多人自願，因此他也沒有多失望。菲力和奇力看起來十分不安，其他的人連虛晃一招都不願意。唯一的例外是專責站崗的巴林，他對比爾博相當有好感，因此，他願意先走進去一段距離，如果有必要的話，他會求援的。

矮人的狀況大概是這樣的：他們準備付給比爾博一大筆錢來換取他的服務，因為他來這邊的目的，就是替他們執行特別危險的任務，因此，這個小傢伙願意自告奮勇當然是最好的。不過，如果他遇上麻煩，大夥也會盡全力幫他脫困的；就像一開始，他們對他的印象還不是很好的時候，他們依然會去食人妖身邊救他一樣。矮人不是什麼一馬當先的英雄，而是那種步步算計、十分在乎金錢的種族。他們有些真的相當狡猾，是很壞的傢伙，有些則是像索林及其同伴一樣算是誠實討生活的普通人，可是，你不能對他們有太高的期望。

當哈比人開始爬進洞穴中的時候，天空中已經開始出現了星辰。進去比他想的簡單多了。這不是半獸人的洞穴，也不是木精靈的粗陋隧道，這是在矮人全盛時期建造的通道，筆直得像用尺量過一樣，地板平坦，牆壁光滑，連坡度都是一開始就計算妥當的，沒有絲毫的改變。不過，它通往什麼樣黑暗的地方，則是沒人知道。

過了一陣子之後，巴林對比爾博說「祝好運！」就在可以依稀看見入口處的地方停了下來。在這裡，他靠著洞穴的回音，還可以聽見外面人的對話。接著，哈比人戴上戒指，在知道洞穴會有回音的效果之後，他更加小心地往裡面無聲無息前進。他害怕得渾身發抖，但小臉則是露出堅毅的表情，他已經和一開始那個忘記帶手帕就衝出家門的哈比人判若兩人，他已有很久沒用手帕了。他鬆開腰間的匕首、勒緊腰帶，繼續往前進。

「比爾博．巴金斯，你這次終於到了目的地！」他對自己說：「那天晚上，你自己一腳踏入了這個冒險，你現在就得要想辦法把自己的腳拔出來！天哪！我真是個大傻瓜！」他身體裡面圖克血統最稀薄的那部分說話了：「惡龍守護的寶藏對我來說一點用都沒有，它們可以繼續永遠擺在那裡；我真希望我能夠醒過來，發現這個隧道就是自己家，該多好！」

當然，他並沒有醒過來，還是繼續地往前走，直到最後連門的影子都看不到為止。他陷入了完全孤單的處境中。很快的，他就開始覺得這裡越來越暖和了。「眼前是不是有什麼光芒？」他想。

的確有。當他越來越靠近的時候，光芒變得越來越強，也才讓他變得比較確定。那是種越變越紅的光芒，而且隧道裡面也變得更溫暖。一縷一縷的蒸氣從他身邊飄過，讓他全身開始冒汗，一個聲音也開始在他的耳中躍動，聽起來像是鍋子裡面什麼東西在沸騰冒泡的聲音，同時還有一種類似大貓低吼的聲音。後來，這聲音慢慢變成了某種巨大怪物在紅光中睡覺打呼的鼾聲，就在他前面不遠的地方。

比爾博在這個時候停了下來，要往下繼續走，可說是他這輩子做過最勇敢的事情。之後所發生的任何可歌可泣的事情都無法和它相比。真正最艱苦的戰爭，是他在隧道中孤單一人，甚至連怪物都沒看見的時候所發生的。在經過一段時間的天人交戰之後，他決心繼續走下去。你們可以想像，一名矮小的哈比人走到隧道的盡頭，來到一個和入口差不多大小的開口處，將他的小腦袋伸了出去，在他眼前是古代矮人在山中所挖掘洞穴的最底部。這裡一片漆黑，比爾博只能猜測這裡有多麼寬廣；但是，在地板的正中央則是有著刺眼的紅光——那是惡龍史矛革所發出的光芒！

那隻巨大的金紅龍就這麼躺在那邊，不受打攪地沉睡著。從牠的利齒和鼻孔中冒出一縷縷的黑煙，在牠睡眠的時候腹中的火焰並不是那麼的旺盛。在牠的四肢和尾巴之下，以及整個洞穴中，全都裝滿了各種各樣的金銀珠寶，有尚未鑄造的黃金和寶石，以及經過精工雕琢的藝術品，這些寶物全都沾染著一層鮮紅色的奇異光芒。

史矛革的雙翼收攏，像是極巨大的蝙蝠一樣躺在地上。牠側睡著，比爾博也因此可以看見牠蒼白的肚子壓在價值連城的睡床上。由於牠長期把肚子壓在這些財寶上，許多的寶石和黃金都卡在牠的肚皮上。在史矛革身後的牆壁上，哈比人依稀可以看見鎖子甲、頭盔、斧頭、刀槍劍戟等掛在牆上；在同一個地方，還有許多大甕裝著難以計數的寶物。

如果說比爾博忘記了呼吸，其實還不算過分，在世界美好之時人類從精靈學來的語言中，根本沒有任何語言可以描述他的激動。比爾博聽過所有歌頌惡龍財寶的歌曲，但這輝煌閃耀、這誘惑，這富可敵國的金銀珠寶，完全超越了他的想像！他的心中充滿了和矮人同樣的飢渴，他動也不動地看著這些價值無法估計的寶物，完全忘記了那恐怖的守衛。

他呆了幾乎有一世紀那麼久，最後，他不由自主地從陰影中跑了出來，越過地面，來到最靠近的寶山。惡龍仍舊沉睡著，但在睡夢中看來依然無比凶猛。他拿起了一個沉重的金杯，幾乎是他所能負擔的極限，同時害怕地往上看了一眼。史矛革的翅膀動了動，抬起了一隻爪子，鼾聲的節奏也跟著改變了。

比爾博飛奔而逃，但惡龍並沒有醒過來，時候還沒到。牠只是換了另一個充滿貪婪和暴力的夢境。哈比人則是緊張萬分地跑回那狹長的隧道，他的心臟撲通撲通地跳著，雙腿顫抖得比之前前進時更加厲害，但是，他依舊緊抓著金杯不放，腦中唯一的念頭就是：「我做到了！他們等下就知道了。『不像飛賊，還比較像雜貨店老闆。』哼！看他們以後還敢不敢說。」

的確，他以後就再也沒有聽到這種說法了。巴林喜出望外地看到哈比人安全活著回來，同時也感到非常驚訝，他抱起比爾博，飛快地跑到外面。這還是半夜，雲霧遮蔽了星辰，比爾博閉著眼躺在地上大口地享受新鮮空氣。他幾乎沒有注意到矮人們的興奮反應，或是他們如何稱讚自己，拍著他的肩膀，答應要讓矮人全家、全族的好幾代都聽候他差遣。

矮人們正輪流遞著這金杯，彼此七嘴八舌地討論著眼前的狀況；突然間山中傳來了隆隆的低吼聲，彷彿有哪個古老的火山甦醒了一般。他們身後的秘門滑關到只剩一個小縫，被石頭擋住了而沒整個關起來。但是，透過隧道傳來的可怕回聲，他們還是可以聽見地底深處傳來讓大地也為之震動的驚人翻騰聲。

這時，矮人完全忘記了不久之前的興奮吹噓和自信，紛紛害怕地趴在地上。史矛革依舊是個不可小看的對手，如果你住在惡龍附近，忘記把牠估算在計畫內，會是個致命的危機。惡龍們或許不太需要寶藏，但是牠們連一分一毫都計算得清清楚楚。如果這些寶藏已在牠管轄下很多年後更是如此，史矛革也不例外。牠剛剛作了個噩夢（夢裡有個身材矮小的戰士，雖然不起眼，卻有把寶劍和滿腔的勇氣，這讓牠覺得十分不悅），這讓牠陷入半夢半醒之間，隨即又醒了過來。空氣中有股怪味，會不會是從那個小洞飄過來的呢？雖然那個洞很小，但牠以前一直不太喜歡那個洞穴，為什麼以前一直忘記把這個洞堵起來？近來，牠經常覺得自己從那個小洞中聽到什麼敲打的聲音。牠伸長脖子，準備活動一下僵硬的身體。然後，牠發現金杯不見了！

小偷！失火了！殺人啦！自從牠來到這座山脈之後，這種事情從沒發生過。牠的怒火超乎想像，就像是某個擁有無比財富的有錢人，突然間發現少了一樣寶物，即使那樣東西對牠來說毫無用處。牠開始吐出高溫的火焰，整個大廳冒出濃煙，山脈也為之動搖。牠徒勞無功地想把腦袋擠進那洞穴中，然後牠將身體蜷曲起來，在地底發出如雷般的暴吼。牠從幽深的地洞沿著龐大的隧道鑽了出來，離開山中的宮殿，朝向大門而去。

這時惡龍腦中唯一的念頭只有翻遍整座山，把這個該死的小賊找出來！牠從大門衝出，流水瞬間全都化成了蒸氣，牠振翅躍上空中，在雲端間盤旋，用鮮紅和翠綠的致命火焰吞沒了半邊山坡。矮人們聽見牠鼓翼的聲音，立刻躲進山坳中的岩石下，希望能夠閃過巨龍憤怒的眼神。

如果不是因為比爾博再度出馬，他們可能全都被燒死在那邊。「快！快！」他大喊著。「進門！往隧道走！在這邊沒用。」

聽見比爾博的叫聲，他們才如同大夢初醒一般鑽進隧道中。這時，畢佛又驚呼一聲道：「我的表親們！龐伯和波佛，我們都忘記他們了，他們還在山谷裡！」

「他們和我們的小馬、補給品都會被燒光的，」其他的人哀嚎道：「我們什麼也不能做！」

「胡說八道！」索林終於恢復了尊嚴：「我們不能拋棄他們，巴金斯先生和巴林先進去，還有奇力和菲力——不能讓惡龍把我們一次全殺光。其他人，繩子到哪裡去了？動作快！」

這短短的幾分鐘，可能是他們所遭遇過最慘的狀況，史矛革憤怒的吼聲在山谷中迴響，牠隨時都有可能吐著烈焰衝下來，或是在天空中發現他們攀著繩子，掛在山脊上。波佛爬了上來，大家還沒遇到什麼危險；龐伯氣喘吁吁地往上爬，繩子發出喀吱喀吱的怪響，惡龍還是沒發現他們。接著，他們又運上了一些工具和行李，危險此刻朝著他們直撲而來。

他們聽見了急促的風聲，一道紅光照射在岩石上——惡龍來了。

當史矛革一路用烈焰燒灼著山壁，從北邊飛過來的時候，他們只有幾秒鐘的時間拖著所有的行李衝進洞穴中。牠巨大的翅膀發出颶風般的響

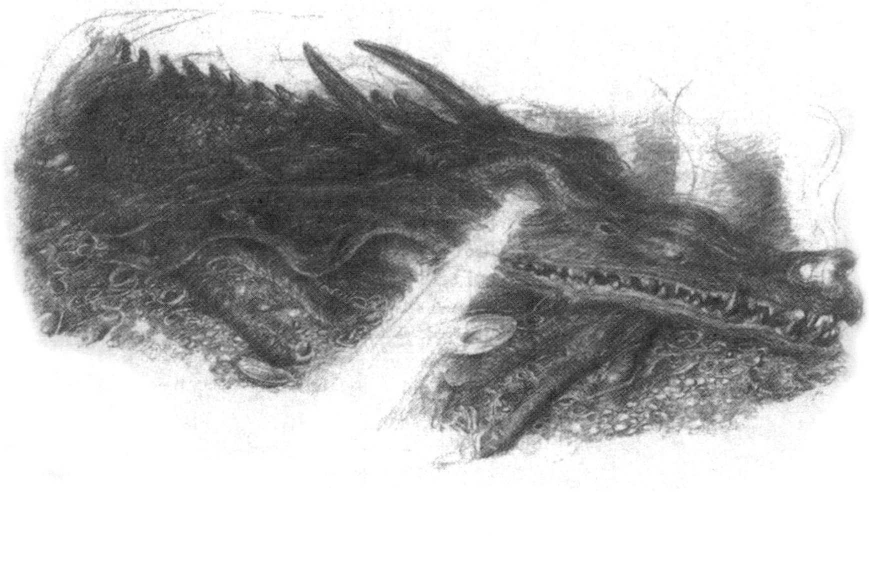

聲，熱風烤焦了門前的草地，穿透了密門留下的縫隙，讓裡面的人也都覺得灼熱不堪。火焰四處飛竄，連那塊黑石都不住震動。當牠飛過上空的時候，黑暗籠罩了眾人，小馬恐懼地嘶鳴，掙脫了繩索四下亂跑；惡龍俯衝而下追獵牠們，後者就這麼消失了。

「我們可憐的小馬完蛋了！」索林說：「只要一被史矛革發現，什麼都逃不掉。除非有人想要冒險在史矛革的監視下走回河邊去，否則我們就必須繼續躲在這邊！」

這讓人光想到就害怕！他們又更往隧道裡面躲，雖然裡面相當的溫暖，但很多人還是不由自主地打顫；最後，蒼白的曙光從裂縫中照了進來。他們時時刻刻都可以聽見惡龍的吼聲漸漸靠近，又漸漸遠去的聲音，史矛革很明顯正繞著孤山獵捕小偷。

牠從那些小馬和紮營的痕跡中推測，這些人是沿河而上爬到了小馬駐足的地方，但牠的眼睛還是找不到密門的所在，山坳也依舊沒有受到牠烈火的攻擊。牠白費力氣地搜尋了很久，在怒氣漸息之後，略帶疲倦地回到洞穴中睡覺，恢復力氣。牠絕不會原諒偷竊的行為，即使數千年過去，自己變成石頭，牠也不會輕饒對方；但是，牠可以等。牠慢慢地、悄悄地爬回洞中，半閉上眼睛。

在晨光降臨之後，矮人們的恐懼漸漸消失，他們這會兒明白，要對付這樣的守衛，類似的危險是不可避免的，就算現在放棄也沒有多大用處。索林指出，他們現在也逃不出去，他們的小馬不是逃掉，就是被殺掉了。在史矛革放鬆戒心之前，他們得要等上好久才能小心地走路回去；幸好，他們還搶救出了一些食糧，可以再多挨一陣子。

有關於接下來該做什麼，他們爭論了很久，卻完全想不出要怎麼樣除掉史矛革。比爾博忍不住指出，這自始至終就是他們計畫中的一大盲點。由於他們已經陷入完全的絕望，因此矮人的天性讓他們開始對比爾博抱怨，當初他們十分讚許那偷取金杯的行為，現在卻成了激怒史矛革的十惡不赦的罪行。

「不然你們以為飛賊能幹什麼？」比爾博生氣地反問：「殺死惡龍是戰士的工作，我的責任只是偷走寶物，這算是個好的開始。難道你們以為，我可以背著索爾的所有寶物就這麼走回來？如果有人要抱怨，也比不上我有資格。你們應該帶來五百個飛賊，而不是只有我一個！我知道你對於祖父的寶藏很驕傲，但你從來沒試著對我解釋過那究竟有多少，就算我長大五十倍、而且史矛革跟小兔子一樣和藹可親，我也得花上一百年才搬得完。」

在那之後，矮人們拉下臉來請求他原諒。「巴金斯先生，那你建議我們該怎麼做？」索林禮貌周到地問道。

「如果你是指運走寶物，我現在還不太確定，這很明顯的必須要靠我們的好運，同時還必須除掉史矛革。我這輩子完全沒有除掉惡龍的經驗，但我可以想想辦法。以我個人的看法，我覺得這一點希望也沒有，我只希望自己是安安全全地待在家裡。」

「別管那麼多了！今天，現在我們該做什麼？」

「好吧，如果你們真心想聽我的建議，我認為我們應該什麼也不做，就待在這裡。白天的時候，我們應該可以安全地偷溜出去，呼吸新鮮空氣，或許過不了多久，我們就可以派一兩個人冒險到河邊補充食糧。不過，在這段時間中，我建議大家晚上最好都乖乖地待在洞穴裡面。我不妨再給大家一個提議：今天中午我會戴上戒指，下去看看，如果史矛革還在打盹，那麼我會想辦法看看牠準備怎麼做，或許我們可以知道些什麼。我老爹常說，『每隻蟲都有弱點，』不過，我很確定這不是他的親身體驗。」

很自然的，矮人們高興的接受了比爾博的提議，他們已經開始尊敬起這個小比爾博了，他現在已經真正成為這次冒險的領隊，開始有了自己的點子和計畫。到了中午，他準備好再度進入山中，當然，他並不喜歡這種冒險，不過，在他已經確定眼前有些什麼之後，就不會再像以前一樣必須面對未知的恐懼。如果他對惡龍的智慧和狡猾程度夠了解的話，他可能就不會這麼放心，天真地以為史矛革會不設防地睡午覺。

當他出發的時候，外面的太陽依舊燦爛，隧道中卻黑暗的如同深夜一般。他走不了多遠，外界的一線陽光就完全消失了。他的行動無聲無息，幾乎連在風中飄蕩的煙霧都無法相提並論，當他越來越靠近另一個出口的時候，他也禁不住對自己感到自豪，下面只有非常微弱的光芒。

「老史矛革一定很累，睡著了，」他想：「牠看不見我，也聽不見我。比爾博，打起精神來！」他若不是忘記就是沒聽過惡龍也有十分敏銳的嗅覺。事實上，當牠們起疑心的時候，甚至可以半閉著眼睛睡覺。

當比爾博從入口往內瞧的時候，史矛革看起來的確像是睡死了，牠幾乎沒有發出任何的鼾聲，鼻孔間也只有極為稀薄的煙霧。當他正準備踏出去的時候，他突然間注意到史矛革左眼的眼皮下透露出一絲紅光——牠在裝睡！牠在注意著洞穴的入口！比爾博急急忙忙地退了回來，感謝戒指帶來的好運。然後，史矛革開口了。

「聽著，小偷！我聞到了你，可以感覺到你的味道。我聽見了你的呼吸。來吧！儘管拿，有很多可以隨你拿！」

比爾博對惡龍的了解還沒有淺薄到這個地步，如果史矛革希望用這種方法騙他下來，那麼牠只有失望了。「不，謝啦，大尾的史矛革先生！」他回答道：「我來這邊不是拿禮物的，我只是想來看看你，證明一下你是否如同傳說中的一樣偉大，我實在不相信傳說裡面的描述。」

「那現在呢？」惡龍有些受寵若驚地說，但牠也不會笨到相信對方說的任何話。

「喔，兇獸中最偉大最尊貴的史矛革大人，那些歌曲和傳說根本不及真相的萬分之一啊！」比爾博回答道。

「以一個小偷和騙子來說，你倒滿有禮貌的！」惡龍說：「你似乎對我很熟悉，但我以前沒有聞過你的味道，請容我詢問你的來歷和名號，可以嗎？」

「你當然可以囉！我是從山下來的，我的道路穿過山脈，越過山丘。我還會在空中飛翔，我是來無影去無蹤的神祕人。」

「我相信，」史矛革說：「但這恐怕不是你平常用的名號吧！」

「我是調查者、切斷蛛網的人、帶有尖刺的蒼蠅，我獲選是為了湊足幸運數字。」

「這名字真可愛！」惡龍輕蔑地說：「但幸運數字不見得每次都管用。」

「我是將朋友活埋、丟進水裡，又讓他們從水中活生生離開的人；我是從袋子的底端來的，但從來沒被袋子套上過。」

「這聽起來不怎麼樣！」史矛革嘲諷道。

「我是熊之友、鷹之客，我是贏得戒指和持有好運的人，我也是騎桶的勇者。」比爾博覺得自己這種打啞謎的過程很好玩，因此繼續說下去。

「這好多了！」史矛革說：「不過，別讓你的想像力衝過頭了！」

這就是跟惡龍說話的方式，一般來說，如果你不想要說出你真正的名字（這是聰明的做法），也不想要無禮地直接拒絕牠們（這也非常的聰明），通常都必須這樣子說話。沒有任何的惡龍，可以拒絕打啞謎和浪費時間弄清楚啞謎內容的誘惑。史矛革對於比爾博所說的話有一大部分不明白（不過，由於你對於比爾博的冒險非常了解，所以我想你應該知道他指的是哪些歷險過程），這次牠認為自己已經了解得夠多了，因此開始在內心竊笑。

「我昨晚就猜到了！」牠竊笑著想：「這一定是湖上的人類，就是那些賣桶子的可憐傢伙弄出來的計策，不然我就是條蜥蜴了！我已經有好幾百年沒有去過那個地方了，這情況應該很快就會改變！」

「好極了，騎桶的勇者！」牠大聲說：「或許桶子是你坐騎的名字，或許不是，但牠確實足以讓我打打牙祭。或許你來無影去無蹤，但你絕對不可能徒步走過來。讓我告訴你吧，我昨天晚上吃了六隻小馬，過不了多久，我就會把其餘的都吃掉。為了回報你提供給我這頓飽餐，我願意給你一個忠告：千萬不要和矮人打交道！」

「矮人！」比爾博假裝十分驚訝地說。

「不要裝了！」史矛革說：「我很清楚矮人的味道，沒有人比我更在行。我如果吃了矮人騎過的小馬，我就一定會知道的！如果你老是和這些傢伙打交道，最後一定會很悽慘的。騎桶的小偷啊，我不介意你回去告訴他們，這是我說的。」不過，牠並沒有告訴比爾博其中有種味道是牠從未體驗過的——哈比人的味道；這讓牠十分擔憂，感到相當地驚懼不定。

「我想昨天晚上的那個金杯，讓你賺了不少吧？」牠繼續道：「說嘛，是不是？哈，原來什麼都沒有！哼，這就是他們的風格。我想他們一定是在外面安全地躲著，由你來做那危險的工作，趁我不注意的時候把東西偷拿走。這都是替他們賣命的，對吧？你會分到一大票？你還真的相信哪！你能夠保住狗命就要偷笑了！」

比爾博現在開始覺得很不安了，每當史矛革的眼睛搜尋著陰影，或是掃過他身體的時候，他就忍不住渾身發抖，有種難以想像的衝動會壓過他的理智，讓他想要衝出去，告訴史矛革真相。事實上，他已經陷入了被惡龍魔法攫住的危險邊緣，但他還是鼓起勇氣大聲說道：「喔，偉大的史矛革，你並不知道真相，單是黃金，並不足以收買我們。」

「哈！哈！你承認了是『我們』，」史矛革大笑著說：「幸運數字先生，為什麼你不就堂堂正正地說『我們十四個人』呢？我很高興知道，你們除了打我黃金的主意之外還有其他的任務，這樣子一來，或許你們不會讓時間全都浪費掉。」

「我不知道你是否曾經想過，就算你可以花上一百多年，一點一點的偷走我的黃金，你也跑不了多遠！躲在山邊一點用也沒有，躲在森林裡面就行嗎？哈哈哈，饒了我吧！你難道從來沒想過嗎？我想大概要十四個人分吧，契約多半是這樣寫的，對吧？運送的成本呢？車輛費用呢？武裝護衛和規費呢？」史矛革哈哈大笑。牠十分工於心計，擅長玩弄人心，牠知道自己猜得八九不離十。不過，牠懷疑在背後操縱一切的是長湖邊的人類，他們準備到時把一切的財寶，運送到在牠年輕時被稱作伊斯加的那個湖上聚落。

你可能很難相信，但可憐的比爾博真的被這些問題問得手忙腳亂。截至目前為止，他所有的心力全都集中在如何到達孤山，如何找到密門；他根本沒有花過任何時間考慮怎麼運走寶藏，當然更別提分給他的東西怎麼運回小丘下的袋底洞了。

他的心中開始起了疑心：這些矮人是否也忘記了這最重要的一點，還是他們從頭根本就計畫好了？這就是惡龍的話語對於缺乏經驗的人會有的影響力。比爾博的確是應該更小心一點，但史矛革的說服力強大得難以抗拒。

「我告訴你，」他試圖繼續相信自己的朋友，不讓自己洩氣：「黃金只是我們額外的收穫而已。我們跋山涉水，千里迢迢地來到這裡是為了復仇。喔，擁有無比財富的史矛革啊，你一定已經意識到在你如此偉大的成就之下，樹立了無數的敵人吧？」

史矛革發出真正的笑聲，這震耳欲聾的聲音讓比爾博摔倒在地上，遠處的矮人們嚇得抱在一起，開始幻想哈比人是否已經遭遇到不幸。

「復仇！」牠哼了一聲，眼中的紅光將整個廳堂籠罩在血紅色的光芒下。「復仇！山下國王已經死了那麼久，他的後代有誰膽敢復仇？河谷鎮的吉瑞安領主已經死了，我把他的子民當作點心來果腹，他的子子孫孫有哪一個人敢靠近我？我要殺就殺，要吃就吃，沒有人敢阻擋我。我殺死了古代萬夫莫敵的勇士，現在的戰士和他們相比不過是軟弱的老鼠。那時，我還年輕，心腸還很軟；現在，我已經擁有無數年月的智慧，和無比強大的力量。陰影中的小偷！」牠吹噓道：「我的鱗甲如同十層重疊的鋼盾，尖牙如同長劍，利爪如同槍戟，我的尾巴輕輕一揮，凡人就如遭雷擊，我的翅膀稍稍一搧，天地間就飛沙走石，我的呼吸就足以帶來死亡！」

「我從以前就知道，」比爾博害怕得聲音發抖：「惡龍的肉體其實很柔軟，特別是在那——呃——胸口的部分，不過，像是您這般刀槍不入的偉大生物，一定早已想到了這一點。」

惡龍突然停止了誇耀的喧嘩。「你的情報早已過時了，」牠惱怒地說：「我全身上下都是如鋼鐵般的鱗甲和寶石，沒有任何刀刃可以傷到我。」

「我早就該猜到了，」比爾博說：「上天下地，都找不到能夠和所向無敵的史矛革大王相比的敵手，誰能像您一樣穿著如此美麗的鑽石短外套呢！」

「是的，這的確是少見的寶物，」史矛革感到相當的自滿，牠並不知道哈比人之前已經看過了牠的前胸，這次他為了某種原因，想要再度確認一下。惡龍翻過身來。「你看！」牠說：「你覺得怎麼樣？」

「真是無比的耀眼！太完美了！毫無缺點！讓人瞠目結舌啊！」比爾博大聲地說，但他心裡其實想的是：「老蠢蛋！牠的左胸上有塊空隙，就像是殼破掉的蝸牛一樣脆弱！」

在確認了這一切之後，巴金斯先生只想要趕快溜走。「好吧，我想我不能夠再打攪大人您的休息了，」他說：「或是浪費您的時間。小馬一定不好抓吧，飛賊也是一樣！」他話一說完，就立刻跑回隧道

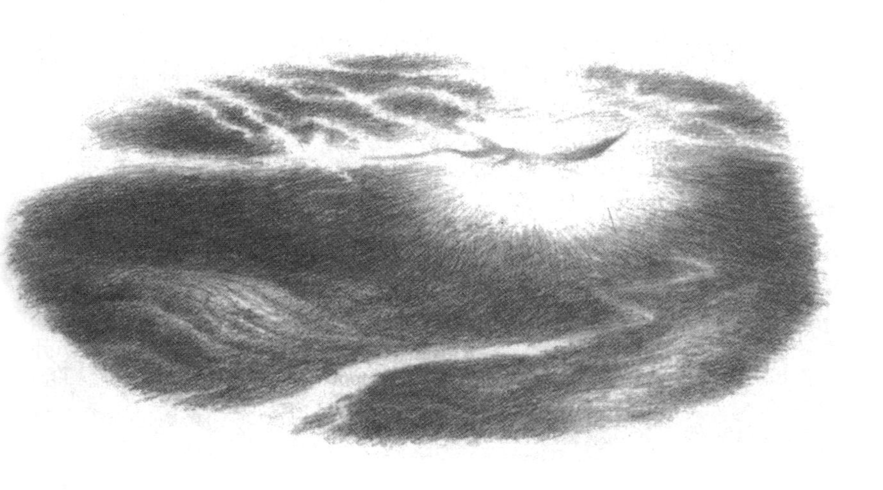

中。

這最後的一句話可真是觸怒了史矛革，牠立刻吐出了高熱的火焰，飛快地衝到洞口。雖然比爾博已經拔足狂奔，但他的速度還是無法徹底的擺脫史矛革。史矛革將大腦袋塞進洞口，幸好牠的整個頭和下巴無法完全擠進來，但牠的鼻孔還是噴出了烈焰和高熱的蒸氣來攻擊敵人。可憐的比爾博在黑暗中不要命地飛奔，差點就命喪在隧道裡。他之前還對於自己的應對進退感到相當的滿意，不過，最後的一句話讓他險些命喪黃泉。

「比爾博你這個笨蛋，永遠不要取笑活的惡龍！」他對自己說，這稍後成了他的口頭禪，也變成了一句諺語。「你的冒險還沒結束。」他說，這也的確沒錯。

當他踉蹌地從洞穴中走出來，倒在草地上的時候，時間已經是傍晚了。矮人們立刻弄醒他，醫治他身上的燙傷；他後腦和腳上的毛髮都被燒焦了，過了很久才長出來。在這段時間中，他的朋友盡力試圖鼓舞他，他們還急著想要從他口中知道這段故事，特別是有關惡龍為什麼會發出那麼巨大可怕的聲音，以及比爾博是怎麼逃出來的。

可是，哈比人覺得相當擔心和不安，他們也很難從他口中套出任何東西來。仔細地思考過之後，他開始後悔為什麼要對惡龍透露那麼多的事情，因此也實在不太願意舊話重提。那隻黑鳥依舊棲息在旁邊的岩石上，側著腦袋傾聽著他們所有的對話內容。比爾博的心情實在很糟，他甚至對著黑鳥丟出石頭，只是，對方躲開之後又飛了回來。

「該死的鳥！」比爾博生氣地說：「我認為牠在偷聽，我不喜歡牠的長相。」

「別管牠了！」索林說。「這種黑鳥是相當友好和善良的鳥，這也是隻非常年長的黑鳥，牠可能是居住在這邊的長壽魔法鳥類最後的子嗣了。那些黑鳥曾經被我的祖父和父親所馴養，這隻可能就是當年的其中一隻，搞不好都已經活了幾百歲了。河谷鎮的人類以前曾聽得懂牠們的語言，利用牠們來和長湖邊的人類傳遞訊息。」

「好吧，如果這是牠的工作，那牠就會有消息可以帶回長湖鎮了，」比爾博說：「不過，到時可能不會有任何活人能聽黑鳥的鳴叫了！」

「到底怎麼一回事？」矮人著急地問：「快點說啦！」

比爾博就把所有還記得的部分都告訴了矮人了，他承認自己有種不好的預感，他認為惡龍從他的謎語和小馬以及營地中，已經推測出太多線索。「我想牠一定已經猜出來我們是從長湖鎮來的，那邊有人協助過我們。我很擔心，牠接下來一步會是去掃蕩那邊。我真希望當時沒有提到什麼騎桶者，在這一帶連隻兔子都會猜到這和人類有關。」

「好吧，算了吧！過去的就算了吧，和惡龍交談很難不說漏嘴的。」巴林急著想要安慰他：「如果你問我，我覺得你做得非常好。你至少發現了一件非常重要的情報，而且還活著回來了，和史矛革談過話的人恐怕沒有多少人有這種經驗。至少，我們知道了這隻老龍的鑽石背心上有一個缺口。」

眾人的話題也跟著改變，他們全都開始研討傳說、歷史記載中的屠龍方法，以及各種各樣的突刺、穿刺和橫砍的效果，曾經開發出來過的技巧、裝置和計策。一般來說，眾人都認為要趁著熟睡時偷襲惡龍並沒有那麼簡單，可能還比光明正大的展開攻擊更容易遭到不測。在此同時，那隻黑鳥都一直專注地聽著，直到天上星辰開始展露光芒，牠才無聲無息地振翅飛走。他們不停的談著，比爾博也變得越來越擔心，不祥的預感越來越深。

最後，他打斷了眾人的對話：「我們在這邊非常不安全，」他說：「最好不要繼續留在這裡。惡龍已經把所有的綠地都給燒焦了，晚上氣溫也比較低，不應該待在外面；我有種感覺，這裡一定會再受到攻擊。史矛革知道我是從哪裡進入牠的洞穴，牠也猜得到出口會在什麼地方。如果有必要的話，牠會把這一帶全都炸平來阻止我們。如果我們被碎石給埋在裡面，牠也不覺得絲毫可惜的。」

「巴金斯先生，你太悲觀了啦！」索林說：「如果牠這麼想要把我們關在外面，那為什麼牠還沒關閉那邊的出口？如果牠真的這樣做了，我們早就該聽到聲音了。」

「我不知道，真的不知道。首先，牠在裡面裝睡要把我騙進去，現在，牠或者準備等到今晚狩獵後再來，也有可能牠不想要弄壞臥室的布置。我都不確定，但我希望你們不要再和我爭辯了。史矛革隨時都可能會來，我們唯一的希望就是躲進隧道裡面，把門關起來！」

他非常地堅持，最後矮人還是照做了，只是，他們認為不該那麼快把門關起來，因為，這風險太大了，沒有人知道從裡面到底還能不能夠把門打開。況且，被困在一個只通往龍穴出口的隧道中，實在不是個讓人很放心的狀況，除此之外，外面的一切看來都非常平靜。因此，他們就坐在離門不遠的地方，看著半開的門，繼續隨口聊天。

他們聊到了惡龍所說的挑撥離間的話。比爾博真希望自己從來沒聽過這些話，或者可以相信矮人這回的說法。他們聲稱，真的也完全沒有想到奪回寶藏之後要怎麼辦。「我們知道這是場非常大的賭注，」索林說：「我們現在還是這麼想。我依舊認為，等我們拿到寶藏之後，就會有時間考慮該怎麼運走的問題。至於你的部分，巴金斯先生，我對你保證，由於我們對你的感激實在難以用言語形容，因此只要我們一有東西可分，我們會讓你自己選擇屬於你的那一份。如果運送那部分讓你感到困擾，我向你致歉。我知道到時一定會遇到很大的困難，我們走過的地方事實上只會變得更危險。不過，我答應你，一定會盡全力幫你解決這個問題，我們會替你分攤運送的費用的！相不相信隨便你！」

接著，大夥又聊到了那堆積如山的金銀財寶，以及索林和巴林對於它的記憶。替偉大的國王布拉多辛（已經過世許久了）的部隊所打造的長槍，每柄長槍都擁有三次鍛造的槍尖，柄上則是鑲著精雕細琢的黃金，但這些武器來不及運出去，也沒有收到對方的付費。還有替早已亡故的戰士打造的盾牌；索爾雙手持用的巨大金杯，上面經過巧匠雕琢，蟲魚鳥獸的眼睛都鑲著寶石；工匠苦心鍛造的鎖子甲，鍍上純銀，刀槍不入；河谷鎮之王吉瑞安的項鍊，是用五百顆如同青草一般翠綠的翡翠所接合的；他用這項鍊換取了替他的長子量身打造的鎖子甲，那是由純銀打造，每一個環都是由手工接合，更經過矮人的特殊處理，讓它擁有三層鋼鐵同樣的硬度。不過，在這其中最美麗的，則是一枚巨大的白色寶石，這是矮人在山脈底下所挖掘到的，這是山之心，又被稱作索恩的家傳寶鑽。

「家傳寶鑽！家傳寶鑽！」索林在黑暗中支著下巴，像夢囈般地呢喃道：「那像是一顆擁有千萬個面相的圓球，在火光下發出銀色的光芒，如同反射陽光的湖水一般，好似星辰底下的積雪或是月光下的雨滴！」

不過，比爾博已經對那堆積如山的寶物免疫了。他坐在最靠近門的地方，有一搭沒一搭的聽著矮人們的交談，他的一半心思花在傾聽門外的任何異響，另一半則是用來偷聽門內除了矮人話聲之外隧道深處的任何騷動。

黑暗變得越來越濃重，他越來越不安。「關上門！」他懇求著大家：「我已經怕死了惡龍，這種沉寂比昨天晚上的喧鬧還要可怕。快關上門，不然一切都來不及了！」

他聲音中的恐懼讓矮人也有了同樣不安的感覺，索林緩緩地擺脫對財寶的幻想，站起來踢開了擋住門的石頭，然後他們用力一推，門就喀噠一聲關上了。門內沒有任何鑰匙孔的痕跡，他們被困在山裡

面了！

他們的運氣相當不錯，他們沒走多遠，山脈的這一邊，就彷彿被巨人的大鎚用力擊中一般；岩石不停地晃動，山壁龜裂，洞頂落下許多的碎石。如果門沒有關起來會是什麼樣子，我可不敢想。他們慶幸自己逃過一劫，朝著隧道更裡面奔跑，同時還可以聽見門外傳來史矛革憤怒的吼聲。牠將岩石擊碎成為粉末，用巨大的龍尾掃蕩這座山壁和整個懸崖。到了最後，那個長滿青草的山坳、黑鳥駐足的岩石、狹窄的山脊、爬滿了蝸牛的山壁，全都在惡龍的憤怒下化成碎屑，巨大的山崩也跟著掩埋了底下的山谷。

史矛革之前一聲不響地離開了洞穴，悄悄飛上夜空，像是烏鴉一般盤旋在天上，乘著風滑翔向山脈的西邊，希望能夠藉著奇襲抓住這些傢伙，同時也看看小偷們到底用的是什麼路徑。剛剛的天搖地動，就是因為牠來到了可疑的出口，卻失望地什麼都沒發現，一氣之下發洩的怒氣。

在那之後，牠覺得既然已經宣洩胸中的怒氣，就不要再浪費時間在這邊，牠還有別的復仇計畫要進行。「騎桶勇者！」他輕蔑地說：「毫無疑問的，你的足跡是從河邊一路過來的。我沒聞過你的味道，但就算你不是湖邊人類的一分子，他們也曾經幫助過你。現在，他們該看看我的真身，知道誰才是真正的山下之王！」

牠從烈焰中飛起，往南朝向奔流河飛去。

第十三節　不在家

在此同時，矮人們坐在黑暗中，不敢隨便出聲。他們吃得少，說話也少，他們根本不知道時間的流逝，也不敢隨便亂動，因為他們的聲音會在隧道中造成恐怖的回音；就算他們打了個瞌睡，醒來時隧道中依舊一片死寂，伸手不見五指。他們似乎等待了好幾天，最後開始覺得再也無法忍受，需要新鮮的空氣和光線。他們實在待不下去了，眾人甚至開始期待惡龍回來所會發出的聲響。在沉默中，他們開始擔心這一切是否都是個陷阱，但又不能一輩子都坐在這裡。

索林開口了：「我們試試看，是否能把門打開吧！」他說：「我如果再不吹吹風，可能就要悶死了。我寧願在外面被史矛革打死，也不願意在這邊憋死！」幾名矮人站了起來，摸索著出口本來的位置。糟糕的是，他們發現隧道的上半部已經坍了，塞滿了落石，不管是魔法或是鑰匙，都無法再將這個門打開了。

「我們被困住了！」他們哀嚎道：「這下完蛋了。我們全都會死在這裡的。」

正當矮人們陷入絕望的時候，比爾博突然覺得心上的壓力減輕許多，彷彿胸口有塊大石被移除了。

「來吧，來吧！」他說：「『只要還有命在，就還有希望！』我老爹常說，而且也別忘了『事不過三』。我準備再一次進入洞穴，在我知道那邊有惡龍的時候，我已經去了兩次，這次我準備在不確定的狀況下再去一次；反正，我們唯一的出路就只能往下走，我認為這次你們最好跟我一起來。」

絕望的眾人別無選擇，只好同意；索林打頭陣，一馬當先地走在比爾博身邊。

「小心點！」哈比人低語道：「盡量不要出聲！或許史矛革不在，但牠也有可能還躲在那邊，千萬別冒不必要的風險！」

他們往下走。當然，在靜默無聲的移動方面，矮人們比不上哈比人，他們喘氣、抱怨的聲音在隧道裡面造成了不小的回聲。雖然比爾博經常因為擔心，而忍不住警告大家停下腳步，但底下還是沒有任何的聲響。到了靠近出口的地方，比爾博戴上戒指，走了過去。但是，他其實不需要那戒指：那裡黑得十分徹底，不管有沒有帶戒指，其實大家都是隱形的。事實上，由於底下實在太黑了，比爾博竟然猝不及防踏了空，從洞口一骨碌滾了出去！

他就這麼臉朝下地趴在地上，不敢站起來，連大聲呼吸都不敢，但此地還是一點動靜都沒有。這裡沒有任何的光芒，唯一的例外是當他抬起頭來的時候，洞頂似乎有一點點微弱的光線，讓人放心的是，那絕對不會是惡龍的火焰。即使如此，整個空間中還是充滿了惡龍的臭味，嘴裡幾乎還可以嘗到牠所吐出的蒸氣。

到了最後，巴金斯先生終於再也忍不住了。「史矛革，你這隻臭毛蟲！」他大聲地咒罵道：「不要再玩捉迷藏了！快弄亮這邊，來抓我啊！看你抓不抓得到！」

他的咒罵聲不停在大廳中迴盪，卻依然沒有任何回應。

比爾博站了起來，發現自己弄不清楚東南西北。

「不知道史矛革在玩什麼把戲，不過我想牠今天不在家（或是今晚，誰知道呢）。如果歐音和葛羅音沒有弄丟火絨盒，或許我們可以弄出一點光線，趁著運氣好的時候趕快四處看看。」他大喊著：「來點光吧！有人可以弄出點光來嗎？」

當比爾博意外跌出洞口的時候，矮人們的確都十分地害怕，一時間他們只能瑟縮在靠近出口的地方，不知如何是好。

「噓！噓！」當他們聽見比爾博的聲音時，只能這樣做。雖然這的確幫忙哈比人確認了他們的位置，但過了好

一陣子，他們還是連大氣都不敢出。撐到最後，當比爾博拚命跺腳，扯開喉嚨大喊著「來點光！」的時候，索林終於忍不住了。歐音和葛羅音立刻被派回去隧道另一邊的行李中找東西。

過了好一陣子之後，一陣微光伴隨著他們的腳步而回來，歐音手中拿著一柄點燃的松針火把，葛羅音腋下挾著另外一堆火把。比爾博立刻跑進來，拿走火把，但他一時之間還是無法說服其他矮人拿著火把加入他的行列。索林小心翼翼地說明：巴金斯先生依舊是隊伍中專業的飛賊和調查員，如果他判斷要冒險點火，那是他的工作，其他人則是要在隧道裡面等待他的回報。因此，矮人們就坐在門口小心翼翼地觀望。

他們看見哈比人的黑色身影拿著小火把四處探索著，有的時候，比爾博會不小心踢到地上金光閃亮的東西，好幾次差點摔倒。他越走越遠，光線也越來越微弱，稍後，這微光開始照亮了整個洞穴。比爾博正在攀爬這一堆金銀珠寶，很快的，他就爬上了頂端。矮人們看著他停下來，彎腰檢查了片刻，但他們都猜不出他這樣做的原因。

那是因為山之心，索爾的家傳寶鑽。比爾博從索林的描述中猜測到它的外型；不過，即使在這麼多的寶藏中，不，甚至是全世界，都不可能有兩枚酷似的寶石。他不停地往上爬，不變的白色光芒一直吸引他往上走，慢慢的，那光芒化成了一球純淨的白光；當他越來越靠近的時候，寶石的邊緣發出了七彩的虹暈，將火把的紅光折射成五顏六色的幻影。最後，當他走到寶石旁的時候，他忍不住屏住了呼吸，在他腳前的寶石散發著自己內部的光芒，在許多年前將它從山底下挖出來的矮人精雕細琢之下，它會吸收所有照在它上面的光線，再將光線幻化成無數道彩虹投射出去。

比爾博在它的眩惑之下手不聽話地伸了出去，將它拿起來，他的小手甚至沒辦法將它完全握住，但還是勉強可以把它捧起來。他閉上眼，將寶石放到他最深的口袋裡面。

「我現在可真是個貨真價實的飛賊了！」他想：「等下我應該找個時間跟矮人們說，他們的確說過我可以挑選自己的那一份，就讓他們拿走其餘的寶物吧，我只要這一份！」在此同時，他其實也覺得對方所說的自行挑選，恐怕不包括這顆寶石，他或許會為此惹上很多的麻煩。

接著，他繼續往前走。他沿著寶山往另外一邊走下去，火把的光芒也從矮人的眼前消失了。不過，很快的，他們又看到火光出現在更遠的地方，比爾博正在橫越這個洞穴。

他繼續往前走，最後來到了遠方的一扇大門前，撲面而來的新鮮空氣讓他覺得神清氣爽，但也差點將他的火把吹熄。他小心地往外觀看，依稀看見外面有相當雄偉的走廊，更有連續的階梯往上延伸。而且，到目前為止，他還是沒有聽見或是看見史矛革的行蹤。他正準備回去時，一個黑暗的形體突然間撲向他，掠過他的面孔。他驚聲尖叫，往後一滑摔到地上。火把頭朝地落了下去，立刻熄滅了！

「我希望只是隻蝙蝠！」他不悅的說：「我現在該怎麼辦？哪裡是東南西北啊？」

「索林！巴林！歐音！葛羅音！菲力！奇力！」他扯開喉嚨，死命地大喊，在這一團黑暗中，似乎徒勞無功。「火把熄了，誰來救救我！」他的勇氣似乎在瞬間全消失了。

矮人們可以依稀聽見他的呼救聲，不過，他們只聽得見模糊的「救救我！」

「現在到底又怎麼樣了？」索林說：「應該不是惡龍，否則他不會有辦法一直這樣叫。」

他們等了一兩分鐘，外面依舊沒有任何的聲音，事實上，除了比爾博的嘶吼聲之外，根本沒有別的聲音。「去，隨便一個人，帶火把過去！」索林命令道：「看來我們得對飛賊伸出援手了。」

「也該是我們幫忙的時候了，」巴林說：「我願意去。反正我也覺得現在應該滿安全的。」

葛羅音點亮了幾支火把，然後他們全都一個接一個地走了出去，沿著牆壁盡可能地快速狂奔。過不了多久，他們就遇到正往回走的比爾博；當他一看見火光時，很快就恢復了鎮定。

「只是蝙蝠打翻了火把，沒什麼！」他回答了他們的疑問。雖然他們鬆了一口氣，但這一場虛驚也讓他們滿腹牢騷。如果他當時就告訴矮人們家傳寶鑽的事情，他們究竟會有什麼反應呢？我也不知道。當他們點著火把前進時，附近金光閃閃的景象又再度喚醒了矮人心中的火焰。而當矮人的心思集中在黃金和珠寶上的時候，即使是最溫文有禮的矮人也會變得膽大包天，甚至是相當兇狠。

矮人們的確不再需要任何的鼓勵，每個人現在都想要把握機會仔細地看清楚這裡，也都願意相信史矛革暫時不在家中。每個人都抓起一支火把，開始左顧右盼，慢慢的，他們忘記了恐懼和小心為何物。他們大聲說話，互相嚷嚷，並且把古代的寶物舉起來小心玩賞，讓火光照亮眼前的所有景物。

菲力和奇力高興得快發瘋了，他們發現這裡到處都是以銀線為弦的黃金豎琴，於是迫不及待拿起來撥弄它們，由於它們本身附有魔法（也沒有被惡龍破壞，因為他對音樂一點興趣也沒有）因此音調都還很準，黑暗的洞穴中立刻充斥著早已消失數百年的美麗音符。不過，大部分的矮人都比較實際，他們四處撿起寶石，將口袋塞得滿滿的，嘆著氣把帶不走的東西重新放回去。索林雖然也有著同樣的慾望，但他所找尋的東西卻始終未出現，那就是家傳寶鑽，只是他不願意告訴其他人。

然後，矮人們從牆壁上取下盔甲和武器，將自己武裝起來。索林穿上鑲金的鎖子甲，腰間插著鑲著紅寶石的斧頭，看起來果然很有王家的氣派。

「巴金斯先生！」他大喊著：「這是你的第一份報酬！脫掉舊衣服，穿上這個！」話沒說完，他就將一件鎖子甲套在比爾博身上，那是多年前替一位年少的精靈王子打造的。這是銀鋼所鑄造的，也就是精靈所稱呼的祕銀，搭配成套的還有珍珠與水晶打造的腰帶。哈比人的頭上又被戴上一頂皮製的輕型頭盔，底下有鐵板護身，邊緣還鑲著白色的寶石。

「我覺得棒極了！」他想：「但我看起來可能有點好笑吧。如果這在家鄉，不知道他們會怎麼嘲笑我！我真希望現在這邊能有穿衣鏡讓我瞧瞧！」

不過，面對這些寶物的誘惑，巴金斯先生依舊比矮人們要冷靜。在矮人們覺得厭倦之前，他早就坐了下來，開始擔心最後會怎麼樣結束。「我寧願用這些金杯，」他想：「換取比翁的木製杯碗裡面的那些飲料和食物！」

「索林！」他大聲喊道：「接下來該怎麼辦？我們已經全副武裝了，但是，面對恐怖的史矛革，這些武器有什麼用？我們還沒有搶回這些寶物。我們現在的目標絕不是這些黃金，而是要找路出去，我們已經浪費太多時間在黃金上了！」

「你說的對！」索林這才恢復了平常的鎮定。「我們走吧！我來帶路。就算過了幾千年，我也不會忘記這裡面的道路。」然後，他下令其他人聚集在一起，高舉著火把走出大門，許多人還是依依不捨地回望著背後的洞穴。

他們用破舊的斗篷蓋住了閃亮的盔甲，褪色的帽子遮住光亮的頭盔。他們一個一個地跟在索林後面。在黑暗中，他們的腳步時常戛然止住，擔心惡龍是否會突然出現。

雖然這裡舊日的裝飾大多已被摧毀，在怪物的來去之間飽經摧殘，但索林還是知道每一個轉角和每一條巷道。他們攀爬過很長的階梯，沿著曲折的隧道前進，然後又開始踏著階梯往上走。這些階梯十分地平滑，經過工工整整的切割安排，矮人們一直不停地往上，一路上都沒有遇到任何的生物，唯一的例外是有些鬼祟的黑影，在火把的光芒前竄逃。

這些階梯並不是為了哈比人的小腿所建造的，正當比爾博覺得已經撐不下去的時候，洞頂突然變得一片開闊，離開了火光的範圍。他們可以看見頂上的開口中射進白色的光芒，空氣也變得更加甜美了些，微弱的光線穿過殘破、燒焦的大門往內照耀。

「這就是索爾的廳堂，」索林說：「這是聚會和歡宴的地方，那邊不遠的地方就是正門。」

他們走過這已成廢墟的大廳。桌椅都破爛不堪，殘存的家具東倒西歪，有些焦黑，有些腐爛，地面的餐具之間散落著骨骸，一層厚厚的灰燼是屍骨安息的唯一憑藉。他們穿過更多的門來到最遠端，耳邊聽見了水聲淙淙，灰色的光芒也變得更加明亮。

「這就是奔流河的源頭，」索林說：「它從這裡流向大門，我們跟著它走吧！」

從岩壁上的開口冒出了十分湍急的水流，它沿著狹窄的河道往外奔馳，這河道是古代的工匠巧奪天工的成果。在渠道旁則是一個鋪了鵝卵石的道路，寬闊得足以讓許多人類比肩而行。他們飛快地沿著這條路往外跑，繞過了一個轉彎！嘩！刺眼的日光就出現在他們眼前。在他們的面前是一道高大的拱門，上面依然有著古代獨門的技術所留下的雕刻，不過，這些在惡龍的摧殘之下都變得焦黑、殘破。被迷霧所包圍的太陽從山脈中升起，金色的光芒遍灑在步道上。

被火把所驚醒的蝙蝠蜂擁飛出，當一行人往前走時，地面上因為惡龍往來而磨平的地磚讓他們險險摔倒。洶湧的流水從他們眼前往下一路奔流向河谷。他們將火把丟到地上，用眩暈的雙眼看著外面的景色，眾人已經來到了大門，正俯瞰著河谷。

「好吧！」比爾博說：「我從沒想過自己可以從這門往外看，我也沒預料到重新看見陽光、感受微風吹拂是這麼愉快的事。哇！這風還真冷！」

的確，東方吹來的冰冷寒風暗示了冬季即將到來。它沿著山脈打轉，最後吹進了山谷中，在岩石邊嘆息著。在他們於惡龍悶熱的洞穴中躲了很長的一段時間之後，洞外即使有陽光的照耀，還是讓他們忍不住微微顫抖。

突然間，比爾博意識到自己不只很累，而且也餓得不得了。「看來應該還是上午，」他說：「我想應該是吃早餐的時間了——如果我們有早餐的話。不過，我並不覺得史矛革的大門口會是安全吃早餐的地方，讓我們找個可以安靜坐一會兒的地方吧！」

「說得很對！」巴林說：「我想我知道該去哪裡，我們應該去山脈西南方的一座瞭望塔。」

「那有多遠？」哈比人問道。

「我記得應該要走五小時，路不會很好走，從大門沿著左邊山脊的道路似乎全都毀了。你們看看那邊！河流在城鎮的廢墟之前轉了個彎。那邊以前有座橋，通往一條陡峭的階梯，一路延伸向右岸，也就是我們之前看過的烏丘，那裡曾經有一條道路通往瞭望塔。即使階梯還完好如初，爬起來也會很費力氣。」

「天哪！」哈比人嘟噥道：「要爬更多山，還沒有早餐吃！不知道我在那個黑暗的洞穴裡面到底錯過了多少餐？」

事實上，自從惡龍打碎了密門之後，他們在裡面度過了一天兩夜（中間也不是都沒吃東西）。但比爾博完全失去了對時間的概念，對他來說，那有可能是一晚，也有可能是一整個星期。

「來吧，來吧！」索林笑著說。他的精神已經再度振奮起來，說話的同時還搖晃著口袋中的珍貴珠寶。「不要把我的地方叫做黑暗的洞穴！等你看看它弄乾淨、重新裝潢之後，就知道它有多漂亮了！」

「除非史矛革死掉，否則沒有那麼快吧！」比爾博悶悶不樂地說：「我們現在連牠跑到哪裡去了都不知道。我願意拿一頓早餐來換取這情報，希望牠不會躲在山中窺伺我們的動靜！」

這個想法讓矮人們覺得相當擔心，他們很快就同意巴林和比爾博說的沒錯。

「我們必須趕快離開這裡！」朵力說：「我總覺得牠還一直在監視我。」

「這是個又冷又無聊的地方，」龐伯說：「這裡或許有東西喝，但我看不出來能吃什麼，惡龍在這一帶應該永遠都吃不飽。」

「來吧！來吧！」其他人大喊道：「我們趕快跟巴林走吧！」

沿著山壁往右邊走是條死路，因此，他們只能沿著河左岸的石塊溯溪而下。死氣沉沉的環境又很快地讓大夥覺得意志消沉，即使是索林也不例外。巴林所提到的橋梁已經斷落水中，原先的橋墩現在都化成湍急溪水中的幾堆石塊。不過，他們還是輕易地渡過河水，順利找到階梯，爬到比較高的那邊去。走了一段路之後，他們踏上古代留下的道路，不久就來到了岩石之間的一處凹陷。他們在這裡休息了一陣子，胡亂吃了一點東西充當早餐，主要是人類製作的乾糧和河水。（如果你想要知道乾糧是什麼東西，我只能告訴你們我不知道它的確實做法，但它吃起來像餅乾，可以保存很長的時間，應該讓人很容易有飽足感。事實上，除了讓嘴巴可以一直動之外，它可說是一點味道也沒有，這是長湖邊的人類製作來供長時間旅行時果腹用的。）

在那之後，他們又繼續向前，道路往西偏轉，離開了河邊。山的南方支脈也跟著越來越靠近，到了最後，他們終於抵達了小丘上的道路。那條小徑陡峭地往上延伸，他們一個接一個緩步往上爬，最後，他們終於到達了山脊的頂端，正好趕上看到太陽疲憊地落向西方。

他們在這邊找到了一塊平地，這裡三面都沒有任何的遮蔽，只有北邊的山壁有看來像是大門的一個開口。從那門口可以俯瞰東方、西方和南方。

「就是這裡，」巴林說：「以前我們都會在這邊安排守望員，後面的門則會通往一個從岩石裡面開鑿出來的房間，那是守衛所居住的地方，在這附近還有很多類似這樣的地點。不過，當我們繁榮興盛的時候，大家似乎都不太需要這些守望員，或許，這些守望員也跟著鬆懈了，不然，我們可以更早獲得惡龍入侵的警報，或許一切都會跟著不同。算啦，現在我們在這邊躲一陣子，同時觀察外面的情形，不需要擔心被人發現。」

「如果我們過來時就被人看見了，躲在這裡也沒多大用處，」朵力一路上都不停地看著山頭，他似乎認為史矛革會像小鳥一樣棲息在那邊。

「我們得賭一賭，」索林說，「我們今天不能再走了。」

「萬歲，萬歲！」比爾博大喊著躺了下來。

那座石室可以容納數百人，裡面還有一個更小的房間，外界的寒風被阻擋在外。這裡毫無人跡，在史矛革占領這裡的日子裡，似乎連飛禽走獸都不願意靠近這個地方。他們把背包卸了下來，有些人立刻倒在地上睡覺，其他人則是坐在門口，討論著未來的計畫。不管他們談論什麼樣的話題，最後都會回到同一個疑問上：史矛革呢？他們看向毫無動靜的西方，東方也是萬籟俱寂，南方依然沒有惡龍的蹤跡，不過，卻有許多飛鳥不尋常的聚集。他們看著那景象，感到十分好奇，但是，直到星辰蹦出來的時候，他們還是無法參透這其中的奧妙。

第十四節　火與水

如果，你和矮人一樣想要知道史矛革的消息，就必須回溯兩天前，來到史矛革打碎密門，氣呼呼飛開的那時刻。

湖中鎮伊斯加的人大多都躲在屋內，因為晚間東方會吹來十分凜冽的寒風。不過，還是有些人喜歡走在街道上，看著湖上天空的星辰閃爍。從他們的鎮看過去，孤山大部分被低矮的山丘擋住，在湖的另外一頭顯得有些不起眼。奔流河從北方的一個缺口流入，只有在清朗的天氣才能看見孤山的山頂，而他們也不太願意把目光停留在上面，因為即使在晨光中，那地方也透露著一股邪氣。這時，孤山則是完全被黑暗給籠罩了。

突然間，它又出現在眾人眼前的黑暗中，一陣閃光稍縱即逝。

「你們看！」有人說：「又是那個光！昨天晚上我們守夜的人看見那光從半夜一直亮到清晨，上面一定發生了什麼事情。」

「或許山下國王正在鑄造金子，」另一個人說：「他去北方已經好些日子了，看來歌曲的內容要實現了。」

「什麼國王？」另一個人用凝重的聲音說：「那可能是惡龍的火焰，牠才是我們所知道唯一的山下國王。」

「你老是烏鴉嘴！」其他人說：「不是說有洪水，就是說魚有毒，想些好事情吧！」

突然間，一陣刺眼的光芒閃過，山丘的低處和湖的北邊全都變得金光閃閃。「山下國王！」他們大喊著：「他的財富如同太陽一般耀眼，他的白銀像是噴泉一樣，他的河流泛著金黃！山上流來的河水泛著金黃！」他們大喊著，每家人都打開窗戶，匆匆忙忙地往外跑。

大夥立刻興奮得無以復加，但那聲音凝重的人立刻飛快跑到鎮長面前。「惡龍來了，惡龍來了！」他大喊著：「砍斷橋梁！戒備！戒備！」

就在那時，警告的號角聲突然響了起來，在岩石間不斷迴盪。歡呼停了下來，興奮一瞬間轉為恐懼。因此，出乎意料之外，惡龍這次所面對的是做好準備的人類。

不久之後，他們就可以看見有道火焰朝向他們直飛而來，越來越大也越來越亮，即使是最愚笨的人也知道預言出錯了。他們只剩下一點時間，鎮上的每一個容器都裝滿了水，每一名戰士都抓起武器，每一把弓箭、每一支飛鏢都準備妥當，在史矛革的吼聲逐漸靠近之前，通往陸地的大橋就已經被打斷，拋入水中；在牠翅膀鼓起的強風之下，湖水泛起了漣漪，反射著天上赤紅的火焰。

在人類的尖叫和嚎哭中，牠降臨了。史矛革衝向大橋，卻意外發現橋已經斷了，牠的敵人現在都躲在一個位於深水中的島嶼。這個水太深、太黑，也太冰了，讓牠稍稍有些退卻。如果牠衝進湖中，大量的蒸氣將會冒出，足以連續好幾天都讓鄰近的地區籠罩在濃霧中；但是，湖水的力量卻凌駕於牠，在來得及脫逃前，牠的火焰將會被撲滅。

牠大吼著飛回城鎮上空，一陣箭雨朝他撲來，射中牠的鱗甲和珠寶，紛紛斷折落回地面；牠張大嘴吐出烈焰，斷箭全都化為火球落入湖中。那夜的情景勝過任何人造的煙火。在弓箭的攻擊和號角的刺耳聲音中，惡龍的怒氣不斷累積，最後，牠終於失去了理智，已經有許多年沒有人膽敢向他挑戰了；如果不是那個聲音凝重的人（他的名字叫做巴德），這次也不會有人膽敢反抗。他在大火中來回奔跑，鼓舞弓箭手，並且逼迫鎮長下令戰到最後一弓一矢。

惡龍的口中吐出高溫的烈焰，牠在空中盤旋了好一陣子，火焰照亮了整個湖面，湖邊的樹木都化做血紅和金黃色的火柱，黑暗的陰影則是在下方不停舞動。接著，牠一氣之下冒著箭雨朝著城鎮俯衝，根本顧不得將自己的鱗甲朝向敵人，一心一意只想將所有的敵人燒成焦炭。

在牠第一次飛過的路徑上，所有的屋頂和梁柱都冒起了熊熊烈火，不過，在牠繞回來再度發動攻擊之前，這些火焰都被撲滅了，只要一有火星出現，就有數百雙手潑水灌救。惡龍又再度轉了過來，牠尾巴一揮，鎮長的大屋就被夷為平地，無法撲滅的火焰直衝天際。牠一次又一次地俯衝，屋子一棟接一棟的陷入火海，在高溫中崩塌。史矛革依舊毫髮無傷，如雨般的箭矢對他來說，只不過像是惱人的蚊蟲般。

人們開始從城鎮的四面八方跳入水中，女人和小孩則是被送到鎮中央的港口邊，武器被隨意棄置；之前還讚美著矮人的人們，現在痛苦的哀嚎悲泣，詛咒著矮人的名號。鎮長已經跳上了專屬的大船，準備趁亂划走，保住小命。不久之後，整座城鎮就將被眾人捨棄，化做湖心的一團火焰。

這就是惡龍的目的。牠才不管這些人是不是會躲上船，到時牠可以好好地一艘一艘玩弄這些船隻，或是讓他們活活在船上餓死。就讓他們試著逃上岸吧，牠會等著戲弄牠的獵物。很快的，牠就會讓所有的森林陷入大火，一切都將被火海包圍。牠現在正慢條斯理地享受著玩弄、破壞城鎮的快感，而這是牠已經暌違許久的娛樂，值得好好享受。

但是，在被火舌吞食的城鎮中，依舊有一群弓箭手堅守不退，率領他們的領袖就是巴德。他的聲音和神情都十分凝重，朋友們經常指責他烏鴉嘴，預告了洪水和毒魚的出現，但是，他們都明白他的勇氣和人格。他是河谷鎮之王吉瑞安的直系子孫，當年吉瑞安的妻小從奔流河逃出了河谷鎮的廢墟。巴德拿著一柄巨大的紫杉木弓不停地射擊，最後只剩下一支箭，他的四周都已經陷入火海，同伴也開始棄他於不顧，他最後一次彎弓搭箭。

突然間，一個黑影從黑暗中飛到他的肩膀上。他吃了一驚，但那只是一隻老黑鳥。牠毫不畏懼地靠近他耳邊，告訴他寶貴的情報。他驚訝地發現：自己竟可以了解對方的語言，因為他身體內流有河谷鎮的血統。

「等等！等等！」黑鳥對他說：「月亮快升起來了，當惡龍飛回來的時候，注意牠左胸的空隙！」當巴德開始思索牠的情報時，黑鳥把握機會，把山上發生的一切都告訴了他。

於是，巴德將弓弦拉滿，直到耳際。惡龍又盤旋飛回，開始俯衝。當牠靠近的時候，月亮從東邊升了起來，銀光清晰照耀在牠的翅膀上。

「箭哪！箭哪！」射手說：「黑箭哪！我把你留到最後，你從來不曾讓我失望，也因此我每次都會將你撿回。我從父親手中繼承了你，而他也是從先祖手上得到了你。如果你真的是來自山下國王的熔爐，那麼請凝聚所有的力量，一發擊中目標吧！」

惡龍俯衝到最低點，當牠翻轉過來，露出腹部時，鑲滿鑽石的胸口反射著火光——只有一處例外。巨弓咻地一響，黑色的羽箭激射而出，直朝向惡龍毫無防護的左胸而去；它灌注了巴德強大的臂力和史矛革俯衝的力量，從箭尖直沒至羽。史矛革發出了一聲驚天動地的嘶吼聲，往高空奮力一衝，最後翻轉身，虛脫地摔向廢墟。

轟然一聲，牠的身體砸中長湖鎮，牠最後的反撲都化為碎片和火焰。湖水怒吼著湧了進來，大量的蒸氣一股腦地冒出，整個天際都陷入一片白煙中。一陣嘶嘶聲，湖水捲動，一切就陷入了沉寂；這就是史矛革和伊斯加的末日，但卻不是巴德的末日。

月亮越升越高，呼嘯的寒風毫不留情地吹拂過大地，它將白色的煙霧捲成了巨柱，把破碎的雲朵吹向幽暗密林前方的沼澤。湖面上漂著許多船隻，伴隨著風聲的是伊斯加居民的哀哭聲。他們痛惜著村莊的毀滅和財貨及房屋的破壞，不過，如果他們肯冷靜下來想一想，這結果已經是難能可貴了。鎮上四分之三的居民活著逃了出來，他們的森林和農田以及牲畜大多沒有損傷，船隻也沒有受到太多的破壞，而惡龍卻已經死了。不過，當時他們並沒有意識

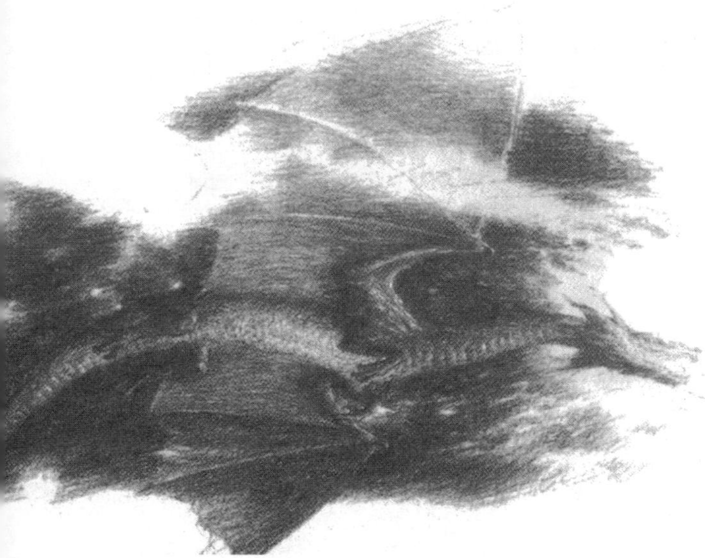

到這其中的意義。

哀傷的人們在湖西岸聚集起來，在寒風中瑟縮著發抖。他們開始埋怨和指責鎮長，當有人留下來為了保衛城鎮犧牲的時候，鎮長竟然想要逃跑。

「他或許只適合作生意，特別是他自己的生意。」有些人抱怨道：「但有重要事情發生的時候，他一點用也沒有！」他們稱讚著巴德的勇氣和他最後的一箭。「如果他沒被殺就好了，」他們異口同聲地說：「我們會把他擁戴為王。吉瑞安的後代，射龍者巴德！真可惜他犧牲了！」

在這一團混亂中，一個高大的身影從陰影中走了出來。他渾身濕透，黑髮緊貼在他的肩膀和臉上，眼中閃耀著熊熊的火焰。

「巴德沒有死！」他大喊著：「當敵人被打敗的時候，他從伊斯加潛水逃了出來──我就是吉瑞安的後代，我就是巴德，我就是屠龍勇士！」

「巴德王！巴德王萬歲！」他們大喊著，鎮長卻咬緊牙關開口說：「吉瑞安是谷地之王，不是伊斯加之王。在長湖鎮，我們一向從年長和睿智的候選人中選出鎮長，單純的戰士不是我們考慮的對象。讓巴德王回到他自己的國度吧，河谷鎮已經被他的英勇所解放了，再也沒有事情可以阻擋他的回歸。任何願意待在陰影之下的廢墟，而不願留在湖旁綠地的人儘管跟他去。聰明的人會留在這裡，希望能夠重建我們的家園，再度恢復它的祥和與繁榮。」

「我們要巴德王留在這裡！」附近的人們開始大喊道：「我們已經受夠了老頭子和土財

主了！」更遠的人則是開始歡呼：「弓箭手上台，管帳的下台！」湖邊因此而變得熱鬧非凡。

「我應該是最後一個小看射手巴德的人，」鎮長疲倦地說（因為巴德現在就站在他身邊）：「他今晚為我們的城鎮付出了許多，理應獲得我們的感謝以及崇高的地位，值得為他撰寫許多歌曲歌頌他。但是，鎮民們，為什麼？」鎮長突然站了起來，用洪鐘般的聲音說：「為什麼我要成為你們宣洩不滿的對象？我到底犯了什麼錯？請容我反問各位，究竟是誰把惡龍吵醒的？是誰從我們這邊獲得了昂貴的禮物，讓我們相信古代的歌謠將會成真？是誰利用了我們的好心和對美好未來的期盼？他們送來了什麼樣的黃金？那是龍焰和破壞！我們應該向誰求償，應該請誰安置我們的孤兒和寡母？」

相信你們也看得出來，鎮長會爬到這個位置並不是毫無理由的。他的一番演說讓人們暫時忘記了新王，將怒氣轉到索林和他的同伴身上。他們開始咒罵起這些人，之前曾經大聲歌頌過這些矮人的傢伙，現在反而用更大聲的音量指責他們刻意吵醒惡龍來攻擊人類！

「愚蠢！」巴德說：「為什麼要把你們的精力和怒氣，發洩在這些可憐的傢伙身上？毫無疑問的，在史矛革飛來之前，他們一定早死於烈火之中。」就在這個時候，他突然想起山脈中的寶藏現處於無人看守的狀態中，於是沉默下來。他想到鎮長說的話，想到將河谷鎮重建，鑄造無數的金鐘，一切都只要他能找到人力就可以辦到！

最後，他說話了：「大人，這並非是生氣或是抱怨的時候。我們還有工作要做。我依然服從您的領導，不過，或許過一陣子，我會考慮你的建議，帶著願意跟隨我的人一起往北走。」

然後，他就走上前去，開始安排照顧傷患的工作。鎮長怒目看著他的背影，依然動也不動地坐在地上。他的腦筋不停轉動，但卻沒有說什麼話，唯一的例外是叫人生火和帶食物過來給他。

巴德不管走到哪裡，都發現人們開始如火燎原般談論起那些無主的寶藏。人們說那足以補償他們所受到的損失，讓他們可以很快的復興，甚至可以讓他們擁有足夠的錢購買南方的奢侈品，這讓他們燃起了無限希望。人們在寒風中瑟縮悽慘度夜，遮風避雨的地方並不夠（鎮長就占了一個），食物也不充裕（連鎮長也吃不飽），許多人在那天晚上因為過度傷悲或是著涼而生病，原先毫髮無傷逃出的人因為這樣而死亡。接下來的日子裡，人們經歷了相當慘重的饑荒和疫病。

在此同時，巴德扛起了領導眾人的責任，他安排一切事物的運行，不過總是以鎮長的名義，他在安排人們住宿和求溫飽的方面絞盡腦汁。如果沒有人伸出援手，可能大部分的人都會死在接下來的寒冬中。幸好，援助很快的到來；因為，巴德當機立斷派出信差沿河進入森林，請求木精靈國王的援助，在史矛革死後第三天，信差們就遇上了一群剛開拔的部隊。

精靈國王從和他子民友好的鳥類口中，已經得到了情報，也明白了事情的大致經過。在惡龍所造成的荒地中，一切有翅膀的生物幾乎都起了騷動，空中充滿了盤旋的鳥類，牠們的信差開始四處盤旋，興奮地啁啾著。很快的，消息就傳到了幽暗密林：「史矛革死了！」樹葉騷動著，敏感的耳朵也跟著豎了起來。即使在精靈王騎馬出發之前，這些消息就已經向西傳到了迷霧山脈的松樹森林，來到了比翁的耳中，連半獸人們都開始在洞穴中研議下一步的戰略。

「我想，這是我們最後一次聽到索林・橡木盾的消息了，」國王說：「如果他留在這邊繼續當我的客人，或許還可以保住一命。反正，這是一場帶來改變的颶風。」他補充道：「每個人都會感受到新變動。」因為，他也沒有遺忘傳說中索爾的財富。因此，巴德的信差才會遇到他率領著弓箭手和長槍兵浩浩蕩蕩的行軍。烏鴉群集在他們頭上，因為牠們認為戰火將起，這一帶已經很久沒有過這樣山雨欲來的局勢了。

不過，當國王收到巴德的求援時，他感到十分地同情，他畢竟還是善良種族的國王。於是，他將原先直指孤山的大軍掉轉方向，先沿著河流往長湖進發。他沒有

足夠的船隻裝載所有的部隊，許多人被迫步行，不過，他也預先運了許多的貨物過去長湖救濟。精靈的腳程很快，雖然這個年代，他們已經不像過去一樣熟悉長湖和森林之間崎嶇的地形，但他們前進的速度依舊不慢，在惡龍死了五天之後，他們就來到了湖邊的廢墟。正如同預期的一樣，人們十分歡迎他們的到來，鎮長和人類已經準備好以相當的條件換取精靈王未來的援助。

他們很快就規劃好了一切，老弱婦孺和鎮長都留下來，許多工匠和精靈也留在當地日夜不休地趕工。他們砍伐樹木，收集從上方森林沿河送下來的木材，在湖邊搭建許多小屋，準備用來抵擋寒冬。在鎮長的規劃之下，他們開始計畫興建一座更大、更好的新城鎮，只是位置和之前不同。他們將城鎮往北方移動到了靠近岸邊的地方，因為他們對惡龍安眠的水域從此心生畏懼。牠永遠不會再有機會回到牠的洞穴中，只會躺在這冰冷的湖底，身軀如同岩石般的僵硬。此後數十年，每當天氣清朗時，人們還是可以看見牠巨大的屍骨。沒有多少人膽敢越過這受詛咒的地方，更沒有人敢冒險潛入附近，打撈從牠腐爛屍身上落下的珍貴珠寶。

其餘所有可以拿起武器的成年男子，和精靈王的大部分兵力，全都準備往北邊的山區進發。就這樣，在惡龍死亡後十一天，他們的先鋒部隊就越過了湖另一端的岩石，進入了惡龍一手造成的荒地上。

第十五節　暗潮洶湧

現在，我們在把焦點轉回到比爾博和矮人們身上。他們整晚不敢放鬆地監視著，直到第二天早上還是沒有聽見或看見任何危險的徵兆。不過，鳥群卻越來越多，牠們的夥伴從南方飛來加入，山區中原本居住的烏鴉也都騷動不已，在天空中不停盤旋和鳴叫。

「一定發生了什麼奇怪的事情，」索林說：「候鳥遷徙的時間已經過了，這些鳥平常也都是一直居住在同一個地方。這些是受驚的鳥兒，遠方還有大量的禿鷹和烏鴉聚集，似乎戰爭即將來臨！」

突然間比爾博指著前方道：「那隻黑鳥又來

了！」他大喊著：「看來當史矛革打碎山壁的時候，牠活著逃了出來，那些蝸牛就沒有這麼好運了！」

的確，就是那隻老黑鳥。牠飛向他們，又在附近一顆岩石上停留下來。牠拍拍翅膀，鳴叫了片刻，然後側著腦袋，彷彿在傾聽著；然後牠又鳴叫，接著又側頭傾聽。

「我認為牠想要告訴我們什麼，」巴林說：「但是我聽不太懂這種鳥的語言，牠說得太快、太難懂了。比爾博你聽得懂嗎？」

「不是很懂，」比爾博說（事實上，他根本連一個字也不懂）：「不過這個老傢伙看起來非常興奮。」

「我真希望牠是隻渡鳥[1]！」巴林說。

「我還以為你不喜歡牠們呢！當我們過來的時候，你似乎很討厭牠們。」

「那些是烏鴉！牠們是非常邪惡、多疑的鳥兒，而且還很粗魯。你一定沒聽懂牠們在背後稱呼我們的綽號。但渡鳥就不一樣了，牠們和索爾的子民以前一度相當親近，牠們經常會帶情報來給我們，我們則會賞賜給牠們一些閃亮的東西，讓牠們可以收到巢裡面去。牠們的壽命很長，記憶力也很好，而且，牠們還會把智慧代代相傳給後代。當我還是個孩子的時

1 一種大烏鴉

候，我認識許多的渡烏。這裡以前就叫做烏丘，因為有一對相當睿智的渡烏夫婦居住在這裡；老卡克和牠的妻子就住在這裡的屋頂。不過，我想這些古老的鳥類一定都已經離開了。」

他話還沒說完，那隻黑鳥就呱地一聲飛了出去。

「或許我們聽不懂牠的話，但這隻老鳥似乎懂我們說些什麼，」巴林說：「注意看看接下來會發生什麼事情！」

過不了多久之後，外面就傳來一陣拍擊翅膀的聲音。黑鳥又飛了回來，另外還有一隻十分衰老的渡烏。牠幾乎全盲了，飛起來十分勉強，而牠頭上的毛也全禿了。牠在他們面前笨拙地降落，緩緩地拍拍翅膀，走向索林。

「喔，索恩之子索林、方丁之子巴林，」牠嘎嘎叫道（比爾博也可以明白牠在說什麼，因為牠用的是人話而不是鳥語）：「我是卡克之子羅克。卡克已經死了，他之前和你們關係相當密切。我破殼而出已經有一百五十三年了，但我並沒有忘記我父親所交代的事情。現在，我是山中的渡烏首領。我們的數量很少，但並沒有忘記古代的國王。我的子民也全都出去打探消息了，因為南方有了相當劇烈的變化，有些對你來說是好消息，有些則不是。聽清楚了！鳥兒們從南方、東方和西方回到河谷和山中，是因為史矛革死亡的消息已經傳了出去！」

「死了！死了？」矮人們齊聲大喊：「死了！那我們還害怕什麼？這些財寶都是我們的

了！」他們全都跳了起來，手舞足蹈的慶祝。

「是的，死了，」羅克說：「這隻黑鳥，願他的羽毛永不落下，親眼目睹牠的死亡。我們可以相信牠說的話。在三天之前的晚上，牠看見惡龍在和伊斯加的人類作戰的時候，在月亮上升時從空中被射下。」

索林過了好一段時間才讓矮人們安靜下來，繼續聽渡烏帶來的消息。最後，當牠描述了整場戰鬥的過程之後，他繼續道：

「索林．橡木盾，歡慶的時間已經結束了。你可以安全地回到山裡面，寶物也將全都歸於你，目前暫時是這樣的。但是往這邊聚集的不只有飛鳥而已，寶藏守衛者死亡的消息傳得很遠、很快，索爾財富的傳說歷經多年並沒為人所遺忘，許多人依舊迫不及待地想要奪取這些財寶。精靈大軍已經出發了，食腐肉的鳥兒們也在他們頭上飛翔，希望能夠獲得戰死者的血肉作為食糧。長湖邊的人類將自己所遭遇到的慘劇都歸罪於矮人，他們現在死傷慘重，僥倖存活的人也無家可歸，史矛革將他們的城鎮徹底夷平。不管你們是活是死，他們也想要從你的寶藏中分一杯羹。

「你必須憑藉著自己的智慧，來決定下一步怎麼做。不過，十三名矮人和都靈曾經居住在此的子孫比起來，實在少得可憐。如果你願意聽我的忠告，請你不要相信長湖鎮的鎮長，請和那個射下惡龍的人合作。他的名字叫巴德，是吉瑞安的子孫，祖籍是曾經和你們關係良好的河谷鎮。他雖然不苟言笑，卻是個真誠的人。矮人、人類和精靈在飽經惡龍荼毒之後，或許有機會再度和平相處，但你必須要慷慨分配你的黃金才行。我說完了！」

索林憤怒地回答道：「卡克之子羅克，請接受我們的感謝，我們將不會忘記你和你的子民。但是，只要我們還活著，沒有人可以從我們這邊巧取豪奪拿走任何的黃金。如果你願意的話，請收集附近的情報告訴我們；同時，我也請求你，如果你的同族之中還有年輕力壯的信差，請派牠們到北方山脈東西兩側的矮人聚居地，告訴他們我們所面臨的危機。不過，請你一定要去鐵丘陵通知我的表親丹恩；他旗下有許多戰鬥經驗豐富的士兵，而且也離這邊最近。請他快點趕來！」

「我不會批評你的做法是正確還是錯誤的，」羅克嘎嘎地回答道：「但我願意盡力協助你。」然後牠就慢慢地飛開了。

「快回山裡去！」索林大喊道：「我們的時間不多了。」

「食物也不夠了！」比爾博在這方面一向很實際。而且，他覺得這場冒險正確的說來，其實已經在惡龍死亡的那一瞬間結束了，他寧願放棄自己應得的報酬，換取平和的收場。不過，他的看法錯了，這場冒險還沒結束哪！

「快回山裡面去！」矮人們對他所說的話充耳未聞，只是自顧自地大喊道。於是，他還是跟著眾人回去了。

由於你已經知道了後來局勢的一些變化，因此，你會明白矮人其實還有幾天的時間作準備。他們仔細地調查了整個洞穴，果然如同他們所預料的一樣，唯一的出口只剩下正門。所有其他的入口（當然，除了那個密門之外）都早已被史矛革給封鎖、破壞了，連一點痕跡都找不到。因此，他們開始日夜不停地工作，加強前門的防禦工事，重新修建門口的道路。他們在洞穴裡面找到了許多古代的礦工和石匠所使用的工具，矮人對於此類工作本來就十分擅長。

在他們揮汗工作的同時，渡烏也不停地帶來新消息。他們靠著這樣的方式，知道了精靈王把部隊帶到湖邊，讓他們多了一些喘息的時間；更幸運的是，他們也聽說了有三匹小馬躲過了史矛革的追捕，現在正在奔流河的河岸附近亂跑，距離他們原先留下的補給品並沒有多遠。因此，當其他人努力建設的時候，菲力和奇力則在渡烏的帶領之下，找到了小馬，盡可能地把補給品帶了回來。

接著又過了四天，到了那個時候，他們已經知道人類和精靈的聯軍開始朝向山邊推進。但他們的士氣反而更加高漲，因為，只要分配得當，他們手上已經有了可以支撐好幾星期的糧食。這大部分都是人類的乾糧，他們都已經吃膩了，可是，在戰場上，乾糧總比什麼都沒有要好。在這個時候，大門已經被一座由方正岩石所砌起的高牆給封閉了起來，牆壁又厚又高，將會是攻方的夢魘。牆壁上有許多射孔，讓他們可以發射弓箭，卻沒有任何的入口。他們利用梯子爬進爬出，用繩子搬運貨物；在這座牆的底下開了個拱形的出口，可以讓泉水往外流，索林也刻意更改了河道，讓這泉水在流進瀑布之前於牆邊形成了一座小湖，現在，如果不游泳，再越過一道緊靠著山壁的狹窄小徑，根本就無法靠近這座高牆。之前所找到的小馬被牽到舊橋的附近，在卸下所有補給之後，他們就將小馬趕走，希望牠們會自己回到主人身邊。

接著，某天晚上，南邊河谷鎮的廢墟附近突然亮起了許多的火光。

「他們已經來了！」巴林大喊：「他們的營地規模非常大，這支部隊一定是藉著夜色和森林的掩護，沿河過來的。」

那天晚上，矮人們幾乎都睡不著。當天還濛濛亮的時候，他們發現有一群人逼近了。他們從牆後看著那些人進入山谷，緩緩地往上攀爬，他們可以清楚分辨其中有全副武裝的人類和精靈弓箭手。不久之後，隊伍的前端就攀過了落石群，來到了瀑布附近。當他們發現眼前的護城池和新砌的高牆時，自然都覺得無比驚訝。

當他們站在那邊指指點點的時候，索林出聲了：「你們是誰？」他用中氣十足的聲音大喊道：「你們全副武裝的來到索恩之子索林，山下之王的宮殿前，一副要開戰的樣子，你們想要幹什麼？」

對方並沒有回答，一些人很快轉身離開，其他人在仔細地打量過眼前的防禦之後，也跟著走了。部隊的營地當天就移動到了山脈之間的平地中，岩壁間迴盪著他們的交談聲和歌曲，這是他們已經很多天沒有作的事情。夾雜在人聲中的，也有精靈的豎琴和甜美的歌聲，這些美妙的音樂飄向他們，彷彿連寒冷的空氣都跟著溫暖起來，他們還依稀可以聞到森林中花朵綻放的香氣。

比爾博實在很想離開這個黑暗、陰沉的要塞，加入營火旁的歡宴歌舞。有些比較年輕的矮人也動搖了，他們嘀咕著希望事情不會這樣，能用朋友的身分接待這些人。索林的臉色變得很難看。

於是，矮人們也拿出了從寶山中找到的豎琴和樂器，彈奏起屬於自己的音樂，安撫他的情緒。但他們的歌並非是精靈的歌曲，反而比較像是他們在比爾博的哈比人洞穴中唱的那首歌。

在那黑暗高聳山脈下，
國王終於回到家！
他的敵人已死，惡龍陣亡，
此後所有敵人也會這樣倒下。

寶劍鋒利，長槍尖，
箭矢飛快，守衛嚴；
尋求黃金膽氣壯；

矮人不再受人憐。

遠古矮人法術高，
鐵鎚飛舞聲音豪，
幽深黑暗地底下，
空洞大廳音喧鬧。

銀色項鍊上掛著
奔流星光，皇冠之上鑲著
金絲織龍炎，琴弦飛揚，
豎琴音符流瀉美妙之歌。

山下寶座已解放！
喔，迷失的同胞們，同心協力齊回防！
快來！快來！越過荒野不休息！
同族之王需共仗。

呼喚穿越冰冷山脈，
快回古老洞穴所在！
國王就在大門等待，
寶石滿地，黃金成袋。

國王終於回到家，
在那黑暗高聳山脈下。
恐怖惡龍已陣亡，
此後所有敵人也會這樣倒下！

這首歌讓索林十分高興，他又再度露出笑容，顯得十分興奮。他也開始計算與鐵丘陵的距離，以及丹恩接到消息立刻出發，大概要花多少時間行軍才能夠抵達孤山。但比爾博的心情越來越低落，歌曲、談話的內容讓他覺得非常的不安：大家似乎都已經準備好要迎戰了。

第二天一早，一隊槍兵越過了河，走上山谷邊。他們拿著精靈王的綠色旗幟和長湖的藍色旗幟，一路走到高牆之前。

索林再度用中氣十足的聲音詢問他們：「全副武裝，來到索恩之子索林，山下國王門前意圖開戰的，究竟是誰？」這次，他獲得了答案。

一名黑髮高大的男子走向前，他的臉色陰沉，大喊道：「索林你好！你為什麼要像是走投無路的窮寇一樣把自己關在門內？我們並沒有與你為敵，我們很高興看見你竟然還活著。我們來的時候本來沒預料到會有人存活，但既然這裡還有人看守，那該是我們開會和彼此商談的時候了。」

「你是誰，想要商談些什麼？」

「我是巴德，是我射死了惡龍，解放了你的寶藏。這難道和你沒關係嗎？除此之外，我也是谷地之王吉瑞安的子嗣，你的寶藏中有一部分是史矛革從我先祖那邊搶來的東西。我們難道沒資格和你討論這件事情嗎？不只如此，在最後一戰中，史矛革也摧毀了長湖上的伊斯加，我還算是他們鎮長的部屬，我可以代表他詢問你，是否有顧及到他的子民所遭逢的悲劇。他們在你們飢寒交迫的時候伸出援手，你們到目前為止，只有以災難和死亡回報他們；雖然，我知道你們並非有意這樣做的。」

即使說話的人有些高傲和嚴肅，但這的確是相當公平的實話。比爾博以為索林會立刻承認對方說的有道理，當然，他早就知道根本不會有人記得是他發現了惡龍的罩門。他的先見之明果然相當正確，所有人的確都遺忘了這件事。不過，他忽略了惡龍寶藏對於眾人的吸引力，以及對於矮人心智的影響。在過去的好幾天，索林置身於寶山中，雖然他大部分精力都花在找尋家傳寶鑽上，但是他對其他美不勝收的寶物也還是多多少少都納入眼底，那些寶物挑起他心中對先人所懷的傷痛，也使他的慾望積漲到了一個新高點。

「你把你們最自私的原因放在最後、最主要的位置，」索林回答道：「沒有人有資格分享我族的寶藏，因為史矛革也同樣奪走了他們的生命和居所。這寶藏本就不屬於牠，也不該用來彌補牠所造成的破壞。等時機到來，當初長湖鎮的人們給予我們的協助和貨物，都會換算成黃金還給他們。但是，沒有人可以強迫我們送出一分一毫。只要你們還在我的家門前布下重兵，我就會把你們當作敵人和小偷。我不禁感到好奇，如果你們來的時候發現我們已經被殺，你們會給予我們的同胞什麼樣的補償。」

「這個問題問得好，」巴德說：「但你們並沒有死，我們也不是強盜。而且，受人點滴，湧泉以報，你們現在已經成了富有的人，更該回報那些在你們窮困潦倒時伸出援手的好心人。況且，你還是沒有回應我的其他要求。」

「我之前已經說過，當我門前擠滿了士兵時，我不會進行任何的談判。特別是那些精靈王的子民們，我還記得他們是如何苛待我們的。在這場爭論中，他們根本就沒有任何參加的資格。如果你們再不走，恐怕就得嘗嘗我們弓箭的滋味了！如果你想再和我商談，先把精靈部隊趕回他們的森林，然後放下武器，再來找我。」

「精靈王是我的盟友，在我的同胞流離失所的時候，雖然我們之前只有友誼，沒有相欠的人情，但他還是伸出了援手。」巴德回答：「我們願意給你時間收回你所說的話，在我們回來之前，好好想一想吧！」然後，他就走回了營地。

幾個小時之後，掌旗者又回來了，號手吹起了號聲：

「以伊斯加和森林之名，」一人宣讀道：「我們向自稱山下之王的索林．橡木盾宣告，我們希望他好好考慮之前所提出的條件，否則就將被視作與聯軍為敵。至少，他應該將寶藏的十二分之一，交給身為吉瑞安繼承人和屠龍者的巴德。巴德自己將會利用那寶藏來回報所有給予伊斯加協助的盟友。除此之外，如果索林希望像祖先一樣受到附近居民的敬重，他也應該將部分的寶藏送給長湖的人類，彌補他們所受到的傷害。」

索林立刻拿起角弓，對準宣讀者射出一箭。羽箭颼的一聲射中他的盾牌，在上面微微顫抖著。

「既然這就是你的答案，」他大喊著回應：「我們將包圍這座山脈，除非你們願意放下武器協商，否則你們不能離開這裡。我們不會對你們以武器相向，就讓你們好好的看守這些黃金吧。如果你們願意的話，希望那能夠當作你的糧食！」

使者很快就離開了，留下矮人仔細思考目前的處境。索林變得十分的陰鬱，即使其他人知道他犯了錯，也不敢直言進諫；而且，大多數的人似乎也和他有同樣的想法，例外的只有胖龐伯、菲力與奇力。當然，比爾博更是完全不贊同這樣的處理方式，他已經受夠了待在山裡，被圍困在不是他所喜歡的處境中。

「這裡全都是惡龍的臭味！」他嘀咕著：「這讓我想吐。最近，連乾糧似乎都會卡在我喉嚨裡面，根本吞嚥不下去。」

第十六節　夜色中的盜賊

接下來的每一天都非常地漫長、疲憊。大部分的矮人把時間都花在堆放和整理寶藏上。索林談到了索恩的家傳寶鑽，要求他們翻遍每一個角落，務必要找到它。

「那是我父傳承下來的家傳寶鑽，它比一整條河的黃金更值錢，對我來說更是無價之寶。所有的寶物中那個寶石是專屬於我的，如果有任何人知情不報，我和他勢不兩立。」

比爾博聽見這段話之後覺得非常害怕，如果他們在比爾博當作枕頭的破布包裡面發現了家傳寶鑽，不知道接下來會怎麼樣。不過，他還是沒有洩漏任何的口風；因為隨著眾人的神經越來越緊繃，他的小腦袋中又想出了一個新的計畫。

大家就這樣僵持了一段時間，渡烏帶來了新消息：丹恩和五百名以上的矮人已經從鐵丘陵兼程趕來，現在人在東北方，距離河谷大約只有兩天的路程。

「可是，他們不可能神不知鬼不覺地越過孤山，」羅克說：「我擔心在山谷中會有一場戰鬥。我並不認為這是個聰明的做法，雖然他們驍勇善戰，但也很難突破包圍圈，來到你們身邊；就算他們僥倖通過，你又會獲得什麼？冬天就快到了，初雪隨時可能降臨，你們怎麼能夠在周圍全都敵視、仇恨你們的情況下生存？就算惡龍死了，這些寶藏可能反而變成你們的末日！」

索林依舊不為所動。「嚴冬和風雪也同樣會影響人類和精靈，」他說：「他們會發現在野地中很難承受這種劇烈的天候變化。在我的援軍和天候的兩面夾攻下，或許他們在談判桌上的立場會軟化。」

當夜，比爾博下定了決心，天空中一片黑暗，沒有月亮，天色一全黑，他立刻走到某個小房間的角落，從背包中拿出一捆繩索，以及包在破布裡面的矮人家傳寶鑽。然後他就來到城牆的頂端。當時只有龐伯在那邊，因為這次輪到他守夜了；由於人力吃緊，矮人們一次只能派出一人值班。

「這裡好冷啊！」龐伯說：「我希望我們能夠和底下的營地一樣生火取暖！」

「裡面不會這麼冷。」比爾博說。

「我想也是，但到半夜之前我都必須守在這裡，」胖矮人嘀咕道：「這真是難過！我可不是背地裡說索林閒話，願他的鬍子永不落下；但是，我必須實話實說，他實在是個很固執的矮人。」

「或許吧，對了，我的腿都已經有些僵硬了，」比爾博說：「我已經厭倦了階梯和石板地了。我願意付很多黃金來換取在草地上打滾的機會。」

「我願意付很多黃金來換一杯烈酒，我也希望能換到一頓大餐，然後能夠躺在柔軟的床鋪上睡覺！」龐伯也附和地說。

「在我們被包圍的狀況下我沒辦法給你這種享受。不過，離我上次值夜已經很久了，如果你願意的話，我可以替你站崗，今天晚上我睡不太著。」

「巴金斯先生，你真是個好人，我自然恭敬不如從命囉！如果發生了什麼事情，請先叫我起來！我就睡在左邊的房間裡面，不會離這裡太遠。」

「放心去睡吧！」比爾博說：「我半夜會把你叫醒，好讓你去叫下一班哨。」

龐伯一走，比爾博立刻戴上戒指，綁起繩子，從牆上溜了下來。他大概還有五個小時的時間。龐伯一定會立刻睡死（他不管在何時何地都可以睡覺，自從經歷森林中的美夢之後，他一直試圖重回當時的夢境）；其他人則會和索林一起忙碌著。即使是好奇的菲力和奇力，也不可能在輪到他們站哨之前跑出來。

天色十分昏暗，當他離開新建好的道路，來到河的下游時，這裡的環境他並不熟悉。不過，最後他還是來到了河水轉彎的地方，他得先渡過這條河，才能夠繼續往對方的營地邁進。河水雖然還是很淺，但河面已經比之前寬了，對於矮小的哈比人來說過河並不容易。當他快要走到對岸的時候，一不小心沒踩穩，嘩啦一聲摔進水中。好不容易才渾身濕透地從水裡面爬出來到達對岸；精靈們則是拿著油燈出來，想要搞清楚這聲音的來源。

「這裡沒有魚！」一個人說：「附近一定有間諜！把你的油燈收起來！如果這是傳說中他們那個小僕人的話，這只會讓他更容易發現我們。」

「搞什麼啊，把我當作僕人！」比爾博哼了哼。正當他哼到一半的時候，突然間打了個大噴嚏，精靈們立刻朝向聲音的來源聚攏。

「把燈點亮！」他說：「我就在這裡！」他脫掉戒指，從一顆岩石後面跳了出來。

雖然對方都非常驚訝，但還是很快就把他抓了起來。「你是什麼人？你就是矮人手下的哈比人嗎？你要幹什麼？你怎麼可能溜過我們的守衛混進來？」他們丟出一連串的問題。

「我是比爾博，巴金斯，」他回答道：「如果你們想要知道的話，沒錯！我就是索林的夥伴。我知道你們國王的長相，不過，他看到我的時候多半不認得我。但是巴德一定還記得我，我也希望能夠馬上見到巴德。」

「是這樣啊！」他們說：「你有什麼目的呢？」

「親愛的精靈，不管是什麼事情，那都是我的問題。不過，如果你們希望趕快離開這個冷冰冰的地方，」他發著抖說：「最好快帶我到營火邊，讓我可以烘乾，並且盡快和你們的首領談話，我只剩一、兩個小時的時間了。」

就這樣，比爾博在離開正門兩小時後，就已坐在一座大營帳旁的溫暖營火前烘手，而精靈王和巴德就坐在他身旁，兩人都好奇地打量著他。畢竟，一名穿著精靈盔甲、裹著舊毯子的哈比人，可不是常見的景象。

「你們也都應該知道，」比爾博正使出渾身解數，換上他最佳的商人口吻：「成功的希望相當渺茫。我個人已經厭倦了這一切。我希望可以趕快回到我西方的家鄉，那裡大家還比較講理一些，不過，我也有我的利益考量。精確一點，根據合約，我擁有十四分之一的淨利。我相信這契約還帶在身上。」他從舊夾克中掏出一封信（他還把這夾克套在盔甲外面），那信揉得舊舊、爛爛的，那就是索林今年五月放在他壁爐上時鐘下的那封信！

「請注意，是淨利的十四分之一，」他繼續道：「我很清楚，在我來說，我很希望趕快可以仔細地評估你們的要求，在公平的分攤之後，再從其中取得我應得的收益。不過，你們恐怕沒有我了解索林．橡木盾。我向各位保證，只要你們人還留在這裡，他寧願坐在金山銀山上挨餓。」

「隨便他！」巴德說：「這種笨蛋挨餓活該。」

「你說的沒錯，」比爾博說：「我同意你的看法。不過，冬天也快來了。不久之後就會開始降雪，而你們的補給就會開始變得很困難，我相信連精靈也不例外。除此之外還有別的麻煩，你們是否聽過丹恩和鐵丘陵的矮人？」

「我們很久以前聽過這名號，但他又和我們有何關聯？」國王問道。

「果然跟我想的一樣。看來，我手頭有些情報是你們不知道的。請容我告訴諸位，丹恩現在距離此地不到兩天的路程，他手下至少有五百名驍勇善戰的矮人，許多更曾經親身參與過那場矮人和半獸人的大戰，相信諸位也都聽說過。當他們趕到這裡的時候，恐怕事情就沒有那麼容易結束了。」

「你為什麼要告訴我們這些消息？你準備出賣朋友，還是來威脅我們的？」巴德表情嚴肅地說。

「親愛的巴德啊！」比爾博說道：「不要這麼著急！我沒遇過像你這樣多疑的傢伙！我只是想要替大家省麻煩。下面才是我的建議！」

「說吧！」他們回答。

「你們馬上就會看到了！」他說：「是這個！」他拿出矮人的家傳寶鑽，揭開外面的破布。

精靈王早已見識過各種各樣價值連城的寶物，但卻還是按捺不住內心的激動，站了起來。連一板一眼的巴德都張口結舌地瞪著它——這彷彿是一顆裝滿了月亮光芒的圓球，被包在一個由星光所織成的網子中。

「這就是索恩的家傳寶鑽！」比爾博說：「山之心，這也是索林內心朝思暮想的寶物。他看重它更勝於金山銀山。我把這個送給你，這會讓你們在談判上占有很大的優勢。」比爾博強忍住內心的慾望，壓抑住多看幾眼的衝動，將這寶石遞給巴德。對方捧著它，眼花撩亂，不知該如何是好。

「你怎麼有資格把這東西送給我們？」他好不容易才擠出這個問題。

「喔，原來你在懷疑這件事情！」哈比人不安地說的：「它不完全算是我的，但我願意用它來抵銷我所有應得的報酬。或許我是名飛賊，至少他們都是這樣認為的，但我自己一直不這麼想。就算我是好了，我至少還算是個誠實的飛賊。反正，我現在得走了，隨便矮人怎麼處置我，我希望你們能好好利用它！」

精靈王用十分尊敬的眼神看著比爾博。「比爾博，巴金斯先生！」他說：「你比許多擁有精靈血統的人，更有資格穿上這件精靈的盔甲。很可惜，我不知道索林．橡木盾是否會同意我的看法。或許我對於矮人的了解還是比你多一點，我建議你最好留在我們身邊，我們會十分尊敬你，無微不至的照顧你。」

「實在多謝你們的好意，」比爾博深深一鞠躬道：「但我想，在我們一起經歷了這麼多事情之後，我不應該就這麼拋棄朋友。而且，我還答應半夜要把龐伯叫起來！我真的得走了。」

他們好說歹說都無法阻止他，因此他們只能指派士兵護送他離開。當他離開此地的時候，國王和巴德都向他敬禮。在眾人走到營區外緣的時候，一名裹著暗色斗篷的老人從營帳門口站了起來，走向他們。

「幹得好！巴金斯先生！」他拍著比爾博的背說：「你果然深藏不露啊！」這人竟是甘道夫。

很多天以來，比爾博第一次真心感到高興，但是，他沒有時間把所有的疑問都問完。

「到時你就知道了！」甘道夫說：「除非我弄錯了，否則，一切都已經快結束了。你面前還有一段艱困的道路，千萬不要灰心！你還是可能度過這一切難關的，有許多消息是連渡烏都不知道的。晚安吧！」

有些困惑，但卻十分興奮的比爾博繼續往前走。他被領到一處安全的渡口，一滴水也沒沾到的安全走了過去，然後，他向護送的精靈們道別，小心翼翼地向大門攀爬。他開始覺得非常的疲倦，不過，當他攀著繩索（那繩了還原封不動的留在那邊）往上爬的時候，離半夜還有好一段時間。他解開繩索，將它藏起來，接著，他坐在城牆上緊張地思索著，未來到底會怎麼樣。

到了半夜，他叫醒了龐伯，然後他就裹起睡袋，不想聽見矮人的連聲道謝（因為他覺得自己實在不好意思）。他很快就陷入沉睡，這次一覺到天亮，把心中的憂慮全都拋到了九霄雲外。事實上，他的夢中只有香噴噴的荷包蛋和培根。

第十七節 奇變驟生

次日，敵陣中的號角響得比以往要早。很快的，單槍匹馬的信差沿著狹窄小路朝向龍穴奔來。在一段距離之外，信差停步向他們示意，表示由於局勢改變，因此特地前來詢問索林是否願意再度接見來使。

「這一定是因為丹恩來援的關係！」索林一聽見對方的說法，立刻表示：「他們一定聽說他進軍的消息了，這總該足以壓制他們的氣焰了吧！」

「叫你們的人來的時候別帶武器，人數也不能太多，我才願意接見他們。」索林對著信差喊道。

大約中午時，森林與長湖聯軍的旗幟又再度出陣，這次大概有二十人接近索林固守的龍穴，他們在隘道的入口就將刀劍長矛都放在地上，接著朝向洞穴門口走

來。矮人們正在評估眼前的局勢時，卻注意到巴德和精靈王都在隊伍中，走在他們前面的是一名披著斗篷遮住全身、提著鐵框木箱的老者。

「索林！」巴德說：「你仍然不願意退讓嗎？」

「我的心意不會只因幾次日升日落就更改！」索林回答道：「你是來浪費我時間的嗎？精靈部隊還是沒有照我的命令撤退！在你們遵從我的條件之前，我們之間沒有協商的餘地。」

「難道沒有任何條件，可以讓你割捨部分的黃金嗎？」

「你們有的，都無法讓我動心。」

「索恩的家傳寶鑽呢？」他說，同時，老者也揭開箱子的頂蓋，高舉精光逼人的寶石。潔白的光芒從老者手中流瀉而出，和早晨的陽光相互輝映。

這突如其來的變故讓索林呆立當場，一時間四周一片死寂。

最後，索林充滿怒氣的聲音打破了寂靜：「這寶鑽屬於我父親的，也理應由我繼承！我為什麼要以黃金換回自己的寶物？」不過好奇心讓他忍不住追問：「如果你們這些小偷願意回答，我倒是很想要知道，我家的傳家之寶怎會落到你們手上？」

「我們不是小偷，」巴德回答道：「只要你付出我們應得的代價，這寶物自然會還給你。」

「你們到底是怎麼弄到的？」索林的肝火越來越旺。

「是我給他們的！」躲在牆後偷窺洞外的比爾博現在非常害怕，只能悄悄地說。

「你！你好大的膽子！」索林猛轉過身，雙手揪住他。「你這個該死的哈比人！你這個縮小版的——強盜！」他氣得想不出適當的形容詞，只能把比爾博抓起來死命地搖晃。

「我以我祖先的鬍子起誓！我真希望那個甘道夫就在這裡！如果不是他的堅持，你根本就不會在這裡！我詛咒他！願他的鬍子掉光光！我要把你摔死在石頭上！」他大喊著把比爾博舉高。

「住手！你剛剛許的願望實現了！」一個聲音說。拿著箱子的老者褪下了兜帽和斗篷。「我就是甘道夫！看來出現的時機正巧。如果你對我所挑選的飛賊不滿意，請不要弄傷他。把他放下來，聽聽他想說些什麼！」

「你們都是串通好的！」索林手一鬆把比爾博放在牆頂。「我以後再也不跟巫師或是任何和他有牽連的人打交道了。你這個鼠輩，還有什麼話好說？」

「好險！好險！」比爾博說：「不需要搞得這麼不愉快嘛！你還記得承諾過，我可以挑選屬於我的十四分之一財寶？也許我太老實了，有人告訴我，矮人只會在人前假惺惺而已。當然，你對我說這話的時候我看起來還很有利用價值。鼠輩，哼哼！索林，你難道忘記承諾世世代代都欠我人情嗎？我高興把我自己應得的那份送人你管得著嗎？我建議你就不要再追究了！」

「我不會再追究，」索林面色凝重地說：「我也不會管你了，希望我們再也不要相遇！」接著他轉身對牆外說：「我被出賣了！你們猜對了，我不能夠讓家傳寶鑽流落外人手中。為了換回這寶鑽，我願意付出除了寶鑽本身之外，十四分之一價值的金銀來換回這寶物；這也就是那叛徒口中應得的份，現在是你們的財產了，你們可以自由分配。不過，我很懷疑他能夠拿到多少，如果你們想要留下他狗命，就把他接回去，我從此跟他恩斷義絕！」

「下去找你的朋友吧！」他對比爾博說：「不然我就把你丟下去。」

「你答應他們的黃金和白銀呢？」比爾博問。

「我們一有辦法就會送給他們，」他說：「快給我下去！」

「在我們收到金銀之前，家傳寶鑽先留在我們這邊。」巴德大喊道。

「以擁有『山下國王』稱號的矮人來說，你看起來真有點落魄。」甘道夫說：「不過，一切都還有轉機的。」

「是啊是啊，」索林心不在焉地說。對於財寶的執念已經讓他心中又開始盤算，是否可以靠著丹恩的幫助，不花一毛錢就將家傳寶鑽奪回。

比爾博在經歷這麼漫長的冒險之後，兩手空空，一無所有的跳下高牆。現在，他身上只剩下索林給他的盔甲。許多矮人看見他離開的身影，心中都感覺到羞愧和惋惜。

「再會！」他對矮人們大喊：「希望我們下次能以朋友的身分再會。」

「快滾！」索林大喊：「你身上穿著我同胞打造的鎖子甲，你實在不配用這麼高貴的護甲。雖然弓箭射不穿這套盔甲，但如果你不趕快離開我的視線，我就要瞄準你的腳拉弓了！

動作快！」

「別這麼著急！」巴德說：「你的最後期限是明天。我們明天中午會回來，確認你是否拿出了足以交換這寶石的等量金銀。如果你沒有玩花樣，我們就會離開，精靈部隊也會回到森林中。我們先告退了！」

人類和精靈聯軍朝向營地邁進，索林乘機悄悄派出信差，通知丹恩日夜兼程火速趕來。

一天很快就過去了。第二天吹起了西風，四處瀰漫著一股黑暗、陰鬱的氣息。人類的營地一大清早就傳來了示警的聲音，斥候衝進營地中，通報一群矮人出現在山脈東角，正往山谷突進的緊急軍情。丹恩已經趕到了！他一整夜不眠不休地趕路，終於在敵人的預料時間之前趕到了山谷。每名矮人都披掛著長及膝蓋的鎖子甲，膝蓋以下則是用鋼環甲覆蓋，這種兼具彈性和防護力的盔甲，只有丹恩一族矮人打造得出來。矮人大多數是矮壯結實的身形，但這些沙場老將比一般的矮人還要強壯許多，他們擅用的兵器是雙手持用的沉重鶴嘴鍬，腰間同時也插著一柄短劍，背著一個小圓盾。他們的鬍子為了俐落行動，都編成辮子塞進腰帶中；所有人都戴鐵盔、著鐵靴，臉上露出肅殺的表情。

戰備的號角聲響起，精靈和人類紛紛開始就戰鬥位置，不久之後，人們就可以看見矮人急行軍衝向山谷的景象。部隊在河邊和山脈的東坡附近停了下來，但依舊有幾名矮人渡河而來，奔向營地；他們隨即在營地外放下了武器，高舉雙手表達和平之意。巴德出面接見他

們，比爾博也跟在他身邊。

「耐恩之子丹恩派我們前來，」在受到質問的時候，他們回答道：「我們急著趕去和山中的同胞會合，因為我們聽說他們收復了古老的國度。可是，你們這些人究竟有什麼資格在平原上擺出攻城陣勢？」當然，這只是在這種場面之下，雙方交戰之前的客套話，意思就是：「你們不應該出現在這裡，我們要跨越你們的營地，如果你們不讓路，就只好開戰了！」他們計畫要在河彎和山脈之間的平地展開攻勢，因為這塊平地看來沒有任何天險可守。

當然，巴德也拒絕了這些矮人直接進入山脈的要求，他決定要固守到山中的矮人送出交換寶鑽的金銀之後才讓步；因為，一旦這些殺氣騰騰的矮人進駐之後，他不認為索林會遵守之前的諾言。矮人通常都能背負非常重的重物，丹恩轄下的這些耐力驚人的矮人攜帶了非常大量的補給品，他們兼程趕路，雖然剛經過一日夜的急行軍，但大多還背著巨大的背包；光從眼前的景象看來，他們的補給就足以承受數星期的圍困，而在那之後會有更多的矮人援軍。因為索林的矮人同胞數量非常多，守方人力一多，他們就可以重開一些被封鎖的山門，攻方就必須要將整座山脈團團圍住，此時又會面臨人力不足的窘境。

事實上，這就是矮人們的戰略（因為索林和丹恩之間，頻繁地利用渡烏來傳送情報），不過，去路受阻的事實就在眼前，在經過一番憤怒的爭論後，矮人信差們也只好咕噥著走回自己的陣地去。巴德立即派出信差前往洞門口察看，卻沒有發現任何的黃金。他們一踏進射程，就立刻遭到箭矢的攻擊，逼得他們只好忿忿地退回原處。此時攻方的陣地裡面也開始騷動起來，因為聯軍部隊發現了丹恩的矮人部隊正沿著東岸進軍。

「愚蠢的傢伙！」巴德笑道：「竟然想從山坡下攻擊我們！也許他們對於礦坑很熟悉，但他們真的對地面戰鬥一無所知。我們的弓箭手和長槍兵，現在都埋伏在他們的右翼，就算矮人的鎖子甲再牢固，我們也要把他們打得片甲不留。在他們恢復體力之前，我們就來個雙面夾擊吧！」

但精靈王卻說：「即使避無可避，我也會盡量拖延這場為黃金而開始的戰爭。矮人們沒有足以構成威脅的力量，除非我們自己輕舉妄動。我們再等一下，希望會有和好的契機，即使最後必須兵刃相見，我們在人數上的優勢就已經足夠獲勝了。」

可惜，他的算盤中忽略了矮人的想法，寶鑽落在敵人手上的消息讓他們怒火中燒。他們也推測出巴德和聯軍們遲遲不動手的理由，決定趁他們意見紛歧的時候下手。

毫無預警的，矮人部隊悄無聲息衝向前準備攻擊。弓已拉滿，箭已上弦，眼看戰鬥就要開始……

黑暗用更為驚人的速度將大地籠罩起來，黑雲以撲天蓋地之勢出現，罕有的冬雷和狂風在山上肆虐，閃電照亮了山峰；在雷聲隆隆之中，另外一群黑影如同潮水一般湧出。他們並非是狂風所帶來的迷霧，而是從北方飛來的怪物，連陽光也無法射穿這些怪物緊密的隊形。

「停下來！」甘道夫單槍匹馬出現在突進的矮人和防禦的聯軍中間，雙手高舉，開口命令道。「停！」他以如炸雷一般的嗓音大吼，法杖跟著迸出如同閃電一樣的耀目白光，「邪惡已經降臨了！他們比我原先推測的快了許多。半獸人們已經出陣了！北方的半獸人王波格（**阿索格之子**）已經揮軍南下。丹恩，是你在摩瑞亞殺死了他的父親。大家小心！蝙蝠群像是蝗蟲一樣地跟隨著他們的隊伍，半獸人們騎著座狼正向著我們攻來！」

一時之間，所有人都籠罩在無比的驚愕和困惑中，即使在甘道夫警告大家的同時，黑暗依舊不停地擴張。矮人停下腳步，看著天空，精靈部隊中發出驚呼聲。

「來吧！」甘道夫說：「我們還有時間討論，請耐恩之子丹恩，趕快加入我們的行列！」

這就是出人意料，被後世稱為「五軍之戰」的慘烈戰役。一邊是半獸人和野狼所組成的部隊，另一個陣營則是精靈、人類和矮人所組成的聯軍。戰爭開始前的情勢是這樣的：在迷霧山脈的半獸人王被殺死之後，他們對矮人的仇恨達到了前所未有的高峰。信差不停地往來於他們的殖民地、城市和要塞間，他們決定這次要征服整個北方大陸。半獸人們以極端祕密的方式集結部隊，悄悄地在地底會合，他們在山丘和河谷間晝伏夜出，同時利用地道作為交通的方式。最後，半獸人在北方的剛達巴大山之下（也是他們的首都所在地）集結了大量的兵力，準備無聲無息地揮軍南方，讓敵人措手不及。同時，他們又得知惡龍的死訊，因此士氣大振，開始夜夜兼程趕路；最後，他們才突如其來地出現在丹恩部隊的後方，連矮人們用來傳信的渡烏都沒察覺他們的神出鬼沒。直到他們踏上孤山與其他丘陵之間的平地後，他們的形跡才被人發現。我們不確定甘道夫掌握多少情報，但很明顯的，局勢轉變之快，大出他的意料之外。

因此，他和精靈王、巴德、丹恩開始擬定作戰計畫。由於半獸人是各種族的公敵，因此所有的人都拋棄成見，團結起來對抗他們。聯軍唯一的希望是引誘半獸人深入谷地，進入山脈的包圍之中，守軍則必須固守山脈的東坡和南坡。但是，如果半獸人人數足夠，他們將可以直接攻入山中，進而從山頂和山腳同時夾攻守軍，這就會讓守軍陷入腹背受敵的險境中。糟糕的是，已經沒有時間擬定其他的作戰計畫和召喚援軍了。

很快的，黑雲夾帶著雷聲飄向東南方，成群的蝙蝠卻在此時沿著山勢低飛靠近，遮蔽了陽光，在他們的頭頂上盤旋，讓眾人心中充滿了恐懼。

「往山上撤！」巴德大聲下令：「往山上撤！趕快進入我們的防禦陣地！」

精靈沿著南坡和底下的亂岩布陣，人類和矮人則是沿著東坡固守陣地，巴德和極少數的人類及精靈，爬到東邊山脈的頂點來觀察北方的動向。很快的，他們可以看見山前平原被覆蓋上成群的黑影，不久之後，敵方的前鋒就繞過了山邊，開始衝向谷地。這些前鋒是速度最快的狼騎士，狂野的嚎叫聲伴隨著他們勢如破竹的氣勢一路奔竄。少部分的人類被安插在敵軍攻勢的正前方，擔任佯攻的任務，在接獲往兩邊撤退誘敵的命令之前，許多人已經在猛烈的攻勢下犧牲。正如同甘道夫所預料的一樣，半獸人大軍集結在攻勢受阻的前鋒後，一旦打開陣線，立刻狂怒地衝向東坡和南坡之間的平地，想要與敵決戰。他們紅黑色的旗幟密密麻麻難以計算，部隊就像一股黑紅色的怒潮一樣，暴亂兇猛地往前狂捲而去。

這是場慘烈無比的戰爭，也是比爾博有生以來經歷過最恐怖的一場戰爭，也是讓他當時最痛恨的戰爭：不用說，稍後也自然成為他最驕傲、最喜歡回憶的經歷；只是，他在其中所扮演的角色實在微不足道。事實上，我必須說清楚，他在戰鬥剛開始的時候就戴上了他的戒指，躲開了眾人的注意，卻不見得閃得過所有的危險。在半獸人部隊衝鋒的陣勢中，這樣的魔戒並沒辦法提供完整的防護，同樣的，魔戒也無法阻擋無眼的刀斧和箭矢；不過，魔戒還是可以有效地讓你避開鋒頭，或者是不讓半獸人戰士瞄準你的小腦袋。

精靈們是守軍中首先發動攻勢的部隊，他們和半獸人之間的宿仇十分深重。他們的刀劍和槍矛在幽暗中閃動著冷焰般的光芒，每個戰士胸中都充滿著不斬盡半獸人勢不罷休的殺氣。在敵人湧進低處的谷地之後，他們立刻居高臨下以箭雨壓制敵軍，每一支利箭彷彿都帶著熊熊的怒火插進敵人身體。在仇恨的箭雨之後，千名精靈槍兵挾著震耳欲聾的殺聲向敵陣衝鋒；一時間，岩石上沾滿了半獸人的黑血。

精靈部隊的衝鋒結束後，正當半獸人好不容易從猛烈的攻擊下恢復陣腳時，低沉的吼聲又跟著充斥在山谷中，鐵丘陵的矮人們吼著「毋忘摩瑞亞！」和「丹恩萬歲！」的戰呼，揮舞著沉重的鶴嘴鍬從另外一邊展開突擊；來自大湖邊的人類，拿著長劍和他們並肩衝鋒。

半獸人們開始慌亂，正當他們掉轉陣形，準備迎接這場攻勢時，精靈們又再度派出更大量的兵力衝進敵陣。許多的半獸人開始往河的方向撤退，想要逃出這個陷阱，半獸人軍隊中的狼群，也回過頭來乘機吞食戰場上的死屍和奄奄一息的傷患。正當聯軍以為勝利在望的時候，山頂上卻傳來了讓人膽戰心驚的呼喊聲。

半獸人已經從另外一邊繞上了山頂，許多部隊出現在惡龍洞穴大門上的斜坡，其他的半獸人則不顧生死地飛奔而下攻擊坡地上的守軍，即使有許多的同伴從懸崖失足落下也無法阻擋他們的速度。東坡和南坡各有一條狹窄的山路到達，守軍沒有足夠的兵力長時間固守這兩條通道。原先幾乎到手的勝利瞬間化為泡影，守軍們只能勉力抵擋住恐怖黑潮的第一波猛烈反擊。

時間慢慢地流逝，半獸人們再度集結在谷地中，成群的座狼跟著進入，身後則是半獸人大王波格的禁衛軍。這群禁衛軍們個個身材都異常高大，手持鋒利的鋼鐵彎刀。很快的，夜色開始漸漸覆蓋烏雲密布的天空，巨大的蝙蝠依舊在精靈和人類頭上飛舞，甚至貪婪地吸著傷患的鮮血。巴德的東坡陣地受到猛烈的攻擊，守軍被迫慢慢後退。精靈們被圍困在烏丘的前哨站附近，精靈貴族則死守在國王四周。

一聲驚人的呼聲吸引了所有人的注意力，龍穴門口傳來了號角的聲音──他們都忘記索林了！龍穴口的護牆在機關的運作下轟隆地落進護城池中，山下國度的國王一馬當先衝出了龍穴，他忠心的夥伴們緊跟在後。他們脫下了斗篷，穿著閃耀的盔甲，眼中閃爍著憤怒的紅光。在幽暗的戰場上，這群矮人們看起來像是火焰餘燼中紅熱的黃金一般耀眼。

山頂的半獸人丟下大量的石塊攻擊他們，但他們依舊奮不顧身地衝下山坡，殺向戰場。狼騎士們的陣形完全被衝散，不是遭到砍死就是四散奔逃。索林狂暴地揮舞著戰斧，似乎沒有任何兵器傷得了他。

「跟我來！跟我來！精靈和人類！跟──我──來！同胞們，衝啊！」他的聲音在山谷中，如同勝利的號角一般來回震盪著。

丹恩旗下所有的矮人全都捨棄原先的敵人，奔來援助索林。許多人類也狂奔而來，連巴德都攔阻不住他們，另一方側翼的精靈槍兵同樣地展開反攻。半獸人們又再度被壓制回低處，谷地中堆滿了半獸人黑壓壓的屍體。座狼群完全被衝散，索林直衝向波格的禁衛軍，但他左突右刺，就是無法突破禁衛軍的陣線。

此時，他的身後已經有許多人類和矮人壯烈犧牲，很多本該在森林中快樂生活的長壽精靈們也獻出了碧血。隨著戰線的開拓，他的進展速度越來越慢，他的兵力太少了，側翼更無人防衛；很快的，反攻者遭到了逆襲，原先主導攻勢的戰將們被迫圍成圓陣，承受來自四面八方的打擊，半獸人和惡狼展開一波波毫不留情的突襲。半獸人大王波格的禁衛軍也同時狂嚎著展開主動攻勢，索林薄弱的陣線，彷彿面對大浪的沙堡一樣開始瓦解。包圍圈外的友軍更無暇他顧，因為此時半獸人們加強了攻勢，東坡和南坡的守軍遭到兩倍以上兵力的打擊，兩邊殘存的精靈和人類都被徹底壓制住。

比爾博束手無策，只能哀傷地看著這慘劇在他眼前發生，他和精靈們一起守在烏丘的陣地中。一部分原因是因為從那裡逃脫的機率比較大，一部分是因為（當然，這是他血管內的圖克家族血統作祟）如果必須戰死沙場，他寧願和精靈王並肩作戰。同樣的，甘道夫也坐在地上，陷入了沉思，似乎在準備最後一個玉石俱焚的法術。

看來已經快到最後的勝負關鍵了。「一切就快要結束了！」比爾博想著：「半獸人很快就會攻下龍穴，我們不是慘遭屠殺，就是被俘虜為奴隸。在我經歷了這麼多冒險之後，這景況依舊傷感得讓我想哭。我寧願那隻惡龍還活著守護那該死的寶藏，也不願意看見這群邪惡的半獸人得到它，更不願看著龐伯、巴林、菲力、奇力和其他人都死無葬身之地；還有巴德、人類以及快樂的精靈們也是一樣。我真是可憐！我聽過了這麼多傳誦戰爭的歌曲，一直都明白雖敗猶榮的道理，可是等到實際經歷的時候，卻還是感覺很不舒服，更別提那股子失望的感覺了。真希望我不在這裡！」

烏雲被強風掃開，落日的餘暉照亮了西方，在這難得的光芒下，比爾博乘機打量著戰場上的狀況。他大喊一聲，眼前出現了讓人振奮的景象：一群尊貴的黑色身影出現在遠方的光芒中……

「巨鷹！巨鷹！」他大喊著：「鷹王來了！」

比爾博的視力極少出錯。巨鷹乘著風勢，一群一群地出現，以這個數量來看，似乎整個北方的鷹群都集結在鷹王的麾下。

「巨鷹來了！鷹王來了！」比爾博揮舞著手臂大喊大叫。雖然精靈們看不見他，卻還是聽得見他發出的吵雜聲。很快的，他們也開始大喊，許多好奇的目光也開始跟著搜尋著天際，不過此時所有人依舊只看得見南方山脈矗立在天際的輪廓。

「老鷹來了！」比爾博又再次大喊了一次，在同一瞬間，山上去下來的石頭重重地砸在他的頭盔上；他轟然一聲倒下，喪失了知覺。

第十八節　返鄉之路

當比爾博恢復神智之後，他真的只有孤身一人，他正躺在烏丘的地面上，附近沒有任何人，頭頂上的天空萬里無雲，但卻有點冷。他渾身發抖，覺得好像掉到寒冰中一樣的發冷，但腦袋卻又像是著火一樣的發熱。

「不知道究竟發生什麼事情了？」他自言自語道：「至少，我沒成為壯烈犧牲的英雄，不過，看起來機會多的是！」

他痛苦不堪地坐起來。放眼望去，整座山谷中沒有生還的半獸人。過了一陣子之後，他的腦袋好不容易清醒了些，覺得似乎可以看見底下的岩石旁有精靈在走動著。他揉揉眼睛，營區的確還在同樣的地方，

龍穴大門口人來人往相當熱鬧。矮人們似乎正忙碌著拆除城牆，但是，到處都一片死寂。沒有呼喊聲、沒有交談聲，沒有歌唱聲，空氣中充滿了哀傷的氣息。

「我想應該還是打贏了！」他摸著又痛又腫的腦袋說：「看來大家似乎都不怎麼高興。」

突然間，他發現有個人爬上山坡，朝向他走來。

「喂！」他用顫抖的聲音大喊：「喂！有什麼消息嗎？」

「石頭堆裡面怎麼會有人聲？」那人停下腳步，看著比爾博的方向。

比爾博這時才想起了他還戴著戒指！「天哪！我真是笨得可以！」他說：「隱形還真是有點不方便呢，不然，我想我昨天晚上應該就可以在床上好好的休息了！」

「是我，比爾博．巴金斯，索林的夥伴！」他飛快地脫下戒指，大喊道。

「幸好我找到了你！」那男子走上前說：「我們找你找了好久，如果不是甘道夫堅持說在這附近聽到過你的聲音，我們早就把你列入那長長的戰死者名單中了。我是被派來檢查最後一次的。你受傷了嗎？」

「我想只是頭上被敲了一下，」比爾博說：「幸好我有戴頭盔，還有顆硬腦袋。不過，我頭有點暈，腿也有些軟。」

「我來把你抱到山下的營地去。」那人輕鬆地將他抱起來。

他相當強壯，腳程也很快，不久，比爾博就被送到了河谷中的一個營帳前；甘道夫的手臂掛著繃帶，站在那邊；連巫師都無法全身而退，極目所及，附近幾乎沒有人不帶傷的。

當甘道夫看見比爾博的時候，他鬆了一口氣。「巴金斯！」他大喊著：「我真沒想到你還活著！我真高興！我還以為你的好運都已經用盡了呢！這真是相當恐怖的一場戰爭，差一點點一切就無法挽回。不過，先不急著說這些。來吧！」他面色凝重地說：「有人在等你。」他領著哈比人走進營帳中。

「索林！」他說：「我把他帶來了。」

渾身是傷的索林．橡木盾就躺在他眼前，他殘破不堪的盔甲和破損的斧頭都放在地上。當比爾博走過來的時候，索林抬頭看著對方。

「永別了，身懷絕技的小偷，」他說：「我現在即將要到我父的廳堂中和他們同在了，直到世界輪迴之時。既然我必須放棄所有的黃金和白銀，前往一個金銀毫無意義的地方，我至少希望能夠還擁有你的友誼。我想要收回我在洞穴門口，對你所說的話和所做的事情。」

比爾博滿心傷悲地單膝跪下，「永別了，山下之王！」他說：「如果結局是這樣，那無論多少黃金也不能彌補這場悲劇。但是，我高興能有資格與你共度患難，我們巴金斯家很少有人有這種資格。」

「不！」索林說：「來自西方的好孩子啊，你不要太謙虛了，你智勇兼備，連我都無法相比。如果世界上的人都能夠像你一樣，看重笑語和美食，輕賤黃金與白銀，那麼這個世界將會快樂多了。但不管這個世界未來會怎麼樣，我都得離開了。永別了！」

比爾博黯然轉身離開，裹著毯子找了個角落坐下來。不管你相不相信，難過的比爾博就這麼嚎啕大哭，直到他的眼睛也腫了、嗓子也啞了。他是個很好心、很體貼的人，事實上，過了很久他才擺脫了這哀傷。「上天慈悲啊！」他對自己說：「幸好我即時醒來了，我希望索林能夠繼續活下去，但我們能夠重拾舊好，讓他了無遺憾的離開，也是件很值得高興的事情。你是個笨蛋，比爾博．巴金斯，你亂搞那寶石的結果把一切都弄亂了，即使你那麼努力地想要買到和平和安祥，戰爭還是不可避免的。雖然這不能怪在你頭上。」

比爾博稍後才知道在他被打昏之後，發生了什麼事情，但是，這讓他覺得更為傷悲，並沒有帶來多少的歡愉。他現在已經厭倦了冒險，只是急著想要回家。他回家的旅程一路上都全身痠

痛。不過，那還得要過一陣子，因此這時我可以告訴你後來發生了什麼事情。巨鷹早就懷疑半獸人可能在暗中集結，因為即使是他們的祕密行動，也無法完全躲過巨鷹的監視。因此，牠們也集合了大軍，一嗅到開戰的氣氛，就立刻在迷霧山脈的鷹王帶領下順風飛了過來，及時趕到。牠們在山坡上攻擊半獸人，讓他們摔下懸崖，或是尖叫著衝入敵人陣中；不久之後，牠們就將孤山上的敵人全都驅離，兩邊山坡上的精靈和人類，終於可以合力來支援山谷中的戰鬥。

不過，即使在加上了巨鷹的援助之後，善良一方的戰力，依舊不足以抵抗邪惡的勢力。就在最後一刻，比翁出現了，沒有人知道他是從何而來的。他孤身一人以熊的外型出現，在驚人的憤怒中，他的身形似乎變得更魁梧巨大。

他的怒吼如同戰鼓一樣的驚天動地，他所經道路上的半獸人和惡狼，都如同稻草一般被踐踏拋棄。他從敵陣後方出現，像是奔雷一般地殺到正中央，矮人們依舊將國王團團圍住，死守在一座小山丘上。比翁彎下腰來，扛起全身傷痕累累的索林，離開了戰火最炙烈的地方。

他很快就再度出現，滿腔的怒火更勝之前，沒有任何人可以阻擋他的攻勢，連武器似乎都傷不了他。他將半獸人的禁衛軍衝散，將波格凌空抓住，雙手一使勁把他扯成碎片。半獸人眼看主帥被殺，立刻戰意全消四下奔逃，而他們的敵人卻是士氣大振，緊追不捨，將大部分的半獸人都當場格殺。許多半獸人溺死在奔流河中，僥倖往南或是往西方森林逃脫的半獸人，也被毫不留情地一個個斬殺。大多數的半獸人被一路沿著密林河追殺，沿路的死屍堆積成山；極少數靠近木精靈領土的殘兵不是被射死當場，就是被引入幽暗密林，最後活活餓死。日後流傳的歌謠中聲稱，北方大陸有三分之一的半獸人戰士都死在這場戰役中，讓這一帶的山區享有了許多年的和平。

在天黑之前勝負已分，不過，當比爾博回到營區的時候，仍然有許多戰士在追擊逃竄的敗兵。除了受重傷的戰士之外，沒有多少人留在山谷中。

「巨鷹到哪裡去了？」那天晚上，當他蓋著許多層溫暖的毯子時，他問甘道夫。

「有些還在狩獵，」巫師說：「不過大多數的都已經回到鷹巢去了，牠們不願意留在這裡，天一亮就離開了。丹恩獻給鷹王一頂黃金的冠冕，發誓世世代代永為盟友。」

「真可惜！我是說，我好想要再看牠們幾眼。」比爾博睡眼迷濛地說：「搞不好我在回家的路上可以再看到牠們。我想我們很快就要回家了吧？」

「你想什麼時候走都行，」巫師說。

事實上，比爾博過了好幾天之後才出發。他們將索林深埋在山中，巴德把家傳寶鑽放在他的胸口。「願它留在這裡直到高山化為平地！」他說：「願它替此後居住在此地的同胞帶來好運！」

精靈國王則是將索林被俘時所沒收的獸咬劍置於他的墳上，在日後的傳說中，只要有敵人靠近，它就會開始發光，矮人再也不會遭到任何人的偷襲。耐恩之子丹恩繼承了他的王位，從此成為山下國王，許多來自各地的矮人都聚集在那古老的廳堂中。在索林的十二名夥伴中，十名活了下來，菲力和奇力用自己的身體和生命作為盾牌，捍衛他們的舅舅；其他人則是和丹恩一起留了下來，因為他十分懂得該如何處理祖先的寶藏。

之後就沒有人再討論財寶如何分配的問題了，對巴林、德瓦林、朵力、諾力、歐力、歐音、葛羅音、畢佛、波佛和龐伯來說是這樣；當然，對比爾博來說也是一樣。不過，所有黃金和白銀的十四分之一，依然還是給了巴德。

因為丹恩說：「我們必須尊重死者的承諾，他死後也的確收到了家傳寶鑽。」

即使是總數的十四分之一也是難以想像的財富，連許多國王都無法擁有這麼龐大的財力。巴德從這些黃金中分了一些給長湖鎮的鎮長，其餘的則是慷慨地分給朋友和追隨者們。丹恩將吉瑞安的翡翠項鍊還給了巴德，他則是轉送給最喜歡珠寶的精靈王。

然後，丹恩對比爾博說：「這些財寶是你的也是我的，由於有太多人為保護它而付出了代價，我想以前的契約也沒辦法繼續維持。不過，即使是你願意放棄所有的權利，我也不希望讓索林所說的話成真，況且他也已經收回了當時衝動的言論。在所有人之中，我應該給予你最豐厚的獎賞。」

「你真是太好心了，」比爾博說：「不過，什麼都不拿對我來說反而輕鬆，我實在想不出來要怎麼把財寶運回家中，而不會在路上遇上你爭我奪、勾心鬥角的醜惡場景。我也不知道回到家之後能拿這些東西來幹什麼，我想還是由你們收著比較好吧。」

幾經推辭之下，他最後勉強收下了兩個小箱子，一個裝滿了黃金，一個裝滿了白銀，正好是在小馬可以承載的重量內。「這樣就夠了！」他說。

最後，他向所有朋友道別的時間也到了。「再會了，巴林！」他說：「還有德瓦林、朵力、諾力、歐力、歐音、葛羅音、畢佛、波佛和龐伯！願你們的鬍子永遠茂盛！」然後，他轉過身面對孤山：「永別了，索林．橡木盾！還有奇力和菲力！願你們的英勇事蹟永在史詩中流傳！」

矮人們在洞穴大門前一起鞠躬，但道別的話卻彷彿卡在喉間。「不管你去哪裡，都祝你好運、健康！」巴林最後終於說：「在我們修復了廳堂之後，如果哪天你能夠再來拜訪，我們一定要好好慶祝一下！」

「如果你們有機會經過我家，」比爾博說：「不要客氣，只管敲門！我四點喝下午茶，但你們隨時都可以來拜訪！」然後，他就轉身離開了。

精靈的部隊正在行軍，雖然人數減少許多，但人們依舊歡欣鼓舞，因為，未來很長的一段日子，北方世界都將會比以前和平安詳許多。惡龍死了、半獸人被擊敗，他們期待著寒冬過去會有一個萬物蓬勃的春天。

甘道夫和比爾博騎在精靈王之後，又恢復人形的比翁走在他們身邊，一路上他豪邁地大笑和歌唱。他們就這樣一路走，直到幽暗密林的邊境，也就是密林河流出的地方。他們在那邊暫停下來，雖然精靈王邀請他們前來作客，但甘道夫和比爾博還是不願意進入森林。他們準備沿著森林的邊緣跋涉，繞過它的北端，橫跨灰色山脈和森林間的平地。這條路比較遙遠，但在擊敗了半獸人之後，這似乎比冒險深入樹林要安全多了。而且，比翁也準備走這條路。

「再會了！精靈王！」甘道夫說：「世界仍欣欣向榮，願森林繁榮興盛！願你的同胞無憂無慮！」

「再會了！甘道夫！」國王說：「願你永遠都可以隨心欲地閃電出現在需要你的地方！希望你能夠更常來拜訪我，我十二萬分地歡迎！」

「我請求你，」比爾博結結巴巴，緊張地說：「接受這個禮物！」他拿出了一條丹恩臨別前送給他的白銀珍珠項鍊。

「哈比人哪，我有什麼榮幸能獲得這項禮物？」國王說。

「呃，這麼說吧，我想，」比爾博有些語無倫次地說：「我，這個，應該拿些東西來回報你的，呃，招待……我是說，即使是飛賊也知道感恩的。我喝了很多你的酒，吃了很多你的麵包。」

「偉大的比爾博，我願意收下你的禮物！」國王臉色莊重地說：「我宣布你成為精靈之友，請接受我們的祝福。願你的陰影永不消失（不然偷竊對你來說就太簡單了）！再會！」

精靈們朝向森林而去，比爾博則是開始了他漫長的歸鄉之路。

在他回到家之前，他經歷了許多艱困和冒險。荒野畢竟是荒野，在那個年代，除了半獸人之外還有許多其他的怪物，不過，他有非常好的嚮導和保鏢，巫師一直和他在一起，比翁大部分的旅程也和他們同行，因此，他並沒有遇到什麼真正的危險。無論如何，到冬天過了一半的時候，甘道夫和比爾博就已經沿著森林的邊緣，再度來到了比翁的居所。兩人在那邊又待了一段時日。他們度過了一個相當精采的冬季慶典，來自各地的人們都應比翁之邀前來歡宴。幽暗密林的半獸人只剩下一些驚弓之鳥，都躲在最幽深的洞穴中，而座狼也跟著消失了。因此，人們可以不必害怕地自由來往。比翁在稍後成為了當地居民的首領，從山脈到森林這一帶都成了他的管轄範圍。據說，他的子孫有許多都繼承了變化為熊的血統；雖然其中有些壞心的傢伙，但大部分還是像比翁一樣的嫉惡如仇，只是力量和體型都縮減了不少。他們將迷霧山脈的半獸人全都趕走，大荒原現在又重新獲得了和平。

第二年的春天是段氣候溫和、陽光燦爛的美好時光。比爾博和甘道夫依依不捨地和比翁道別。雖然比爾博非常想家，但他心中還是有些惋惜必須這麼快離開，因為，比翁的花園在春天就如同在夏天一般燦爛。

最後，他們又踏上了之前的道路，來到被半獸人俘虜的同一個地點。不過，當時是早晨，他們回頭所看見的，是太陽照在一望無際大地上的景象。遠方是幽暗密林，即使在春天，它也是深綠色的。在地平線的邊緣則是孤山，在它最高峰的積雪尚未融化，依舊反射著刺眼的光芒。

「在烈火之後是潔白的冰雪，連惡龍也會有末日的！」比爾博將之前的冒險都拋在腦後，朝著家鄉走去。他體內圖克家族的血統已經很疲倦了，巴金斯家的血統則是變得越來越強勢。「我真希望現在就可以回到我的躺椅上！」他說。

第十九節　最後一幕

當兩人終於來到瑞文戴爾谷口的時候是五月一號，這是這世界上最後一個庇護所。同樣的，這也是傍晚，小馬也都非常地疲倦，特別是負責馱運行李的那匹，他們都覺得需要休息了。當兩人沿著陡峭的斜坡往下走的時候，比爾博聽見精靈們依舊在森林裡面歌唱著，彷彿從他離開之後就沒有停過。當他們騎到草原上的時候，精靈唱起了像之前一樣的歌曲，歌曲的內容大概是這樣的：

惡龍已經完蛋，
屍體躺在湖底；
鱗甲變得黯淡，

往日光輝消失在煙裡！
刀劍終將鏽蝕，
皇冠寶座也會毀壞，
人們珍惜寶石，
還是相信力量存在，
此處青草依舊翠綠呀，
樹葉依然搖曳啊，
澄澈溪水依然奔流呵，
精靈們還是唱著歌呀，
來！嘩啦啦啦哩！
又再度回到谷裡！

星辰更加耀眼，
勝過昂貴珍寶，
浩月皎潔如前，
勝過白銀閃耀：
火焰更加溫暖啊，

在那幽暗大地上呀，
挖來黃金怎麼能比呵，
為何千里奔波哪？
喔！嘩啦啦啦哩！
又再度回到谷裡。

喔！你到底去了哪裡啊，
回來得這麼晚呀？
小河還在流哪，
星辰依舊燦爛呀！
喔！背著沉重行李的旅人，
為何如此傷悲疲倦？
精靈和美麗的主人，
歡迎疲累的夥伴。
讓我們用嘩啦啦哩，
又再度回到谷裡，

嘩啦啦啦哩，
淅瀝瀝瀝嘩，
淅瀝！

谷中的精靈們紛紛走出，歡迎他們歸來，領著他們越過小河，來到愛隆的居所。眾人十分熱烈地歡迎他們，有許多人迫切地想要聆聽他們的冒險故事。說話的是甘道夫，因為比爾博已經有些昏昏欲睡，他知道大多數的故事，因為自己曾經身在其中。在回來的路上，或是在比翁的家中，他也把大多數的故事告訴了巫師；不過，有時他會睜開一隻眼睛，聽著他還不知道的那部分故事。

靠著這樣半睡半醒的方法，他才從巫師和愛隆的對話中，知道甘道夫去了哪裡。看來，甘道夫似乎參加了某個叫做聖白議會的會議，那是精研歷史和善良魔法巫師的聚會。他們終於將死靈法師趕出了幽暗密林南方的根據地。

「過不了多久，」甘道夫正在說：「森林就會恢復之前的平靜祥和，我希望北方將可以有許多年不需要再面對任何的恐懼。但是，我真希望能夠徹底將死靈法師從這世界上消滅！」

「那的確很好，」愛隆說：「但恐怕不會是在這個紀元，也不會在之後的很多個紀元中發生。」

在說完了他們的冒險故事之後，還有許多其他的故事、許久以前的故事、新的故事、年代不詳的故事，最後，比爾博頭低了下去，開始在角落舒服地打起鼾來。

他醒來發現自己躺在一張潔白的床上，月光從一扇窗戶照進來，在河岸邊有許多精靈歡樂的歌唱著：

大家一起來，一起歡樂歌唱吧！
風吹樹梢，拂過大地啊；
星光閃耀，月色落於花上，
塔中夜色之窗無比明亮。

大家一起來，一起快樂跳舞吧！
草地柔軟，大夥舞姿如羽毛輕盈呀！
河水如白銀，陰影在消逝；
五月好時光，把握這一時。
我們柔聲唱著，讓美景進入他夢中！

讓他陷入沉睡，留在他心中！
旅人當眠，舒服好夢！
乖乖睡！乖乖睡！赤楊和柳樹帶給你好夢！
松樹不要嘆息，沉默直到明晨！
月亮落下！黑暗籠罩！
噓！噓！所有樹木聲音噤！
水流安靜，直到明晨陽光照！

「好啦，各位歡樂的人們！」比爾博探出頭來說：「現在是什麼時候？你們的安眠曲都可以把半獸人給吵醒啦！不過，還是謝謝你們。」

「你的鼾聲都可以把雕像石龍叫醒了，不過，我們還是謝謝你。」他們哈哈大笑地回答。「天已經快亮了，昨晚天剛黑你就睡著了。或許，你明天就不會這麼累了。」

「在愛隆的居所只要睡一下子，就對治好疲倦有奇效。」他說：「但我會盡量休養的。再次說晚安啦，美麗的朋友們！」他說完話就再度躺了回去，一覺睡到日正當中。

在那間屋子裡，他的疲倦很快就消失了，他不論早晚，都和精靈們歡笑歌唱。不過，即使是這樣的地方也不能夠延緩他回家的腳步，他的心中還是只有老家的影像。因此，在過了一週之後，他和愛隆道別，並且送給愛隆一些他願意接受的小禮物，接著比爾博就和甘道夫一起離開了。

當他們離開山谷的時候，西方的天空變得一片昏暗，風雨成了他們返鄉的最後一個節目。

「五月好時光！」當雨點打在比爾博的臉上時，他引用精靈的歌詞說道：「我們現在已經離開了傳說，朝向回家的路上。我想，這就是鄉愁的滋味。」

「眼前還有很長一段路。」甘道夫說。

「但這已是最後一段了。」比爾博回答。

他們來到了標示著野地邊境的那條河，越過了陡峭兩岸之前的渡口，或許你還記得這邊。由於夏天將近，雪水融化和近來的大雨，河水變得湍急多了。但是，他們還是有驚無險地走了過去，隨著夜晚的降臨，踏上了旅程的最後一階段。

除了隊伍中的成員比較少、安靜許多之外，幾乎都和之前沒有兩樣——對了，這次也沒有食人妖的打攪。在路上的每個特殊地方，比爾博都會想起一年以前的事情、和大家的一言一行，不過，這對他來說似乎更像是十年前發生的事情。就這樣，他很快地來到了小馬落進河中的地方；也就是在這裡，他們展開了一場與湯姆、伯特和威廉的周旋。

距離道路不遠的地方，他們找到了之前所埋下的黃金，依舊沒有被人發現。「我已經拿夠多了，我這輩子都吃穿無虞。」比爾博在挖出黃金的時候說：「甘道夫，你最好收下它。

我打賭你一定會用到的！」

「是啊！」巫師說：「不過，還是先收著吧！你等下可能會發現，自己需要更多黃金呢！」

因此，他們將黃金放進袋中，放到小馬背上，這些小馬可一點都不覺得高興。在那之後，他們前進的速度減緩許多，因為大部分的時間他們都是用走的。這裡到處都一片翠綠，哈比人也自得其樂地踏在草地上享受這一切。他用紅色的絲手帕擦了擦臉——當然不是他自己的！他連一條手帕都不剩了，這條是從愛隆那邊借來的。這時已經六月了，夏天迫在眉睫，天氣也變得十分炎熱。

萬事萬物都會有一個終局，連這個故事也不例外。終於，有一天他們來到了比爾博生養長大的故鄉，這裡的一草一木對他來說，就像是自己的名字一樣的熟悉。當他走到一個山坡上的時候，終於可以看見他的小丘了，他停下腳步，吟唱道：

道路不停延伸，
越過岩石和樹木，
穿過陽光未曾現的地深，
越過從未入海的溪谷，

歷經冬日雪跡，
踏過六月花海，
越過草原和平地，
橫過月下山隘。

道路不停延伸
雲朵星光照耀，
漫遊的雙腳回頭狂奔，
終於走上返鄉大道。
雙眼明亮，刀劍閃光，
見過地底廳堂中恐怖景象
終於踏在綠色草上
再看見家鄉熟悉影像。

甘道夫看著他。「親愛的比爾博！」他說：「你有什麼不對勁啊！你不再是以前的那個哈比人了。」

他們越過了小橋，來到了河邊的磨坊，終於站在比爾博自己的家門前。

一擦。

「媽呀！這是怎麼搞的？」他驚呼道。這裡擠滿了來自四面八方的人，不管地位高低全都圍在門邊，許多人還進進出出，比爾博惱怒地發現，他們甚至連腳都不在門口的毯子上擦一擦。

如果這時他很吃驚，那麼接下來就更讓人不知所措了——他竟然趕上了一場拍賣會！門上掛著一個黑底紅字的招牌，上面寫著：在六月二十二日，葛盧伯伉儷和布羅斯家，將會拍賣哈比屯山下袋底洞過世的比爾博．巴金斯先生所有的財產。拍賣預計在十點準時開始。這時已經幾乎是午餐時間，大部分的東西也都被賣掉了，價格則是從免費奉送到驚人的天價都有。事實上，比爾博的親戚塞克維爾．巴金斯一家人，正在忙碌地丈量他的房間，看看他們的家具是否可以搬進來；換句話說，比爾博已經被「宣告死亡」了，當大夥知道猜錯的時候，其實也有不少人鬆了一口氣。

比爾博．巴金斯先生的突然出現，造成了附近一帶相當大的騷動，連河邊那區都跟著湊起了熱鬧。這可不只讓哈比屯熱鬧了好一陣子，法律上的爭議還持續了好幾年；事實上，巴金斯先生過了好一陣子才被承認還是活著的。在這場拍賣中賺了一筆的買家們，也不甘示弱地提出抗告，為了避免麻煩，比爾博自掏腰包買回了大多數的家具。他的銀湯匙幾乎全都神祕消失，再也沒有出現，比爾博個人認為這應該是塞克維爾．巴金斯一家人幹的。他們從來不肯承認比爾博真的活了過來，從那之後也一直和比爾博處得不太融洽，這都是因為他們太想要住進比爾博的洞穴的緣故。

然而，比爾博失去的不只是湯匙而已，他連名聲都搞壞了。在那之後，他的確一直擁有精靈之友的美稱，獲得矮人、巫師和所有聽過他故事的人們之尊敬；但是，這一帶的人就沒有那麼尊重他了。附近的哈比人都在背後說他「詭異」，唯一例外的，只有他圖克家那一系的外甥和外甥女們，不過，連他們的長輩都不太贊同這些小朋友和他交往。

其實他並不在乎這一切，他過著相當自給自足的舒適生活。在當年那意料之外的聚會之後，廚房熱水壺的響聲就成了他平靜生活中最美妙的音樂。他的寶劍掛在壁爐上，他的鎖子甲則是被掛在房間的架子上（後來借給了一間博物館），他的黃金和白銀大多數都花在購買昂貴稀有的禮物上；這也是他的外甥和外甥女們，這麼喜歡他的另一個原因。他的魔戒則是沒有其他人知曉，因為他都用它的力量來躲開那些不速之客。

他開始撰寫詩歌和拜訪精靈，雖然每個人提到他的時候，都會摸摸頭嘆息道「可憐的老巴金斯！」而且也沒有多少人相信他的故事。但是，他還是快快樂樂地活了一輩子，而他的這輩子可是長得叫人嫉妒哪！

過了幾年之後，一個秋天的傍晚，比爾博正坐在書房裡面撰寫回憶錄（他想要把書名叫做《歷險歸來，哈比人的假期》），門口突然傳來了敲門聲。那是甘道夫和一名矮人，實際上，他是久未見面的巴林。

「快進來！快進來！」

比爾博熱情地說，接著，他們就都在壁爐邊坐了下來。巴林注意到巴金斯先生的外套變得華麗許多（還有真的金扣子喔），比爾博也注意到巴林的鬍子又長了好幾吋，鑲著珠寶的腰帶也無比耀眼。

當然，他們立刻開始回憶起過去的歷險，比爾博問到他們在山中的國度發展得如何，聽來一切都十分地順利。巴德已經重建了河谷鎮，人們從南方和西方，以及長湖鎮過來跟隨他，整座山谷又再度變得十分興盛繁榮，原先的荒地也變得生機盎然、鳥語花香；長湖鎮也重建完畢，恢復了之前的榮景，甚至更為繁華。奔流河成了大量貨物和商人往來的重要樞紐，精靈、矮人和人類，在這一帶都建立了真誠的友誼。

老鎮長最後的下場不太好，巴德給了他很多的黃金，請他用來幫助長湖鎮的人民。但是，他由於懼怕惡龍的陰影，捲款潛逃離開了長湖鎮，最後，他飢寒交迫地死在荒野中，沒有任何一個夥伴對他

伸出援手。

「新的鎮長比較睿智，」巴林說：「也更受歡迎，因為，大部分的民眾都將現在的繁榮歸功於他。他們創作出新的歌謠，歌頌在他統治下，河中黃金奔流。」

「那麼古代的歌謠，算是以某種形式成真了！」比爾博說。

「當然囉！」甘道夫說：「為什麼不會成真呢？難道只是因為你親身參與，你就不相信它嗎？你該不會以為這一切的冒險和脫逃，都只是因為你運氣好，整個世界也只考慮到你的安危吧？巴金斯先生，你是個好人，我很喜歡你，但你畢竟只是這整個廣大世界中的一名小人物啊！」

「真是謝天謝地！」比爾博笑著將菸草罐遞給甘道夫。

比爾博他們將索林深埋在山中，巴德把家傳寶鑽放在他的胸口。

比爾博先前埋下的黃金還在那裡，沒有被別人發現。

小說精選·托爾金作品集

哈比人

2012年12月初版　　定價：新臺幣360元
2023年5月初版第九刷

著者	J. R. R. Tolkien
譯者	朱學恆
叢書主編	胡金倫
編輯	程道民
校對	吳淑芳
整體設計	江宜蔚

出版者	聯經出版事業股份有限公司
地址	新北市汐止區大同路一段369號1樓
叢書主編電話	(02)86925588轉5305
台北聯經書房	台北市新生南路三段94號
電話	(02)23620308
郵政劃撥帳戶	第0100559-3號
郵撥電話	(02)23620308
印刷者	世和印製企業有限公司
總經銷	聯合發行股份有限公司
發行所	新北市新店區寶橋路235巷6弄6號2F
電話	(02)29178022

副總編輯	陳逸華
總編輯	涂豐恩
總經理	陳芝宇
社長	羅國俊
發行人	林載爵

行政院新聞局出版事業登記證局版臺業字第0130號

本書如有缺頁，破損，倒裝請寄回台北聯經書房更換。　ISBN 978-957-08-4103-9 (平裝)
聯經網址 http://www.linkingbooks.com.tw
電子信箱 e-mail:linking@udngroup.com

國家圖書館出版品預行編目資料

哈比人/J. R. R. Tolkien著．朱學恆譯．初版．新北市．
聯經．2012年12月（民101年）．344面＋12張彩色．
14.8×21公分（小說精選．托爾金作品集）
譯自：The hobbit
ISBN 978-957-08-4103-9（平裝）
[2023年5月初版第九刷]

873.57　　101022732

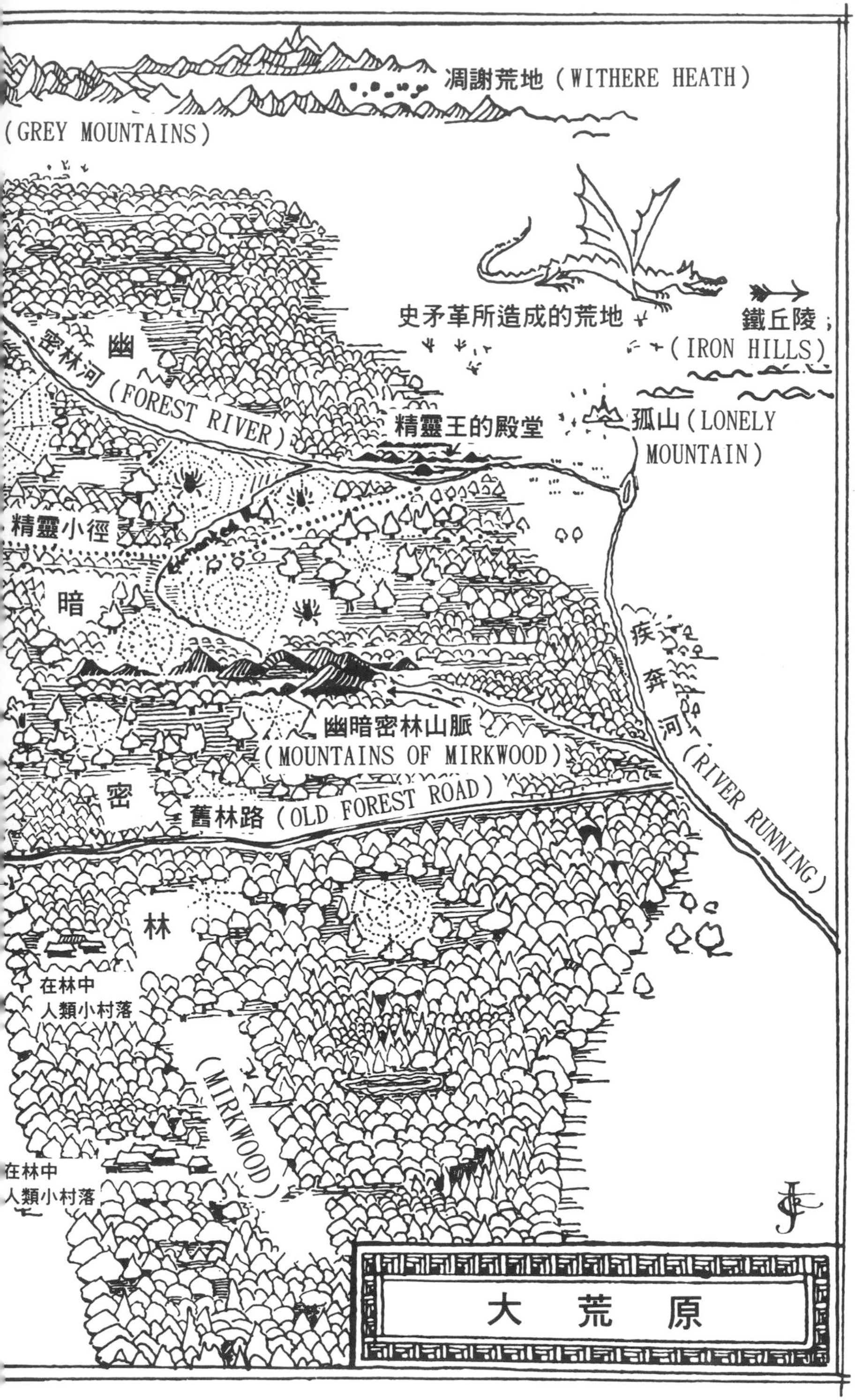
凋謝荒地（WITHERE HEATH）
（GREY MOUNTAINS）
史矛革所造成的荒地
鐵丘陵；（IRON HILLS）
幽
密林河（FOREST RIVER）
精靈王的殿堂
孤山（LONELY MOUNTAIN）
精靈小徑
暗
疾奔河（RIVER RUNNING）
幽暗密林山脈（MOUNTAINS OF MIRKWOOD）
密
舊林路（OLD FOREST ROAD）
林
在林中人類小村落
（MIRKWOOD）
在林中人類小村落
大荒原

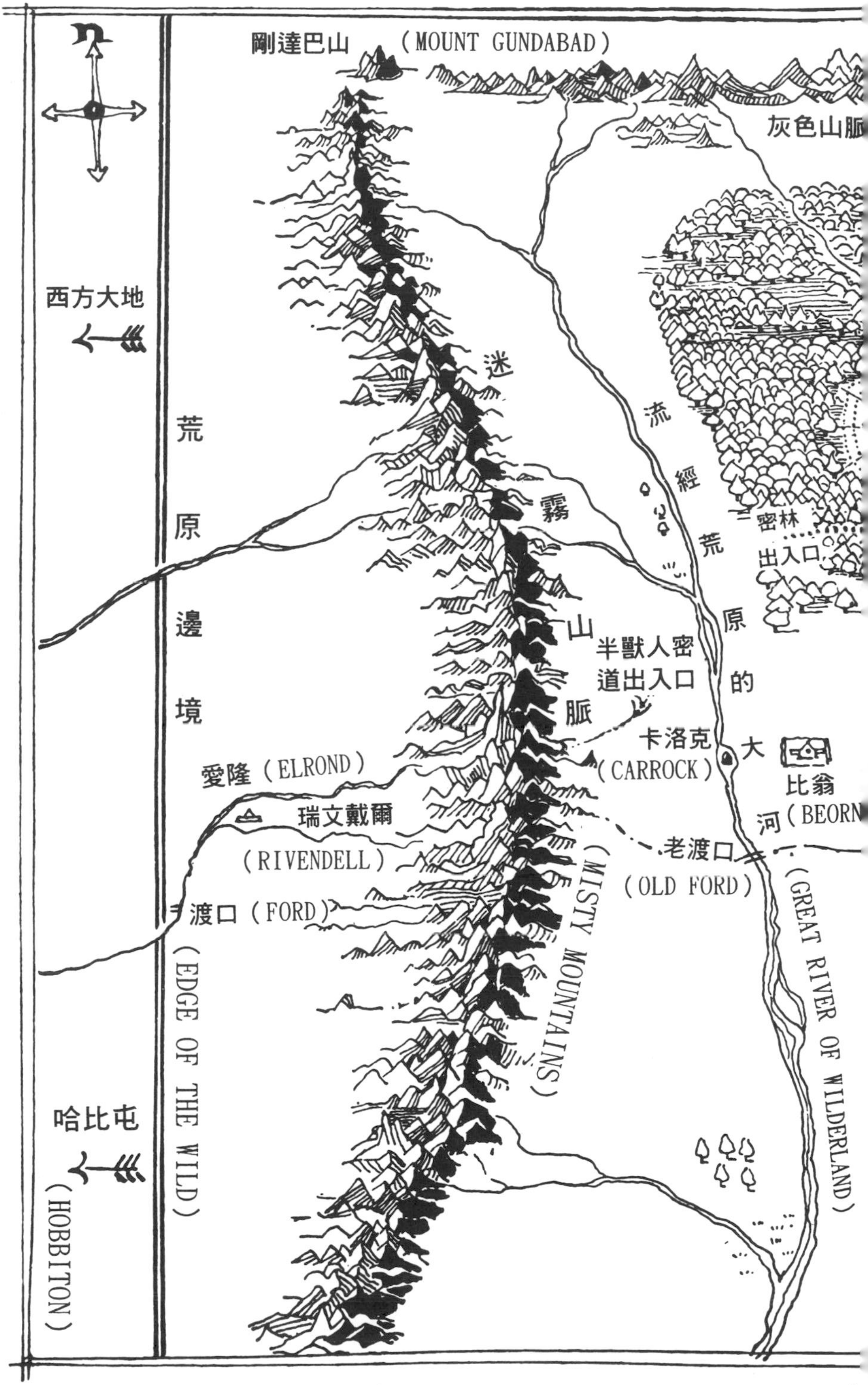

剛達巴山（MOUNT GUNDABAD）
灰色山脈
西方大地
荒原邊境
（EDGE OF THE WILD）
迷霧山脈
（MISTY MOUNTAINS）
流經荒原的大河
（GREAT RIVER OF WILDERLAND）
密林出入口
半獸人密道出入口
卡洛克（CARROCK）
比翁（BEORN
愛隆（ELROND）
瑞文戴爾（RIVENDELL）
老渡口（OLD FORD）
渡口（FORD）
哈比屯（HOBBITON）